Diogenes Taschenbuch 24820

Für dich

Geschichten vom Schenken

Ausgewählt von
Till Tannhäuser

Diogenes

Mit einer Exklusivgeschichte von Norman Ohler
Textnachweis am Schluss des Bandes
Covermotiv: Design von Rahel Bünter

Originalausgabe

Diogenes Verlag AG Zürich
info@diogenes.ch · www.diogenes.ch
In Fragen zur Produktsicherheit (GPSR):
truepages UG (haftungsbeschränkt)
Westermühlstraße 29, 80469 München
info@truepages.de
100/25/852/1
ISBN 978 3 257 24820 3

Inhalt

JOACHIM RINGELNATZ

Schenken

Schenke groß oder klein,
Aber immer gediegen.
Wenn die Bedachten
Die Gaben wiegen,
Sei dein Gewissen rein.

Schenke herzlich und frei.
Schenke dabei
Was in dir wohnt
An Meinung, Geschmack und Humor,
So daß die eigene Freude zuvor
Dich reichlich belohnt.

Schenke mit Geist ohne List.
Sei eingedenk,
Daß dein Geschenk
Du selber bist.

OSCAR WILDE

Der ergebene Freund

Eines Morgens steckte der alte Wasserratz den Kopf aus seinem Loch heraus. Er hatte kleine, runde glänzende Augen und einen steifen grauen Schnurrbart, und sein Schwanz war ein langes Stück schwarzer Kautschuk. Die kleinen Enten schwammen auf dem Weiher herum und sahen genau aus wie eine Schar gelber Kanarienvögel; ihre Mutter, die schön weiß war und wirkliche rote Beine hatte, versuchte, ihnen das Kopfstehen im Wasser beizubringen.

»Ihr werdet nie in der besten Gesellschaft verkehren, wenn ihr nicht auf dem Kopf stehen könnt«, wiederholte sie ihnen immer wieder und zeigte ihnen immer wieder, wie sie es machen sollten. Aber die kleinen Enten schenkten ihr gar keine Aufmerksamkeit. Sie waren so jung, dass sie gar nicht wussten, von welchem Vorteil es ist, in der besten Gesellschaft zu verkehren.

»Was für unfolgsame Kinder!«, rief der alte Wasserratz; »sie verdienten wahrhaftig, dass man sie ersöffe.«

»Durchaus nicht«, sagte die Entenmama, »aller Anfang ist schwer, und Eltern können nie zu geduldig sein.«

»Ah was!«, sagte der Wasserratz, »ich kenne keine elterlichen Gefühle und bin kein Familienmensch. Ich war niemals verheiratet und denke auch gar nicht daran. Die Liebe, das mag ja in seiner Art ganz schön sein, aber die Freundschaft steht doch viel höher. Ich wüsste wahrhaftig nichts Edleres oder Selteneres in der Welt als eine treue Freundschaft.«

»Und was, ich bitte Sie, ist denn Ihre Idee von einer treuen Freundschaft?«, fragte ein Grünspecht, der nahebei in einer Weide saß und die Unterhaltung gehört hatte.

»Das möchte ich auch wissen«, sagte die Ente, schwamm an das andere Ende des Weihers und stand da kopf, um ihren Kindern ein gutes Beispiel zu geben.

»Dumme Frage!«, rief der Wasserratz. »Ein treuer Freund, der muss mir eben einfach treu sein.«

»Und was würden Sie ihm dafür bieten?«, sagte der kleine Vogel, indem er sich auf ein silbriges Ästchen schwang und mit den Flügeln wippte.

»Ich versteh' Sie nicht«, antwortete der Wasserratz.

»Ich will Ihnen eine Geschichte darüber erzählen«, sagte der Grünspecht.

»Handelt die Geschichte von mir?«, fragte der Wasserratz. »Wenn sie von mir handelt, will ich zuhören, denn ich liebe Romane sehr.«

»Sie lässt sich auf Sie anwenden«, sagte der Grünspecht; und er flog herunter, ließ sich am Ufer nieder und erzählte die ›Geschichte vom ergebenen Freund‹.

»Es war einmal ein braver kleiner Kerl namens Hans.«

»War was Besonderes an ihm?«, fragte der Wasserratz.

»Nein«, sagte der Grünspecht, »ich glaube nicht, dass irgendwas Besonderes an ihm war außer sein gutes Herz und sein lustiges rundes Gesicht. Er lebte ganz allein in einem kleinen Häuschen und arbeitete jeden Tag in seinem Garten. In der ganzen Gegend war kein Garten so schön wie der seine. Büschelnelken wuchsen da und Levkojen und

Teschelkraut und Hahnenfuß. Da gab es gelbe und Damaszener Rosen, Krokus und purpurne und weiße Veilchen. Kalumbinen und Schaumkraut, Majoran und Basilien, Primeln und Lilien, Narzissen und Gewürznelken blühten und dufteten, wie die Monate kamen und eine Blume der andern Platz nahm, sodass es immer was Schönes zu sehen und was Angenehmes zu riechen gab.

Der kleine Hans hatte eine große Menge Freunde; aber der treueste von allen war der große Müller-Hugo. Ja, so ergeben war der reiche Müller dem kleinen Hans, dass er nie an dessen Garten vorüberging, ohne sich über den Zaun zu lehnen und sich einen großen Strauß oder eine Handvoll süßer Kräuter zu pflücken oder sich die Taschen mit Pflaumen oder Kirschen zu füllen, wenn Obstzeit war.

›Wahre Freunde sollen alles gemeinsam haben‹, pflegte der Müller zu sagen, und Klein Hans nickte dazu und lächelte und war sehr stolz darauf, einen Freund mit so vornehmen Gedanken zu haben. Manchmal meinten die Nachbarn wohl, es sei seltsam, dass der reiche Müller dem kleinen Hans nicht auch einmal was schenke, obwohl er doch in seiner Mühle hundert Säcke Mehl aufgestapelt hätte und sechs Milchkühe im Stall und eine große Schafherde. Aber Hans zerbrach sich nie seinen Kopf über all das, und nichts machte ihm mehr Freude, als den wundervollen Aussprüchen zu lauschen, die der Müller über die Selbstlosigkeit der wahren Freundschaft tat.

So arbeitete der kleine Hans immerzu in seinem Garten. Im Frühling, im Sommer und im Herbst war er sehr glücklich, aber wenn der Winter kam und er weder Früchte noch Blumen auf den Markt zu bringen hatte, da litt er recht unter Kälte und Hunger, und er musste oftmals zu Bett, ohne was anderes gegessen zu haben als ein paar getrocknete Birnen oder einige harte Nüsse. Im Winter war er auch sehr einsam, denn nie kam da der Müller zu ihm.

›Es hat gar keinen Sinn, dass ich den kleinen Hans besuche, solange der Schnee liegt‹, pflegte der Müller zu seiner Frau zu sagen; ›wenn Menschen Sorgen haben, muss man sie mit sich allein lassen und nicht mit Besuchen belästigen. Das ist wenigstens meine Ansicht von Freundschaft, und ich weiß, sie ist die rechte. Daher will ich lieber warten, bis es Frühling ist, und ihn dann aufsuchen. Dann kann er mir auch einen großen Korb voll Primeln schenken, und das wird ihn ganz glücklich machen.‹

›Du sorgst dich wirklich sehr um andere‹, sprach die Müllerin, während sie in ihrem bequemen Armstuhl am hellen Kaminfeuer saß; ›wirklich, du sorgst dich sehr viel. Es ist ein Genuss, dich über Freundschaft reden zu hören. Ich bin fest überzeugt, dass nicht einmal der Pfarrer so schöne Dinge darüber sagen kann wie du, obgleich er doch in einem dreistöckigen Haus wohnt und einen goldenen Ring am kleinen Finger trägt.‹

›Aber könnten wir nicht den kleinen Hans einmal zu uns heraufbitten?‹, fragte des Müllers Jüngster. ›Wenn der arme Hans in Not ist, will ich ihm die Hälfte von meiner Bohnensuppe geben und ihm meine weißen Kaninchen zeigen.‹

›Was für ein dummer Bub du bist!‹, rief der Müller; ›ich weiß wahrhaftig nicht, wozu ich dich in die Schule schicke. Du scheinst da gar nichts zu lernen. Siehst du nicht ein, dass der kleine Hans, wenn er da zu uns käme, unser warmes Feuer, unser Essen und den Krug mit Rotwein sähe, dass er dann leicht neidisch werden könnte? Und der Neid ist etwas sehr Böses und verdirbt den Charakter. Ich werde es nie erlauben, dass Hansens Charakter verdorben würde. Ich bin sein bester Freund und werde immer über ihn wachen und darauf sehen, dass er in keinerlei Versuchung geführt wird. Außerdem würde mich Hans, wenn er herkäme, vielleicht um einen Sack Mehl auf Borg bitten, und das könnte ich nicht tun. Mehl ist ein Ding und Freundschaft ein anderes, und man soll die beiden nicht durcheinanderbringen. Die Worte werden ganz verschieden buchstabiert und bedeuten auch etwas ganz Verschiedenes. Das sieht jeder ein.‹

›Wie schön du sprichst‹, sagte die Müllerin und schenkte sich ein großes Glas voll Warmbier ein; ›ich bin schon ganz schläfrig, es ist genau so, als wäre man in der Kirche.‹

›Leute, die gut handeln, gibt's eine Menge‹, antwortete der Müller, ›aber nur ganz wenige sprechen gut, woraus erhellt, dass Sprechen von den beiden Dingen das weit schwierigere ist und auch das weit feinere.‹ Und dabei sah er streng über den Tisch auf seinen kleinen Sohn, der beschämt den Kopf hängen ließ, purpurrot wurde und in seinen Tee hinein zu weinen anhub. Aber er war ja noch so klein, und so darf man ihm das nicht übelnehmen.«

»Ist die Geschichte aus?«, fragte der Wasserratz.

»Keine Spur«, antwortete der Grünspecht, »das ist der Anfang.«

»Dann sind Sie sehr veraltet«, sagte der Wasserratz. »Jeder gute Romanschreiber fängt heutzutage mit dem Ende an, lässt dann den Anfang folgen und schließt mit der Mitte. Das ist die moderne Methode. Ich hörte alles darüber ganz genau neulich einmal von einem Kritiker, der mit einem jungen Mann um den Teich herumspazierte. Er sprach sehr ausführlich über den Gegenstand, und ich bin fest überzeugt, dass er in allem recht hatte, denn er hatte blaue Brillen und eine Glatze, und sooft der junge Mann eine Bemerkung machte, antwortete er immer nur ›bah!‹. Aber erzählen Sie bitte weiter. Ich liebe den Müller ungeheuer. Ich habe selbst alle möglichen schönen Gefühle, sodass eine starke Übereinstimmung zwischen uns besteht.«

»Also«, fuhr der Grünspecht fort und hüpfte ein paarmal von einem Bein aufs andere, »wie nun der Winter vorüber war und die Primeln ihre blassen gelben Sterne auftaten, da sagte der Müller zu seinem Weibe, dass er mal hinuntergehen und nach dem kleinen Hans sehen wolle.

›Was für ein gutes Herz du hast‹, rief die Frau, ›du denkst doch immer an die andern. Und vergiss nicht, den großen Korb mitzunehmen für die Blumen.‹

Also band der Müller die Flügel der Windmühle mit einer starken eisernen Kette fest und ging den Hügel hinunter mit dem Korb am Arm.

›Guten Morgen, kleiner Hans‹, sagte der Müller.

›Guten Morgen‹, sprach Hans, auf seinen Spaten gelehnt, und lachte über das ganze Gesicht.

›Und wie ging's den Winter durch?‹, fragte der Müller.

›Ach‹, rief Hans, ›das ist wirklich zu gütig von dir, mich danach zu fragen, zu gütig. Die Wahrheit zu sagen, hab' ich es ja ziemlich schwer gehabt, aber jetzt ist der Frühling gekommen, und ich bin ganz glücklich: Alle meine Blumen gedeihen.‹

›Wie oft haben wir von dir gesprochen, Hans‹, sagte der Müller, ›und hätten gern gewusst, wie es dir ging.‹

›Das war lieb von euch‹, sagte Hans, ›ich fürchtete schon halb, ihr hättet mich vergessen.‹

›Was sagst du da, Hans‹, sprach der Müller, ›Freundschaft vergisst niemals. Das ist gerade das Schöne an ihr; aber ich fürchte, du hast kein Verständnis für die Poesie des Lebens. Deine Primeln sehen übrigens entzückend aus!‹

›Ja, sie sind wirklich hübsch‹, sagte Hans, ›und es ist ein Riesenglück für mich, dass ich so viele habe. Ich will sie nämlich auf den Markt bringen und der Bürgermeisterstochter verkaufen und mit dem Geld meinen Karren einlösen.‹

›Deinen Karren einlösen? Du hast ihn doch nicht etwa verkauft? Da wärest du doch wirklich zu dumm!‹

›Ja, weißt du‹, sagte Hans, ›ich war gezwungen dazu. Es ist mir im Winter so schlecht gegangen, dass ich keinen Pfennig für Brot hatte. So verkaufte ich also erst die Silberknöpfe von meinem Sonntagsrock und dann meine silberne Kette und dann meine lange Pfeife und schließlich meinen Karren. Aber jetzt kann ich mir das alles wieder zurückkaufen.‹

›Hans‹, sagte der Müller, ›ich will dir meinen Karren geben. Er ist zwar nicht mehr in sehr gutem Zustand, es fehlt ihm die eine Seite ganz, und dann ist auch an den Radspeichen etwas nicht in Ordnung, aber ich will ihn dir trotzdem geben. Ich weiß, es ist das sehr großmütig von mir, und eine Menge Leute werden mich für ganz verrückt halten, dass ich ihn verschenke, aber ich bin nicht wie die andern. Meiner Ansicht nach ist die Großmut die Quintessenz der Freundschaft, und außerdem hab' ich mir einen neuen Karren gekauft. Aber beruhige dich über die Sache, und sei vergnügt – ich schenke dir meinen Karren.‹

›Das ist wirklich großmütig von dir‹, sagte Klein Hans, und sein drolliges rundes Gesicht strahlte vor Freude. ›Ich kann ihn ja leicht wieder in Ordnung bringen, denn ich habe eine große Holzplanke im Haus.‹

›Eine Holzplanke?‹, sagte der Müller; ›denk mal, die brauche ich gerade für mein Scheunendach. Das hat ein großes Loch, und das Getreide wird mir ganz nass, wenn ich es nicht zumache. Wie gut, dass du davon sprichst! Es ist doch seltsam, wie eine gute Tat immer eine andere zur Folge hat. Ich gebe dir meinen Karren, und nun gibst du mir deine Holzplanke. Natürlich ist der Karren mehr wert als die Planke, aber wahre Freundschaft beachtet so was nicht. Bitte hol mir das Brett gleich, denn ich will gleich heute noch die Arbeit an der Scheune machen lassen.‹

›Natürlich‹, rief der kleine Hans, und er rannte in den Schuppen und schleppte das Brett heraus.

›Es ist ja kein sehr großes Brett‹, sagte der Müller, indem er es beschaute, ›und ich fürchte, es wird dir zur Reparatur des Karrens nicht viel übrig bleiben, wenn mein Scheunendach damit geflickt ist, aber das ist natürlich nicht meine Schuld. Und da ich dir nun meinen Karren geschenkt habe, wirst du mir auch sicher gern ein paar Blumen dafür geben wollen. Hier ist der Korb, und mach ihn recht voll.‹

›Ganz voll?‹, sagte der kleine Hans ein wenig bekümmert, denn es war wirklich ein sehr großer Korb, und er wusste, dass ihm keine Blumen mehr für den Markt bleiben würden, wenn er ihn ganz füllte, und er wollte doch so gern seine Silberknöpfe wiederhaben.

›Es ist doch wahrhaftig nicht zu viel‹, antwortete der Müller, ›dass ich dich um ein paar Blumen angehe, wo ich dir doch meinen Karren geschenkt habe. Vielleicht hab' ich unrecht, aber ich denke, dass wahre Freundschaft frei von jedem Eigennutz ist.‹

›Aber mein lieber Freund, mein bester Freund‹, rief Klein Hans, ›alle Blumen meines Gartens stehen dir zur Verfügung. Mir ist an deiner guten Meinung viel mehr gelegen als an meinen Silberknöpfen, das weißt du doch‹, und er lief und pflückte seine schönen Primeln und füllte des Müllers Korb damit.

›Adieu, kleiner Hans‹, sagte der Müller und stieg mit der Planke auf der Achsel und dem Korb in der Hand den Hügel hinauf.

›Adieu‹, sagte Klein Hans und begann lustig zu graben, denn er freute sich über den Karren.

Am nächsten Tag rankte er gerade Geißblatt über die Tür, als er den Müller hörte, der ihn von der Landstraße aus rief. Gleich sprang er von der Leiter und schaute über den Zaun. Da stand der Müller mit einem großen Sack Mehl auf dem Rücken.

›Lieber kleiner Hans‹, sagte er, ›würdest du wohl so gut sein, mir diesen Sack Mehl auf den Markt zu tragen?‹

›Es tut mir so leid‹, sagte der kleine Hans, ›aber ich habe heut wirklich viel zu tun. Ich muss alle meine Schlingpflanzen aufbinden und alle meine Blumen noch gießen und den Rasen walzen.‹

›Na weißt du‹, sagte der Müller, ›in Anbetracht dessen, dass ich dir meinen Karren schenken will, ist es etwas unfreundlich von dir, dass du mir das abschlägst.‹

›Sag doch das nicht‹, rief Klein Hans, ›ich möchte nicht um die Welt unfreundlich sein‹, und er rannte nach seiner

Mütze und schleppte sich mit dem schweren Sack auf den Schultern davon. Es war ein sehr heißer Tag, und die Landstraße war schrecklich staubig; und bevor Hans den sechsten Meilenstein erreichte, war er schon so müde, dass er sich hinsetzen und ausruhen musste. Aber gleich schritt er wieder tapfer vorwärts und erreichte endlich den Markt. Nachdem er da längere Zeit gewartet hatte, verkaufte er den Sack Mehl für einen guten Preis und ging dann schnurstracks heim, denn er fürchtete Räuber, falls er zu spät in die Nacht hineinkäme.

›Das war schon ein schwerer Tag heute‹, sagte er zu sich selber, als er sich schlafen legte, ›aber ich bin froh, dass ich dem Müller die Bitte nicht abgeschlagen habe, denn er ist mein bester Freund, und dann gibt er mir ja auch seinen Karren.‹

Am nächsten Morgen in aller Frühe kam der Müller um sein Geld für sein Mehl. Aber der kleine Hans war so müde, dass er noch im Bett lag.

›Du bist doch ein Faulpelz‹, sagte der Müller. ›Dafür, dass ich dir meinen Karren geben will, könntest du, meine ich, schon etwas fleißiger arbeiten. Faulheit ist eine große Sünde, und ich kann es nicht ausstehen, wenn meine Freunde faul und träg sind. Du darfst mir meine Offenheit nicht etwa übelnehmen, und es würde mir nicht im Traum einfallen, so zu sprechen, wenn ich nicht dein Freund wäre. Aber was hätte die Freundschaft für einen Zweck, wenn man einander nicht aufrichtig die Meinung sagen könnte? Liebenswürdigkeiten und Schmeicheleien kann jeder sagen, aber ein wahrer Freund sagt stets unangenehme Dinge und kümmert sich nicht darum, ob er dem andern damit wehtut. Und wenn er ein wirklich wahrer Freund ist, dann tut er gern weh, weil er weiß, dass er damit Gutes tut.‹

›Ach verzeih‹, sagte der kleine Hans, indem er sich die Augen rieb und die Nachtmütze abnahm, ›aber ich war so müde, dass ich mir dachte, bleibst noch ein Weilchen im Bett und hörst die Vögel singen. Weißt du, dass ich immer besser arbeite, wenn ich die Vögel hab' singen hören?‹

›Das freut mich‹, sagte der Müller und schlug Klein Hans auf den Rücken, ›denn ich möchte, dass du gleich, wenn du fertig angezogen bist, hinauf zur Mühle kommst und mir das Scheunendach ausbesserst.‹ Dem armen kleinen Hans lag viel daran, in seinem Garten zu arbeiten, denn seine Blumen hatten zwei Tage lang kein Wasser bekommen, und doch mochte er dem Müller seine Bitte nicht abschlagen, da er ein so guter Freund von ihm war.

›Würdest du es für unfreundschaftlich von mir halten, wenn ich sagte, dass ich zu tun habe?‹, fragte er ganz schüchtern.

›Na weißt du‹, sagte der Müller, ›ich denke, es ist doch wohl nicht zu viel verlangt dafür, dass ich dir meinen Karren schenken will; aber natürlich, wenn du nicht willst, dann geh ich und mach es selber.‹

›Das unter keinen Umständen‹, rief Klein Hans und sprang aus dem Bett, zog sich an und ging mit dem Müller.

Dort arbeitete er den ganzen Tag bis Sonnenuntergang, und bei Sonnenuntergang kam der Müller nachsehen.

›Hast du das Loch im Dach schon ausgebessert, kleiner Hans?‹, rief er süß.

›Es ist fertig‹, antwortete Klein Hans und stieg die Leiter herunter.

›Ach!‹, sagte der Müller, ›keine Arbeit ist doch so erhebend wie die, die man für andere tut.‹

›Es ist wirklich ein großer Vorzug, dir zuhören zu dürfen, wie du sprichst‹, antwortete der kleine Hans, ›wirklich ein großes Privilegium. Ich fürchte nur, ich werde niemals so schöne Gedanken haben wie du.‹

›Wird schon kommen‹, sagte der Müller, ›du musst dir nur mehr Mühe geben. Jetzt kennst du nur die praktische Seite der Freundschaft, aber du wirst schon auch ihre theoretische kennenlernen.‹

›Meinst du wirklich?‹, fragte Klein Hans.

›Ohne Zweifel‹, antwortete der Müller, ›aber nun, da du das Dach ausgebessert hast, gehst du wohl besser heim und ruhst dich aus, denn ich möchte, dass du morgen meine Schafe auf den Berg treibst.‹

Der arme kleine Hans wagte darauf kein Wort zu erwidern, und am nächsten Morgen brachte in aller Frühe der Müller seine Schafe, und Hans machte sich mit ihnen nach dem Berge auf. Er brauchte den ganzen Tag für den Hin- und Rückweg und war so müde, als er heimkam, dass er auf seinem Stuhle einschlief und erst wieder aufwachte, als es helllichter Tag war.

›Wie schön wird's heut in meinem Garten sein‹, sagte er und ging gleich an die Arbeit.

Aber er kam nie dazu, nach seinen Blumen zu sehen, denn immerfort kam sein Freund, der Müller, zu ihm, schickte ihn auf weitläufige Besorgungen oder brauchte ihn in seiner Mühle. Klein Hans war zuzeiten ganz bekümmert darüber und fürchtete, seine Blumen könnten glauben, er habe sie ganz vergessen; aber dann tröstete er sich wieder damit, dass der Müller doch sein bester Freund sei und dass er ihm ja auch einen Karren geben wolle.

So arbeitete der kleine Hans für den Müller, und der sagte ihm alles mögliche Schöne über die Freundschaft, was Hans alles in ein Notizbuch aufschrieb und des Nachts durchlas, denn er war ein sehr gelehriger Schüler.

Eines Abends saß der kleine Hans beim Ofen, als laut an die Tür geklopft wurde. Es war eine sehr stürmische Nacht, und der Wind pfiff und tobte um das Haus, dass Hans erst glaubte, es sei der Sturm. Aber da tönte ein zweites Klopfen und ein drittes lauter als das erste Mal.

›Es ist irgendein armer Wandersmann‹, sagte Klein Hans und lief an die Tür.

Da stand der Müller mit einer Laterne in der einen und einem großen Stock in der andern Hand.

›Lieber kleiner Hans‹, rief der Müller, ›ich bin in großer Verlegenheit. Mein kleiner Junge ist von der Leiter gefallen und hat sich verletzt, und ich muss den Arzt holen. Aber der wohnt so weit weg, und es ist eine so schlimme Nacht, dass ich auf den Gedanken kam, es sei eigentlich besser, wenn du statt meiner gingest. Du weißt, ich schenke dir meinen Karren, und da ist es ja eigentlich nur in Ordnung, dass du mir mal einen Gegendienst erweisest.‹

›Selbstverständlich‹, rief Klein Hans, ›ich rechne es mir als eine Ehre an, dass du dich an mich wendest, und ich mach mich sofort auf den Weg. Aber du musst mir deine Laterne leihen, ich fürchte, ich falle sonst in einen Graben.‹

›Es tut mir so leid‹, antwortete der Müller, ›aber es ist meine neue Laterne, und es wäre ein großer Schaden für mich, wenn etwas daran entzweiginge.‹

›Macht nichts, dann geh ich halt ohne Laterne‹, sagte Klein Hans, griff nach Pelzrock und Wollmütze und ging.

Es war ein schrecklicher Sturm, und die Nacht war so schwarz, dass der kleine Hans kaum die Hand vor den Augen sehen konnte, und der Wind blies so stark, dass er sich kaum auf den Füßen zu halten vermochte. Aber er schritt tapfer vorwärts, und nach drei Stunden kam er an des Doktors Haus und klopfte an die Tür.

›Wer ist da?‹, rief der Arzt und streckte den Kopf zum Schlafzimmerfenster heraus.

›Klein Hans, Doktor.‹

›Und was willst du?‹

›Dem Müller sein Kleiner ist von der Leiter gefallen und hat sich was getan, und der Müller lässt Sie bitten, Sie möchten gleich kommen.‹ – ›Schön‹, sagte der Arzt, und er ließ anspannen und sich die hohen Stiefel und seine Laterne bringen und kam herunter und fuhr nach der Mühle, während Klein Hans hinter ihm herlief.

Aber der Sturm wurde immer schlimmer, und der Regen fiel in Strömen, und Klein Hans konnte nicht mehr sehen, wo er ging, und nicht mehr mit dem Gaul Schritt halten. Endlich kam er ganz vom Weg ab und geriet ins Moor, das sehr gefährlich war, da es tiefe Löcher hatte, und Klein Hans sank ein und ertrank. Am andern Tage fanden Ziegenhirten seine Leiche auf dem Wasser schwimmen und brachten sie in das Gärtnerhäuschen.

Die ganze Gegend ging mit bei Klein Hans' Begräbnis, denn jedermann hatte ihn gekannt, und der Müller war der Hauptleidtragende. ›Da ich sein bester Freund war‹, sagte der Müller, ›ist es nur in der Ordnung, dass ich den besten Platz bekomme‹, und so ging er in dem Trauergefolge als Erster in einem langen schwarzen Rock und wischte sich immerfort die Augen mit einem großen Taschentuch. ›Klein Hans haben sicher alle verloren‹, sagte der Schmied, als das Begräbnis vorbei war und alle bei Wein und Kuchen im Wirtshaus beisammensaßen.

›Für mich ist es jedenfalls ein schwerer Verlust‹, sagte der Müller, ›ich hatte ihm meinen Karren schon so gut wie geschenkt, und jetzt weiß ich nicht, was ich damit anfangen soll. Er ist mir zu Hause sehr im Wege und in einem Zustand, dass ich nichts dafür bekomme, wenn ich ihn verkaufe. Ich will mich jedenfalls hüten, jemals wieder etwas herzuschenken. Man hat unter seiner Großmut immer zu leiden.‹«

»Nun, und?«, sagte der Wasserratz nach einer langen Pause.

»Nun, das ist der Schluss«, sagte der Grünspecht.

»Und was ist denn aus dem Müller geworden?«, fragte der Wasserratz.

»Das weiß ich wirklich nicht«, antwortete der Vogel, »und es ist mir auch ganz gleich.«

»Dann ist es mir auch ganz klar, dass Sie nicht das geringste Mitgefühl in Ihrem Charakter haben«, sagte der Wasserratz.

»Ich fürchte, Sie verstehen die Moral der Geschichte nicht ganz«, bemerkte der Grünspecht.

»Die was?«, schrie der Wasserratz.

»Die Moral.«

»Wollen Sie damit sagen, dass die Geschichte eine Moral hat?«

»Natürlich«, sagte der Grünspecht.

»Das hätten Sie mir«, sagte der Wasserratz wütend, »vorher sagen sollen. Hätten Sie mir das zu Anfang gesagt, so hätte ich gar nicht zugehört; ich würde ›bah!‹ gesagt haben wie die Kritiker, was ich übrigens auch jetzt noch sagen kann.«

So rief er also in den höchsten Tönen »bah!«, gab seinem Schwanz einen Schubser und verschwand in seinem Loch.

»Mögen Sie den Wasserratz leiden?«, fragte die Ente, die ein paar Minuten darauf angepaddelt kam. »Er hat ja sicher eine Menge gute Eigenschaften, aber was mich betrifft – ich habe ein Muttergefühl und kann nie einen überzeugten Junggesellen sehen, ohne dass mir Tränen in die Augen kommen.«

»Ich fürchte fast, ich habe ihn gelangweilt«, antwortete der Grünspecht. »Ich habe ihm nämlich eine Geschichte mit einer Moral erzählt.«

»Ach, das ist immer eine sehr gewagte Sache«, sagte die Ente.

Und ich bin ganz ihrer Meinung.

JOSEPH ROTH

Geschenk an meinen Onkel

Mein Onkel Auerbach ist Kolonialwarenhändler. Sein Laden, dessen schmale Tür und dessen kleines Schaufenster die rätselhafte und beinahe unheimliche Tiefe des Magazins nicht ahnen lassen, befindet sich in einer der alten, schönen Gassen der inneren Stadt. Die Tür hat noch einen mechanischen Glockenzug, wahrscheinlich aus der Zeit des alten Auerbach, des Vaters meines Onkels – und seit meiner Jugend verbinde ich mit dem Gedanken an meinen Onkel, seinen Laden, seine Familie und selbst an seine alte Köchin den schmetternden und dennoch sanften, sozusagen goldenen Alarm der Glocke an der Geschäftstür. In meiner Jugend, als mir noch die Namen exotischer Inseln und Städte eine vage Vorstellung vermittelten und Begriffe einer Art romantischer Geographie waren, hörte ich den beharrlichen, starken und geheimnisvollen Klang der Glocke, wenn man die Namen ferner Ortschaften und Inseln aussprach, Jamaika, Honduras, Costa Rica, Sumatra, Borneo und Guatemala. Diese Namen kamen nämlich im Laden meines Onkels und in seinen Gesprächen fast immer vor. Sie bezeichneten bestimmte Sorten von Tee, Kaffee und Rum, standen gedruckt in blauen, roten und goldenen Buchstaben auf den papiernen Binden bauchiger, breiter und schlanker, eleganter Flaschen und auf den kleinen

Würfelpäckchen mit den kreuzförmig gebundenen zarten rot-weiß-grünen und schwarzgelben Schnürchen, deren Enden durch eine einzige Bleiplombe zusammengehalten waren.

Mein Onkel ist ein sparsamer Mann. Ja, in Zeiten, in denen es mir sehr schlecht ging, war ich geneigt, ihn einen Geizigen zu nennen oder sogar einen »Geizkragen«. Niemals bekam ich von ihm ein Päckchen Schokoladepulver, als ich jung war, und später niemals eine Flasche Rum. Niemals kaufte er mir ein Buch – wie andere Onkel es manchmal zu tun pflegen –, sondern er schenkte mir zu den üblichen Gelegenheiten alte und reizvolle, aber zerlesene Bücher mit schütter gewordenen Blättern, Bücher, mit denen kein Staat zu machen war und die ich nicht herzeigen konnte.

Sie stammten aus seiner Jugend und aus seiner Bibliothek. Es waren, wie ich erst heute weiß, schöne Bücher, vergessene Titel, vergessene Autoren, veraltete Reisebeschreibungen. Sie handelten von jenen wilden Völkern, deren Söhne heute in den Music-Halls ihre kupfer- und bronzefarbene Mondänität darbieten oder auf Kongressen unterdrückter Minoritäten ihre nationalen Rechte verteidigen. Keineswegs aktuelle Bücher! Sie vermitteln mir falsche Begriffe von fernen Ländern und Völkern. Der Onkel Auerbach hatte die gleichen.

In seinem Zimmer, bei ihm zu Hause, habe ich nie andere Bücher gesehen. Er besaß nicht einmal die Werke der klassischen Autoren, die in den bürgerlichen Häusern aller meiner Verwandten die wichtige Rolle von Möbelgegenständen spielen, von unberührbaren, leicht zerbrechlichen, zum kulturellen Komfort gehörenden. Der Onkel

Auerbach las nicht mehr, aber er kaufte auch keine Bücher mehr – seitdem er angefangen hatte, mir eines seiner alten Werke nach dem andern zu schenken. Er besaß noch viele, und ich wuchs schneller, als er gedacht hatte. Bald fand ich mich in dem Alter, in dem man nach Auerbachs Meinung keine Reisebücher mehr zu lesen hat. Der Rest liegt bei ihm und wird von den Kindern der kommenden Motoren- und Aviatiker-Generation wohl nicht mehr gelesen werden.

Der Onkel Auerbach liest prinzipiell nicht in Büchern. Er liebt nichts »Belletristisches«. Ja, selbst wenn er die Zeitung in die Hand nimmt, behütet er seinen Blick vor dem sogenannten »Feuilleton« – und der traditionelle »Strich«, der es von der Politik trennt, bildet die Grenze seiner Interessen und seiner Neugier. »Du schreibst jetzt in der Zeitung?«, fragte er mich einmal. »Ja«, sagte ich. »Wie viel Leitartikel schreibst du in der Woche?« – »Gar keinen.« – »Du schreibst am Ende unter dem Strich?« – »Ja, manchmal.« – »Dann werde ich die Tante fragen, ob du einen guten Stil hast!« Und Schluss! Nie mehr sprach er ein Wort über meinen Beruf mit mir. Nur einmal, als eine Kritik über eines meiner Bücher durch einen Zufall in dem Blickfeld meines Onkels über dem Strich erschien, sagte er mir bitter: »Ich habe eine Besprechung deines Romans gelesen. Man druckt jetzt *alles* in den Zeitungen!« –

Nie hat mein Onkel das Meer gesehen. Ich hielt ihn lange Zeit für eine prinzipiell kontinentale Natur. Aber einmal, in seinem Laden, fünf Minuten vor Geschäftsschluss – ich war eingetreten, um eine Flasche Cognac zu kaufen –, sagte mein Onkel: »Das Personal verschwindet heutzutage eine Stunde vor dem Chef! Und die Kunden kommen alle vor

Torschluss!« Und er ging selbst eine alte Leiter hinauf und kam mit zwei Flaschen zurück. »Möchtest du nicht lieber eine Flasche Rum?«, fragte er. »Ich habe noch zufällig einen alten Jamaika – aber einen, wie du ihn nicht mehr bekommst. Man sagt sonst immer: Jamaika! Und hat keine Ahnung! Jamaika! Es ist ein guter Rum!«

»Und ein schöner Name!«, sagte ich leichtfertig. Zu meiner größten Verwunderung ging Auerbach darauf ein: »Ein schöner Name!«, wiederholte er und ging in die Ecke und holte die Schlüssel und schloss die Tür ab. Dann verließen wir den Laden durch die Flurtür. »Beinah wäre ich nach Jamaika selbst gekommen!«, sagte er, als wir in die Straße traten und in den Regen und mein Onkel den Schirm aufspannte. Und während wir durch den abendlichen Regen gingen, erzählte Auerbach, dass er in seiner Jugend zur See hatte gehen wollen, um die Herkunftsorte all der Waren kennenzulernen, die im väterlichen Laden aufgestapelt lagen. Aber der Vater starb, ein Bruder wurde Rechtsanwalt, die Mutter lebte noch und musste erhalten werden. So verzichtete mein Onkel auf das weite Meer und die Inseln. Ich erinnerte mich an die Reisebeschreibungen, die er mir geschenkt hatte, erwähnte sie aber nicht. Es wurde mir auf einmal klar, weshalb mein Onkel manchmal, wenn er die Brille ablegte, einen so blauen Glanz in den kleinen Augen erzeugte; weshalb ein Fernrohr, das nie benutzt wurde, auf seinem Schreibtisch lag und ein kleiner Kompass an seiner Uhrkette hing. Und von nun an dachte ich beim Anblick seines schönen, weißen Backenbarts an zwei Segel und auch an Möwen …

Jedes Jahr zu Weihnachten schenkte ich ihm eine Kleinigkeit: eine überflüssige Dose, einen Aschenbecher, eine Füllfeder, ein Notizbuch, eine Brieftasche. Er gab mir immer ein winziges Musterfläschchen Alkohol, das ich in der Westentasche mitnehmen konnte. Seitdem ich seine Geschichte kannte, brachte ich ihm einen Atlas, einen Kompass, ein kleines Stundenglas. Schließlich kenne ich keine seemännischen Gegenstände und Symbole mehr. Ich bin entschlossen, ihm in diesem Jahr *Bücher* zu schenken – und weil es einen Wagemut bedeutet, ihm ein Interesse an »Belletristik« zuzumuten, will ich ihm Folgendes sagen:

»Lieber Onkel, ich weiß, dass Sie keine Bücher lesen. Trotzdem gebe ich Ihnen einige. Ein Mann hat sie geschrieben namens *Joseph Conrad.* Er war ein Pole von Geburt. Er wurde im tiefsten Kontinent geboren, nämlich in Wolhynien, zwischen dem fünfundzwanzigsten und dem dreißigsten Längengrad östlich von Greenwich, und seine Muttersprache war die polnische, die zu den kontinentalsten Sprachen der Welt gehört. Aber er ging mit sechzehn Jahren nach Marseille, bestieg ein Schiff, wurde ein Matrose und fuhr durch die Meere und wurde einer der größten Meister der ozeanischen Sprachen: der englischen. Und dies sind seine Bücher. Sie sind bewegt wie das Meer und ruhig wie das Meer und tief wie das Meer. Sie sind nicht mehr jung, lieber Onkel. Sie werden den Ozean nicht mehr kennenlernen, die Schiffskarten sind zu teuer. Lesen Sie den Ozean!« –

Und Auerbach wird zum Kasten gehen und mir ein winziges Fläschchen Cognac für die Westentasche schenken. –

ROLF DOBELLI

Geschenke

Wie bedanken Sie sich für ein Geschenk, das Ihnen nicht gefällt?

Empfinden Sie Bargeld als Geschenk unanständig? Warum? Warum nicht?

Was ist Ihnen lieber: ein brauchbares Geschenk oder eines, das von Herzen kommt?

Wonach richtet sich der Wert Ihrer Geschenke?
a. Nach Ihrer finanziellen Situation.
b. Nach der finanziellen Situation des Beschenkten.
Falls b.: Ist das Geschenk umso teurer, je wohlhabender der Beschenkte, oder umgekehrt?

Sind Sie mit Trinkgeldern großzügiger, wenn Ihre Frau (Freundin) dabei ist?

Inwiefern ist das, was man sich selber schenkt, etwas anderes als ein Kauf?

Wie oft muss es passieren, dass kein Gegengeschenk kommt, bis Sie aufhören, den Betreffenden zu beschenken?

Wie lange kann ein einfaches »Danke« ein Gegengeschenk ersetzen?

Empfinden Sie das, was Ihnen geschenkt wurde, als Ihnen weniger zugehörig als das, was Sie sich erarbeitet haben? Und falls ja: Glauben Sie, dass ein Geschenk eine geringere Kraft hat, Eigentum zu suggerieren, und können Sie sich auch dementsprechend leichter von Geschenken trennen?

Gibt es Personen, von denen Sie kein Geschenk annehmen würden?

Wie würden Sie sich als Bettler für Almosen bedanken? Und glauben Sie, dass Sie durch die Art des Sichbedankens den Cashflow optimieren könnten?

Wie lange behalten Sie im Durchschnitt ein nutzloses Geschenk, bevor Sie es wegwerfen?

Haben Sie Hemmungen, ein Geschenk weiterzuverschenken? Wenn ja, warum?

Wie steht es damit, wenn es sich um ein Geschenk handelt, das Ihnen nicht gefällt?

Haben Sie jemals Geschenke bekommen, die Hass ausgelöst haben?

Inwiefern ist das Erbe kein Geschenk?

Wie oft schenken Sie strategisch?

Wie entsorgen Sie unrealisierbare Wünsche?

Wären Sie, der Einfachheit halber, damit einverstanden, Weihnachten nur noch alle zwei Jahre zu feiern?

Was an Weihnachten würden Sie am ehesten so lassen?
a. Die Geschenke.
b. Die Jahreszeit.
c. Den Rummel.
d. Das ideologische Erbe.
e. Die Lieder.
Beurteilen Sie die Gaben, die die Drei Könige anlässlich Jesu Geburt mitgebracht haben (Gold, Weihrauch, Myrrhe) als sinnvolle Geschenke? Ganz konkret, was hätten Sie mitgebracht?

Wie oft schenken Sie, um zu signalisieren, dass Sie an die betreffende Person gedacht haben? Wenn ja: Warum sagen Sie es dieser Person nicht direkt, dass Sie an sie gedacht haben? Oder fällt es Ihnen leichter, Geschenke zu finden statt Worte?

Empfinden Sie die Tatsache, dass Sie existieren, als Geschenk, und wenn ja, von wem?

KATHERINE MANSFIELD

Der Mann ohne Temperament

Er stand an der Tür der Halle und drehte an seinem Ring, an dem schweren Siegelring auf seinem kleinen Finger, und dabei schweifte sein Blick kühl und bedächtig über die runden Tische und die Korbstühle, die in der verglasten Veranda herumstanden. Er spitzte die Lippen – es sah aus, als wollte er pfeifen –, aber er pfiff nicht, drehte nur an dem Ring, an dem Ring an seiner rosigen, frisch gewaschenen Hand.

Drüben in der Ecke saßen die Zwei Duttis und tranken ein Gebräu, das sie um diese Zeit immer tranken – etwas Grau-Weißliches in Gläsern, auf denen ganz oben kleine Körnchen schwammen; in einer Blechdose voller Papierschnipsel suchten sie nach getüpfelten Keksbrocken, die sie zerbrachen und in die Gläser fallen ließen, um sie dann mit dem Löffel herauszufischen. Ihre Strickarbeiten lagen neben dem Tablett – wie zwei Schlangen schlummernd.

Die Amerikanerin saß vor der Glaswand, wo sie immer saß, im Schatten einer großen Schlingpflanze, die sich mit weit offenen violetten Augen am Glas platt drückte und sie hungrig beobachtete. Und sie wusste, dass sie da war und sie beobachtete. Und sie ging darauf ein und machte ein Getue. Manchmal zeigte sie sogar darauf und rief: »Ist das nicht das scheußlichste Ding, das man sich vorstellen kann!

Ist es nicht wie ein Dämon?« Aber schließlich wuchs es ja auf der Außenseite der Veranda und kam nicht an sie heran, nicht wahr, Kleemangsso? Sie war eine Amerikanerin, nicht wahr, Kleemangsso, und sie würde sonst gleich zu ihrem Konsul gehen. Kleemangsso, der zusammengerollt unter ihrem zerrissenen antiken Brokatbeutel, einem schmuddeligen Taschentuch und einem Stoß Post von daheim auf ihrem Schoß lag, antwortete ihr mit einem Nieser.

Die andern Tische waren nicht besetzt. Zwischen der Amerikanerin und den Zwei Duttis wurde ein Blick gewechselt. Auf ihr ausländisches Achselzucken antworteten sie, verständnisinnig mit einem Keks winkend. Doch er sah nichts davon. Bald stand er still, bald lauschte er, wie es seine Augen verrieten. ›Huuusippsuuu!‹, machte der Lift. Die eiserne Tür klirrte auf. Leichte schleppende Schritte waren in der Halle zu hören und kamen auf ihn zu. Eine Hand fiel leicht wie ein Blatt auf seine Schulter. Eine weiche Stimme sagte: »Wollen uns dort drüben hinsetzen – von wo man die Allee sehen kann. Die Bäume sind so schön!« Er setzte sich in Bewegung, ihre Hand noch auf seiner Schulter, und die leichten, schleppenden Schritte neben den seinen. Er zog einen Sessel heran, und sie sank langsam hinein, lehnte den Kopf an die Rückenlehne und ließ die Arme niederfallen.

»Möchtest du den andern nicht näher heranziehen? Er ist so meilenweit weg.« Aber er rührte sich nicht.

»Wo ist dein Schal?«, fragte er.

»Oh!« Sie ächzte bestürzt. »Wie dumm von mir, ich habe ihn oben auf dem Bett liegen lassen. Es macht nichts! Bitte hol ihn nicht! Ich brauche ihn nicht, ich brauche ihn nicht!« – »Es ist besser, wenn du ihn bei dir hast!« Und er drehte sich um und ging rasch durch die Veranda und in die dämmerige Halle mit ihren vergoldeten, scharlachroten Plüschmöbeln – Zauberkünstlermöbeln – und der Bekanntmachung der Gottesdienste in der Englischen Kirche und dem Anschlagbrett mit seiner grünen Friesbespannung und den nicht abgeholten Briefen, die hinter dem schwarzen Gitterwerk hochkletterten, und der riesigen ›Eindruck schindenden‹ Uhr, die stets zur halben Stunde die volle Stunde schlug, vorbei an dem holzgeschnitzten Braunbären, der ganze Bündel von Stöcken und Regen- und Sonnenschirmen umarmt hielt, vorbei an den zwei verkümmerten Palmen – greisen Bettlern am Treppenfuß –, drei Stufen auf einmal die Marmortreppe hinauf, vorbei an der lebensgroßen Gruppe der zwei stämmigen Bauernkinder auf dem Treppenabsatz, deren Marmorschürzchen mit marmornen Weintrauben gefüllt waren, und über den Korridor mit dem aufgetürmten Strandgut alter Blechkisten und Lederkoffer und Segeltuchreisesäcke – ging er in ihr Zimmer.

Das Zimmermädchen war gerade im Zimmer und sang laut, während sie Seifenwasser in einen Eimer goss. Die Fenster standen weit offen, die Läden waren zurückgeklappt, und das Licht fiel grell herein. Sie hatte die Bettvorleger und die großen weißen Federkissen übers Balkongeländer gelegt; die Moskitonetze waren ringsherum hochgeschlagen; auf dem Schreibtisch stand eine Schippe mit Staubflocken und Streichholzenden. Als sie ihn sah, funkelten ihre unverschämten kleinen Augen, und ihr Gesang ging in ein Summen über. Aber er beachtete sie nicht. Seine Blicke flogen suchend durch das grelle Zimmer: Wo zum Teufel war der Schal?

»*Vous désirez, Monsieur?*«, fragte das Zimmermädchen spöttisch.

Er gab keine Antwort. Er hatte ihn gesehen. Mit großen Schritten durchquerte er das Zimmer, packte das graue Spinnweb und ging, die Tür zuschlagend, hinaus. Die Stimme des Zimmermädchens verfolgte ihn lauter und schriller denn je den ganzen Korridor hinab.

»Oh, da bist du ja! Was gab's denn? Warum hast du so lange gemacht? Der Tee ist nämlich schon hier. Gerade eben habe ich Antonio weggeschickt, dass er mir heißes Wasser bringt. Ist es nicht erstaunlich? Ich muss es ihm mindestens sechzigmal gesagt haben, und doch bringt er es nie. Danke! Es ist sehr angenehm. Wenn man sich vorbeugt, spürt man die Luft doch ein bisschen.«

»Danke!« Er nahm seinen Tee und setzte sich in den andern Sessel. »Nein, nichts zu essen.«

»O bitte! Nur einen! Du hast so wenig zum Mittagessen gehabt, und bis zum Dinner ist es noch eine Ewigkeit hin.«

Ihr Schal rutschte herunter, als sie sich vorbeugte, um ihm die Biskuits zu reichen. Er nahm eins und legte es auf seine Untertasse.

»Ach, die Bäume in der Allee!«, rief sie. »Ich könnte sie dauernd ansehen! Sie sind wie kostbare, riesige Farnkräuter. Siehst du den da mit der grausilbernen Borke und den Büscheln sahnegelber Blüten? Gestern habe ich mir einen Buschen heruntergezogen, um daran zu riechen, und der Duft« – sie schloss im Gedanken daran die Augen, und ihre Stimme verlor sich und wurde leise und dünn –, »der Duft war wie frisch gemahlene Muskatnuss!«

Eine kurze Pause trat ein, dann wandte sie sich lächelnd

ihm zu: »Du weißt doch, wie Muskatnüsse riechen, nicht wahr, Robert?«

Er erwiderte ihr Lächeln: »Wie könnte ich dir beweisen, dass ich's weiß?«

Nun erschien Antonio – nicht nur mit dem heißen Wasser, sondern mit Briefen auf einem Tablett und mit drei Zeitungsrollen.

»Oh, die Post! Oh, wie wunderbar! Oh, Robert, die können nicht alle für dich sein! Sind sie gerade gekommen, Antonio?«

»In diesem Moment, Signora«, griente Antonio. »Hab' sie selber dem Briefträger weggenommen! Er musst' sie mir geben!«

»Edler Antonio!«, lachte sie. »Halt – die da sind für mich, Robert, die andern sind für dich!«

Antonio wandte sich schroff ab; sein Gesicht wurde steif, und das Lächeln verschwand. Dank seiner gestreiften Leinenjacke und der glänzenden, gerade abgeschnittenen Stirnhaare sah er wie eine Holzpuppe aus.

Mr. Salesby steckte die Briefe in die Tasche; die Zeitungen lagen auf dem Tisch. Er drehte an seinem Ring, drehte den Siegelring auf seinem kleinen Finger und stierte blinzelnd und mit leerem Blick vor sich hin.

Sie aber – mit der Teetasse in der einen und den dünnen Briefblättern in der andern Hand, den Kopf aufgeworfen, die Lippen offen, einen Tupf Rot auf den Backenknochen – nippte, nippte, trank und trank …

»Von Lottie«, murmelte sie leise. »Die Arme … so ein Ärger … der linke Fuß. Sie hielt's … für Nervenentzündung … Doktor Blyth … Plattfuß … empfiehlt Massage.

So viele Rotkehlchen in diesem Jahr … sehr zufrieden mit dem Mädchen … bei Oberst in Indien … jedes Reiskorn einzeln … sehr starker Schneefall.« Und mit großen, leuchtenden Augen sah sie von ihrem Brief auf: »Schnee, Robert! Stell dir das vor!« Und sie berührte die kleinen dunklen Veilchen, die sie sich an ihre eingesunkene Brust gesteckt hatte, und wandte sich wieder dem Brief zu.

… Schnee. London im Schnee! Millie mit der ersten Tasse Tee am Bett. »Heut Nacht hat es furchtbar geschneit, Sir!« – »Tatsächlich, Millie?« Die Vorhänge klirren auf und lassen das bleiche, zaudernde Tageslicht ein. Er richtet sich im Bett auf; er erhascht einen Blick auf die gegenüberliegenden, weiß umrandeten, standfesten Häuser und auf ihre Fensterkästen mit dem zierlichen weißen Korallengezweig … Dann im Badezimmer … es geht auf den Hintergarten hinaus. Schnee – dicker Schnee auf allem. Der Rasen ist mit einem unentschlossenen Muster von Katzenpfoten bedeckt; eine dicke, dicke Glasur auf dem Gartentisch; die verdorrten Hülsen des Goldregens sind zu weißen Quasten geworden; nur im Efeu wagt sich hier und da ein dunkles Blatt hervor … Er wärmt sich am Esszimmerkamin den Rücken; die Zeitung trocknet über einer Stuhllehne. Millie mit dem Speck. »O bitte, Sir, es sind zwei kleine Jungen da, die für einen Shilling den Schnee von der Treppe und vom Weg fegen wollen – soll ich sie lassen?« … Und dann schwebt es leicht die Treppe herunter – Jinnie! »Oh, Robert, ist es nicht herrlich? Ach, wie schade, dass er nicht liegen bleibt! Wo ist das Pussykätzchen?« – »Ich hol's dir von Millie! – Millie, könnten Sie mir das Kätzchen heraufreichen, falls es unten bei Ihnen ist?« – »Gern, Sir.« Er fühlt das pochende kleine Herz in seiner Hand. »Komm, mein Kleines, dein Frauchen will dich haben!« – »O Robert, bitte zeig ihm zuerst den Schnee – es ist sein erster Schnee. Soll ich das Fenster aufmachen und ihm ein Krümchen auf die Pfote legen?«...

»Also im großen Ganzen lauter gute Nachrichten. Die arme Lottie! Und die liebe Anne! Wie sehr wünschte ich, dass ich ihnen etwas von dem hier hinschicken könnte«, rief sie und schwenkte die Briefe über den strahlenden, funkelnden Garten. »Noch etwas Tee, Robert? Robert – möchtest du noch etwas Tee?«

»Nein, danke, nein! Er war sehr gut«, sagte er schleppend.

»Findest du? Meiner nicht. Meiner schmeckte wie zerhacktes Heu. Oh, da kommen die Hochzeitsreisenden!«

Mit langen Schritten und beinah rennend kamen sie die Zufahrt und die flache Treppe herauf, zwischen sich Korb und Angelgerät tragend.

»Oh – waren Sie fischen?«, rief die Amerikanerin.

Sie waren außer Atem und stießen keuchend hervor: »Ja, wir waren den ganzen Tag in einem kleinen Boot auf dem Wasser. Wir haben sieben Stück gefangen! Vier kann man essen. Aber drei wollen wir verschenken. Den Kindern geben.«

Mrs. Salesby drehte sich auf ihrem Stuhl um und sah hin: Die Zwei Duttis legten ihr Schlangengestrick aus der Hand. Das junge Paar war sehr dunkel – schwarze Haare, olivbraune Haut, blitzende Augen und Zähne. Er war *English fashion* gekleidet: Flanelljacke, weiße Hose und weiße

Schuhe. Um den Hals trug er einen seidenen Schal; den Kopf mit dem nach hinten gebürsteten Haar hatte er nicht bedeckt. Mit einem bunten Taschentuch wischte er sich unablässig die Stirn und die Hände. Sie hatte eine nasse Stelle auf dem Rock; Nacken und Kehle glühten. Wenn sie die Arme hob, sah man in den Achselhöhlen große, durchgeschwitzte Halbmonde; das Haar hing ihr in feuchten Locken ums Gesicht. Sie sah aus, als hätte ihr Mann sie ins Meer gestippt und wieder herausgefischt, um sie an der Sonne zu trocknen, und dann – wieder hinein mit ihr, den ganzen Tag über.

»Möchte Kleemongsso einen Fisch?«, riefen sie. Ihre lachenden, aufgeregten Stimmen prallten wie Vögel gegen die verglaste Veranda, und aus dem Korb stieg ein sonderbarer, salziger Geruch auf.

»Heute Nacht werden Sie gut schlafen«, meinte Dutti I und bohrte sich mit der Stricknadel im Ohr, während Dutti II lächelte und nickte.

Die Hochzeitsreisenden blickten einander an. Eine große Welle schien über sie hinwegzuspülen. Sie schnauften, schluckten, torkelten ein bisschen und kamen dann lachend, lachend an die Oberfläche.

»Wir können nicht aufs Zimmer gehen, wir sind zu müde. Wir müssen Tee trinken, so wie wir sind! Hallo – Kaffee! Nein, Tee! Nein, Kaffee! Tee und Kaffee, Antonio!« Mrs. Salesby wandte sich ab.

»Robert? Robert?« Wo war er? Er war weg. Ach, dort stand er – am andern Ende der Veranda –, mit dem Rücken zu ihr, und rauchte eine Zigarette. »Robert, wollen wir jetzt unsern kleinen Lauf machen?«

»Gern.« Er drückte die Zigarette im Aschenbecher aus und kam, die Blicke auf den Boden geheftet, langsam herüber …

»Hast du's auch warm genug?«

»O ja.«

»Bestimmt?«

»Ach, vielleicht« – sie legte ihm die Hand auf den Arm und drückte ihn ganz leicht –, »vielleicht könntest du mir meinen Umhang holen; er ist nicht oben – hängt schon in der Halle.«

Er kam mit dem Umhang zurück, und sie neigte den kleinen Kopf, während er ihr den Umhang um die Schultern legte. Dann bot er ihr sehr steif den Arm. Sie grüßte die Leute in der Veranda sehr niedlich, während er bloß ein Gähnen versteckte, und zusammen gingen sie die Treppe hinunter.

»Haben Sie das gesehen?«, rief die Amerikanerin.

»Er ist kein Mann«, erklärten die Zwei Duttis. »Er ist ein Ochs. Das sage ich morgens zu meiner Schwester, und wenn wir abends im Bett liegen, sage ich's auch: Er ist kein Mann, sondern ein Ochs!«

Das Gelächter der Hochzeitsreisenden prallte kreiselnd, sich überschlagend und raketenhaft gegen die Glaswand der Veranda.

Die Sonne stand noch hoch am Himmel. Jede Blume, jedes Blatt im Garten lag reglos hingebreitet, wie erschöpft, und ein süßlicher, schwerer, verdorbener Geruch füllte die zitternde Luft. Aus den dicken, fleischigen Blättern einer kakteenartigen Pflanze ragte ein Aloestängel, mit bleichen Blüten überladen, die aussahen, als wären sie aus Butter gemodelt. Licht zuckte aus den aufwärts gerichteten Speeren der Palmen; über einem Beet mit scharlachroten, wachsartigen Blüten surrten und burrten große schwarze Käfer; ein prächtiges, leuchtendes Schlinggewächs – goldrot mit schwarzen Spritzern – wucherte vor einer Mauer.

»Eigentlich brauche ich meinen Umhang doch nicht«, sagte sie. »Es ist wirklich zu warm.« Er nahm ihn ihr also ab und trug ihn über dem Arm. »Lass uns diesen Weg hinuntergehen! Ich fühle mich heute so wohl – unglaublich viel besser! Meine Güte – sieh bloß die Kinder an! Wenn man bedenkt, dass wir November haben!«

In einer Ecke des Gartens standen zwei randvolle Wasserbottiche. Drei kleine Mädchen, die vorsorglich ihre Schlüpfer ausgezogen und auf einen Busch gehängt hatten, hielten die Röckchen bis zum Gürtel hoch, standen in den Bottichen und hüpften auf und ab. Sie kreischten. Das Haar fiel ihnen ins Gesicht, und sie bespritzten einander. Doch plötzlich blickte die Kleinste, die einen Bottich für sich allein hatte, hoch und sah, wer ihnen zuschaute. Einen Augenblick schien sie ganz überwältigt von Entsetzen, dann mühte sie sich zappelnd und ungeschickt aus dem Bottich, hielt noch immer ihr Röckchen bis zum Gürtel hoch, kreischte: »Der Engländer! Der Engländer!«, und riss aus, um sich zu verstecken. Quietschend und schreiend folgten ihr die zwei andern. Im Nu waren sie verschwunden, und nichts blieb zurück als die beiden randvollen Bottiche und die kleinen Schlüpfer auf dem Busch.

»Das ist ja – ganz – erstaunlich!«, sagte sie. »Was hat sie denn so erschreckt? Sie sind doch noch viel zu klein, um …« Sie blickte zu ihm auf. Sie fand, dass er blass aussähe ... aber außerordentlich hübsch vor dem hohen tropischen Baum mit den langen, spitzigen Dornen.

Er antwortete nicht gleich. Dann begegnete er ihrem Blick und sagte mit seinem bedächtigen Lächeln: »Sehr juxig!« Sehr juxig! Oh, ihr wurde ganz schwach! Oh, warum liebte sie ihn so, bloß, weil er so ein Wort benutzt hatte. Sehr juxig! Das war typisch Robert! Niemand anders als Robert wäre auf so ein Wort verfallen. Er, der so wundervoll, so geistreich, so gelehrt war, und dann mit so einer komischen Knabenstimme zu sagen ... Sie hätte weinen können!

»Manchmal bist du wirklich ganz ausgefallen«, sagte sie.

»Das bin ich wohl«, antwortete er. Und sie gingen weiter. Aber sie war müde. Es wurde ihr zu viel. Sie hatte keine Lust, noch weiterzugehen.

»Lass mich hierbleiben, und geh du weiter, ein bisschen Appetit holen, ja? Ich nehme mir einen von den Liegestühlen. Wie gut, dass du mir meinen Umhang gebracht hast, da brauchst du nicht hinaufzugehen, um mir eine Reisedecke zu holen. Danke, Robert! Ich werde den köstlichen Heliotrop anschauen ... Du bleibst wohl nicht sehr lange?«

»Nein, nein! Es macht dir nichts, dass ich dich allein lasse?«

»Dummes! Ich will, dass du gehst! Ich kann nicht erwarten, dass du jede Minute hinter deiner kränklichen Frau einherschleichst ... Wie lange willst du gehen?«

Er zog seine Uhr hervor. »Es ist kurz nach halb fünf. Dann bin ich Viertel nach fünf zurück.«

»Viertel nach fünf zurück«, wiederholte sie, streckte sich ruhig auf dem Liegestuhl aus und faltete die Hände.

Er wandte sich zum Gehen. Plötzlich war er wieder da.

»Hör mal, hättest du gern meine Uhr?« Und er ließ sie vor ihren Augen hin und her baumeln.

»Oh!« Der Atem stockte ihr. »Ja, sehr, sehr gern!« Und sie umklammerte die Uhr, die warme Uhr, die geliebte Uhr mit ihren Fingern. »Jetzt geh aber rasch!«

Die Torflügel der Pension Villa Exzelsior waren weit gegen einige sich vordrängende Geranien geöffnet. Ein wenig vornübergebeugt und starr geradeaus blickend ging er mit schnellen Schritten durchs Tor und begann die Anhöhe zu erklimmen, die sich hinter der Stadt wie ein großes Seil um die Villen wand und sie zusammenhielt. Der Weg war sehr staubig. Ein Wagen kam angerollt und hielt auf die Villa Exzelsior zu. Der General und die Gräfin saßen darin; er hatte seine tägliche Ausfahrt hinter sich. Mr. Salesby trat auf die Seite, aber der Staub wurde aufgewirbelt – dicht und weiß, und erstickend wie Wolle. Der Gräfin blieb gerade noch Zeit, den General anzustoßen.

»Da geht er!«, sagte sie gehässig. Doch der General krächzte laut und weigerte sich hinzublicken.

»Das war der Engländer«, sagte der Kutscher, drehte sich um und lächelte. Und die Gräfin warf die Hände auf und nickte so liebenswürdig, dass er befriedigt ausspuckte und dem stolpernden Gaul eins überzog.

Weiter – und weiter. Vorbei an den schönsten Villen der Stadt, prachtvollen Palästen, die anzuschauen es sich lohnte, von wer weiß wie weit herzukommen; vorbei am Stadtpark mit den künstlichen Grotten und gemeißelten Statuen und an aus Brunnen trinkenden Steintieren, hin zu einem ärmeren Viertel. Hier verlief die Straße schmal und dumpfig zwischen hohen, schiefen Häusern, deren Erdgeschosse zu Ställen und Schreinerwerkstätten ausgeweidet und ausgehöhlt worden waren. An einem Brunnen weiter vorn bearbeiteten zwei alte Weiber ihre Wäsche. Als er vorbeiging, hockten sie sich auf die Fersen zurück und starrten ihn an, und dann folgte ihm ihr Gegacker und das Aufklatschen der Waschhölzer auf der nassen Wäsche.

Er erreichte den Kamm der Anhöhe und bog um eine Ecke. Jetzt war von der Stadt nichts mehr zu sehen. Er blickte in ein tiefes Tal mit einem ausgetrockneten Flussbett hinunter. Dieser und der gegenüberliegende Abhang waren mit kleinen, baufälligen Häusern bedeckt, auf deren morscher Steinveranda Früchte zum Trocknen lagen; in den Gärtchen waren Reihen von Tomatenstauden, und von der Gartenpforte zur Haustür führte eine Pergola. Das Abendlicht lag satt und golden in der Talmulde; in der Luft hing ein Geruch von Holzfeuern. In den Weingärten schnitten Männer Weintrauben ab. Er schaute einem Mann zu, der im grünen Dämmerdunkel stand, nach oben griff, mit der einen Hand eine schwärzliche Traube packte, das Messer aus seinem Gürtel zog, sie abschnitt und in einen flachen, kahnförmigen Korb legte. Der Mann arbeitete gemächlich und schweigsam und ließ sich viel Zeit für sein Vorhaben. In den Hecken auf der andern Straßenseite hingen verkümmerte grüne Trauben, die hier zwischen den Steinen wild wuchsen. Er lehnte sich gegen die Mauer, stopfte seine Pfeife, hielt ein Streichholz dran …

… lehnte über ein Gatter im Feld, stellte den Kragen seines Regenmantels hoch. Es würde regnen. Ihm war's einerlei, er war darauf gefasst. Im November konnte man nichts anderes erwarten. Er blickte über das kahle Feld. Aus der Ecke beim Gatter stieg der Geruch von Runkelrüben auf, eine ganze Dieme war's, feucht und faulig verfärbt. Zwei Männer gingen vorbei, dem weitläufigen Dorf entgegen. »Abend!« – »Abend!« – Donnerwetter, er musste sich beeilen, wenn er den Zug nach Hause erreichen wollte. Übers Gatter, quer über ein Feld, durch den Zaunübertritt auf den Karrenweg, weit ausholend durch Regenschauer und Dämmerung … Rechtzeitig zu Hause, um zu baden und sich fürs Essen umzuziehen … Im Wohnzimmer ist Jinnie fast ins Kaminfeuer gekrochen. »O Robert, ich hab' dich nicht kommen hören. War's fein? Wie gut du riechst! Ist das für mich?« – »Ein paar Brombeerranken, die ich für dich gepflückt habe. Schöne Färbung!« – »Oh, reizend, Robert! Dennis und Beaty kommen zum Essen.« Dann bei Tisch: kaltes Fleisch, Pellkartoffeln, Rotwein, dunkles Landbrot. Sie sind fröhlich, jeder lacht. »Ach, wir kennen doch Robert!«, sagte Dennis, haucht auf seine Brillengläser und putzt sie. »Übrigens, Dennis, ich habe etwas aufgestöbert: eine sehr schmucke kleine Ausgabe von …«

Eine Turmuhr schlug. Er fuhr hastig herum. Wie viel Uhr mochte es sein? Fünf? Viertel nach fünf? Schnell zurück auf dem Weg, den er gekommen war! Als er durchs Tor eilte, sah er, dass sie nach ihm Ausschau hielt. Sie stand auf, winkte und kam ihm langsam entgegen, den schweren Umhang mitschleppend. In der Hand hielt sie ein Zweiglein Heliotrop.

»Du hast dich verspätet!«, rief sie fröhlich. »Um ganze drei Minuten! Da ist deine Uhr; sie hat sich in deiner Abwesenheit sehr brav benommen. Hattest du es nett? War's schön? Erzähl's mir! Wohin bist du gegangen?«

»Also hör mal – den *brauchst* du jetzt!«, sagte er und nahm den Umhang.

»Ja, ich nehme ihn um. Ja, es wird kühl! Wollen wir in unser Zimmer hinaufgehen?«

Als sie vor dem Lift standen, musste sie husten. Er zog die Brauen in die Höhe.

»Es ist weiter nichts. Ich bin zu lange draußen gewesen. Sei nicht böse!« Sie ließ sich in einen der roten Plüschsessel fallen, während er läutete, immer wieder läutete und schließlich, weil niemand erschien, den Finger nicht mehr vom Knopf nahm.

»Oh, Robert, hältst du das für richtig?«

»Was denn?«

Die Salontür ging auf. »Was ist denn das? Wer macht da solchen Lärm?«, rief jemand im Salon. Kleemangsso begann zu bellen. Der General krächzte anhaltend. Dutti I stürzte herbei, eine Hand über dem Ohr, und riss die Tür zum Durchgang auf: »Mr. Queet! Mr. Queet!«, blökte sie. Das brachte den Direktor auf.

»Haben Sie hier geläutet, Mr. Salesby? Wünschen Sie den Lift? Sehr gut, Sir. Ich werde Sie selbst bedienen. Antonio wollte auch gerade kommen. Er musste nur noch seine Schürze abbinden …« Und nachdem er sie in den Lift gedienert hatte, ging der Direktor zur Tür des Salons: »Bedaure sehr, dass Sie gestört wurden, meine Damen und Herren!« Salesby stand im Liftkäfig, sog seine Wangen ein, starrte zur Decke auf und drehte am Ring, drehte am Siegelring auf seinem kleinen Finger …

Sowie sie in ihrem Zimmer waren, ging er schnell zum Waschtisch, schüttelte das Fläschchen, goss ihr etwas ein und brachte es ihr.

»Setz dich! Trink! Und sprich nicht!« Er blieb vor ihr stehen, und sie fügte sich. Dann nahm er ihr das Glas ab, spülte es aus und stellte es wieder in den Behälter. »Hättest du gern ein Kissen?«

»Nein, ich brauche nichts weiter. Komm her! Setz dich nur eine Minute neben mich, Robert, ja? So ist's recht!« Sie wandte sich ihm zu und steckte ihm das Zweiglein Heliotrop in den Jackenaufschlag. »Das steht dir sehr gut!«, sagte sie. Und dann lehnte sie den Kopf an seine Schulter, und er legte den Arm um sie.

»Robert« – Ihre Stimme war wie ein Seufzer – hingehaucht.

»Ja? …« So saßen sie lange Zeit. Der Himmel flammte auf und verblasste. Die zwei weißen Betten waren wie zwei Schiffe … Endlich hörte er, wie das Zimmermädchen mit den Heißwasserkannen den Korridor entlanglief, ließ sie sanft los und schaltete das Licht an.

»Wie viel Uhr ist es denn? Was für ein himmlischer Abend! Oh, Robert, während du heute Nachmittag weg warst, habe ich nachgedacht …«

Sie waren das letzte Paar, das den Speisesaal betrat. Die Gräfin mit ihrer Lorgnette und ihrem Fächer war da, der General saß in seinem Krankenstuhl mit dem Luftkissen und der leichten Kniedecke. Die Amerikanerin zeigte Kleemongsso eine Nummer der *Saturday Evening Post* … »Wir haben ein Festmahl der Vernunft und einen Seelenflug.« Die beiden Duttis waren da, betasteten die Birnen und die

Pfirsiche in der Obstschale und sonderten alle aus, die sie für unreif oder überreif hielten, um sie dem Direktor zu zeigen; und die Hochzeitsreisenden steckten die Köpfe zusammen, tuschelten und bemühten sich, nicht laut herauszuplatzen.

Mr. Queet im Werktagsanzug und weißen Leinenschuhen füllte die Suppenteller, und Antonio – in Frack und Binder – reichte sie herum.

»Nein«, sagte die Amerikanerin, »nehmen Sie's wieder weg, Antonio! Wir sind gegen Kinderpapps, nicht wahr, Kleemangsso?«

»Nehmen Sie die beiden Teller wieder weg, und füllen Sie sie bis zum Rand!«, sagten die Duttis; sie drehten sich um und gaben acht, wie er ihren Wunsch ausrichtete.

»Was ist das? Reis? Ist er weich gekocht?« Die Gräfin beäugte die Suppe durch ihre Lorgnette. »Mr. Queet, der General kann etwas von der Suppe nehmen, wenn der Reis wirklich weich ist!«

»Sehr wohl, Frau Gräfin.«

Die Hochzeitsreisenden aßen stattdessen ihre Fische.

»Gib mir den! Das ist der, den ich gefangen habe! Nein, doch nicht! Doch, ja! Nein, stimmt nicht! Aber er starrt ja mit seinem Auge auf mich, also muss er's sein! Ti-hi-hi! Ti-hi-hi!« Sie hatten die Füße unter dem Tisch ineinander verhakt.

»Robert, du isst wieder nicht! Fehlt dir was?«

»Nein. Bloß keinen Appetit – weiter nichts.«

»O wie dumm! Nachher gibt es Spinat mit Ei. Und Spinat magst du nicht, wie? Ich muss ihnen sagen, dass sie dir nächstes Mal ...«

Und Ei und Kartoffelbrei für den General! »Mr. Queet! Mr. Queet!«

»Ja, Frau Gräfin?«

»Der General hat wieder ein zu hartes Ei bekommen!« Der General krächzt.

»Bedaure sehr! Soll ich Ihnen ein andres kochen lassen?«

Sie sind die Ersten, die den Speisesaal verlassen. Sie erhebt sich und rafft ihren Schal zusammen, und er steht auf und wartet, überlässt ihr den Vortritt und dreht am Siegelring auf seinem kleinen Finger. In der Halle lauert Mr. Queet. »Ich nehme an, dass Sie nicht auf den Lift warten wollen. Antonio verteilt gerade die Fingerschalen. Die Klingel funktioniert leider nicht mehr. Ich kann mir nicht vorstellen, woran es liegt.«

»Oh, hoffentlich ...«, fängt sie an.

»Geh hinein!«, sagt er.

Mr. Queet ist dicht hinter ihnen und schlägt die Tür zu.

»Robert, macht's dir etwas aus, wenn ich mich heute sehr früh hinlege? Willst du nicht in den Salon oder in den Garten hinuntergehen? Oder vielleicht auf dem Balkon eine Zigarre rauchen? Es ist so schön draußen. Und ich liebe Zigarrenrauch. Hab's von jeher getan. Aber wenn du lieber ...«

»Nein, ich setze mich hierher!«

Er nimmt einen Sessel und setzt sich auf den Balkon. Er hört, wie sie im Zimmer umhergeht, sehr leichtfüßig umhergeht und raschelt. Dann geht sie zu ihm hinüber. »Gute Nacht, Robert!«

»Gute Nacht!« Er nimmt ihre Hand, um die Handmuschel zu küssen. »Verkühl dich nicht!«

Der Himmel ist jadegrün. Es sind schon sehr viele Sterne da; ein riesengroßer weißer Mond hängt über dem Garten. In weiter Ferne flattert Wetterleuchten, flattert wie ein Flügel, wie ein verwundeter Vogel, der zu fliegen versucht und umsinkt und es von Neuem versucht.

Das Licht vom Salon fällt auf den Gartenweg, und Klavierspiel klingt auf. Und einmal ruft die Amerikanerin, als sie die Glastür öffnet, um Kleemangsso in den Garten zu lassen: »Haben Sie den Mond gesehen?« Aber niemand antwortet. Er sitzt auf dem Balkon, blickt auf das Geländer und findet es allmählich sehr kalt. Schließlich geht er hinein. Der Mond hat das Zimmer mit seinem Licht weiß getüncht. Das Licht zittert in den Spiegeln: Die beiden Betten scheinen zu schweben. Sie schläft. Durch das Moskitonetz sieht er sie, halb sitzend, von Kissen gestützt, die weißen Hände auf der Bettdecke gekreuzt. Ihre weißen Hände und das blonde, ins Kissen geschmiegte Haar sind silbrig. Er zieht sich rasch und behutsam aus und legt sich ins Bett. Liegt da, die Hände hinter dem Kopf verschränkt ...

In seinem Arbeitszimmer. Spätsommer. Der wilde Wein fängt gerade an, sich zu verfärben ...

»Ja, mein Lieber, das ist die ganze Geschichte. Der langen Rede kurzer Sinn. Wenn sie nicht die nächsten zwei Jahre von hier wegkommt und sich einem guten Klima anvertraut, hat sie nicht die geringsten ... hm ... Aussichten. Besser, man ist in solchem Falle offen ...« – »Oh, natürlich!« – »Und zum Kuckuck, mein Lieber, was kann Sie abhalten, mit ihr zu gehen? Sie haben doch keinen festen Beruf wie wir armen Lohnsklaven ... Was *Sie* tun, können Sie überall tun, egal, wo Sie sich aufhalten.« – »Zwei

Jahre?« – »Ja, zwei Jahre würde ich ansetzen. Kein Problem, das Haus hier zu vermieten. Ich könnte Ihnen sogar …«

Er ist bei ihr. »Robert – was so gräulich an der Sache ist – aber vermutlich kommt's von der Krankheit: Ich bin einfach überzeugt, dass ich nicht allein weggehen kann! Sieh mal, du bist mein Alles. Du bist Brot und Wein für mich, Robert, Brot und Wein! Oh, mein Liebster, was rede ich da? Natürlich könnte, natürlich möchte ich dich nicht herausreißen …«

Er hört, wie sie sich bewegt. Ob sie etwas braucht?

»Boogles?«

Großer Gott, sie spricht im Schlaf! Seit Jahren hat sie *den* Namen nicht mehr benutzt.

»Boogles – bist du wach?«

»Ja. Brauchst du etwas?«

»Oh, ich muss dich plagen. Es tut mir so leid. Stört es dich sehr? Aber in meinem Netz ist ein elender Moskito … ich höre ihn sirren. Könntest du ihn fangen? Ich sollte mich nicht bewegen, du weißt ja – das Herz!«

»Rühr dich nicht! Bleib ganz still liegen!« Er schaltet das Licht an und hebt das Netz auf. »Wo ist der Bösewicht? Hast du ihn entdeckt?«

»Ja, in der Ecke muss er sein! Oh, wie rücksichtslos von mir, dich aus dem Bett zu holen! Bist du mir böse?«

»Nein – Unsinn!« In seinem blau-weißen Pyjama steht er einen Augenblick auf der Lauer. Dann ruft er: »Hab' ihn!«

»Oh, wie fein! War es ein fetter?«

»Ja, widerlich fett!« Er geht zur Waschkommode und

benetzt die Finger. »Ist jetzt alles gut? Soll ich das Licht ausschalten?«

»Ja, bitte! Nein, warte, Robert! Komm einen Augenblick her! Setz dich zu mir! Gib mir deine Hand!« Sie dreht an seinem Siegelring. »Warum hast du nicht geschlafen? Hör bitte, Boogles! Komm näher! Manchmal frage ich mich: Ist es sehr schlimm für dich, hier unten bei mir zu leben?«

Er beugt sich vor. Er steckt die Decken fest und streicht das Kissen glatt.

»Dummes Zeug!«, flüstert er.

BRÜDER GRIMM

Die Sterntaler

Es war einmal ein kleines Mädchen, dem war Vater und Mutter gestorben, und es war so arm, daß es kein Kämmerchen mehr hatte darin zu wohnen und kein Bettchen mehr darin zu schlafen und endlich gar nichts mehr als die Kleider auf dem Leib und ein Stückchen Brot in der Hand, das ihm ein mitleidiges Herz geschenkt hatte. Es war aber gut und fromm. Und weil es so von aller Welt verlassen war, ging es im Vertrauen auf den lieben Gott hinaus ins Feld. Da begegnete ihm ein armer Mann, der sprach: »Ach, gib mir etwas zu essen, ich bin so hungerig.« Es reichte ihm das ganze Stückchen Brot und sagte »Gott segne dirs« und ging weiter. Da kam ein Kind, das jammerte und sprach: »Es friert mich so an meinem Kopfe, schenk mir etwas, womit ich ihn bedecken kann.« Da tat es seine Mütze ab und gab sie ihm. Und als es noch eine Weile gegangen war, kam wieder ein Kind und hatte kein Leibchen an und fror: da gab es ihm seins: und noch weiter, da bat eins um ein Röcklein, das gab es auch von sich hin. Endlich gelangte es in einen Wald, und es war schon dunkel geworden, da kam noch eins und bat um ein Hemdlein, und das fromme Mädchen dachte »es ist dunkle Nacht, da sieht dich niemand, du kannst wohl dein Hemd weggeben«, und zog das Hemd ab und gab es auch noch hin. Und wie es so stand und gar nichts mehr hatte, fielen auf einmal die Sterne vom Himmel, und waren lauter harte blanke Taler: und ob es gleich sein Hemdlein weggegeben, so hatte es ein neues an und das war vom allerfeinsten Linnen. Da sammelte es sich die Taler hinein und war reich für sein Lebtag.

VIKTOR FUNK

Perfekte Zeit

Nach meinem Zivildienst blieb ich in Hannover. Ich hatte einen Studienplatz und einen Job nach einem Praktikum in einer Werbeagentur. Zehn Jahre nach der Ankunft in Deutschland und zwei Jahre nach dem Ende der Beziehung mit Karina hatte ich endlich das Gefühl, mein Leben geordnet und im Griff zu haben.

Karina hatte ich mit 18 kennengelernt. Einen Sommer lang begeisterte sie sich fürs Angeln und fotografierte meine Fänge. Wenn wir nachts im Zelt waren, hoffte ich, dass kein Fisch biss. Und wenn einer biss, kroch ich heraus, landete den Fisch, wusch meine Hände im Sommernachtswasser und kroch zu Karina zurück, wo unser Spiel weiterging. Das Leben war perfekt. Deutschland war perfekt.

Nach einem Jahr fand Karina erst das Angeln und dann mich langweilig. Wenn ich allein am See war, schmerzte die Stille; jeder Atemzug brannte in meiner Brust.

Zu Weihnachten in unserem zweiten Jahr hatte Karina vorgeschlagen, dass wir uns keine Geschenke für mehr als 20 Mark machen. Über so etwas spricht man nicht, dachte ich. Nie hatten mein Vater und meine Mutter ein Geschenk danach ausgesucht, wie viel es kostete.

Am Weihnachtstisch ihrer Eltern saß Karina regungslos da, als sie mein Goldmedaillon ausgepackt hatte. Karinas

Mutter stand auf, ging in die Küche und rief sie zu sich. »Frauen«, sagte ihr Vater.

Ich schnappte Gesprächsfetzen auf. »Hatte dir gesagt«, »Unsinn«, »lustig«, »mach es«, »wie lange noch«. Es vergingen einige Minuten, die Kruste auf der Crème brûlée erkaltete. Als die beiden wiederkamen, sagte Karina: »Danke, es bedeutet mir viel.«

Es war nicht das erste Weihnachten ohne Schnee in Deutschland. Ein warmer Südwestwind trug leichten Nieselregen, als ich mich von Karina verabschiedete. »Sehen wir uns morgen?«, fragte ich.

»Ich ruf dich an«, sagte sie.

Drei Wochen schwieg sie. Drei Wochen lang saß ich jeden Abend in unserer Küche, hatte die Tür geschlossen und rang mit mir, nicht zum Telefon zu greifen und sie anzurufen. Ich schämte mich, weil ich weinte; ich hasste mich dafür, dass ich es nicht aushielt, und hasste sie dafür, dass sie nicht mit mir sprach. Die Stille war unerträglich. Sie war so quälend wie die Stille in den ersten Monaten in Deutschland, wenn dich niemand versteht und du niemanden verstehst. »Ich kein Deutsch«, hatte ich damals allen gesagt, die mich ansprachen. Nun verstand ich Karina nicht.

Ende Januar radelte ich zu ihr, vorbei an den frostigen Wiesen, durch Ein-Familien-Haussiedlungen aus den 70er Jahren, in denen alles geordnet, ruhig und friedlich schien. Ich klingelte an der schweren Tür, Karina öffnete. Sie trug eine Sporthose, ihr Haar war zerzaust, und sie suchte nach den richtigen Worten, um mich zu begrüßen.

»Ich wollte dich anrufen, aber dann wollte ich direkt mit dir reden«, sagte ich. »Sind wir noch zusammen?«

Sie bat mich hinein, ging in ihr Zimmer, kam umgezogen wieder und sagte, wir sollten spazieren gehen.

»Entschuldige, dass ich mich nicht gemeldet hab«, sagte sie.

»Wohin gehen wir?«

»Lass uns auf die Bank dort setzen.«

Sie holte einen Brief heraus. Er trug ein Datum aus dem November! Etwas fraß sich durch mein Gedärm, quetschte meinen Magen zusammen, trat wild gegen mein Herz, drückte mir die Luftröhre zu, schnitt mir von innen den Brustkorb auf, ließ meine Finger zittern und meine Hände und Füße frieren. Seit sie ihn geschrieben hatte, haben wir Sex gehabt, haben über den Urlaub im Sommer gesprochen und uns zu Pärchenabenden mit Freunden verabredet.

November! Das ist das Einzige, was ich von dem drei Seiten langen Brief behalten habe. Wahrscheinlich hatte sie etwas von »schöner Zeit« und »schönen Erinnerungen« geschrieben. Wahrscheinlich hatte sie das sogar ehrlich gemeint. Aber seit sie ihn geschrieben hatte, war sie nicht mehr ehrlich gewesen. Ich stand auf. Ich ging. Wortlos.

Ich wünschte, so hätte ich reagiert. Wahr ist, dass ich sitzen blieb, dass mir die Kraft fehlte zu gehen.

Karina ging. »Ist besser so«, sagte sie.

Ich fror. Ich schob mein Rad nach Hause, hielt immer wieder an, stand und versuchte zu begreifen, warum … An einer Kreuzung hielt ein Autofahrer an und fragte, ob alles in Ordnung sei, ich nickte. Für die fünf Kilometer nach Hause habe ich mehr als zwei Stunden gebraucht.

JOHANNES LAUBMEIER

Wandern

Ein bisschen sehen die Gipfel aus wie die Zähne eines wilden Tiers, denkt sich der Junge, als würden sie den Himmel fressen, und die Wolken gleich mit. Er ist fast sieben, und er hat die allerschrecklichste Angst. Unten, da wo er gerade so das Wasser des Königssees sehen kann, liegen die Fliegenpilze. Sein Vater hat ihm gesagt, dass das St. Bartholomä ist, eine Kirche, die auf der Halbinsel Hirschau steht. Halbinsel ist ein seltsames Wort. Dem Jungen ist schwindlig, als er vor dem grob gehauenen, hölzernen Geländer steht, das sie an den Rand der Aussichtsplattform im Osten gebaut haben, es kommt ihm unsicher vor, weil ja der Boden dahinter einfach verschwindet. Sein Vater steht hinter ihm. Er passt auf, dass der Junge nicht zu nahe an den Abgrund herangeht, aber es ist gar nicht der Abgrund, vor dem der Junge Angst hat. Er schaut nach oben und denkt an den bösesten Mann, den er sich vorstellen kann. Ein älterer Junge, fast schon ein Jugendlicher, hat ihm am Abend zuvor im Aufenthaltsraum der Berchtesgadener Jugendherberge von ihm erzählt.

Der Watzmann, hat er dem Jungen gesagt, ist der böseste Mensch der Welt, und er hat mit solcher Grausamkeit über seine Untertanen geherrscht, dass Gott ihn und seine Familie in Berge verwandelt hat. Wie genau der König grausam war, wusste der Jugendliche nicht, aber er sagte, dass es sicher ist, dass der Watzmann sich irgendwann aus den Felsen befreien wird. Todsicher.

Der Junge steht am Abgrund und starrt auf den Berg, der sich vor ihm auftürmt. Verzweifelt sucht er nach einem Zeichen, das ihm sagt, wie viel Zeit ihnen noch bleibt. Was, wenn er sich jetzt befreit, fragt er den Vater, gerade jetzt, wo sie hier stehen? Er erzählt ihm von dem älteren Jungen und der todsicheren Rückkehr. Der Vater lacht. Der Junge müsse sich keine Sorgen machen, sagt er. Mit einem Befreiungsversuch sei frühestens in 100 Jahren zu rechnen. Er habe sich da vor ihrem Urlaub selbstverständlich informiert.

Vor zwei Monaten hat der Vater dem Jungen seine ersten Wanderstiefel gekauft. Ein Paar nach dem anderen hatte er ihn anprobieren lassen, bevor er zufrieden war, und das war ziemlich anstrengend, weil der Junge mit jedem neuen Paar eine kleine Holzrampe hinauflaufen musste, damit sein Vater und der Ladenbesitzer, der ihr Nachbar ist, herausfinden konnten, ob alles passte. Am Ende nahmen sie die braunen, und auch die roten Schnürsenkel, die der Junge sich gewünscht hatte. Dann sagte der Vater dem Jungen, dass er die Schuhe über die nächsten Wochen einlaufen müsse, damit er sich beim Wandern keine Blasen hole. Oder reinpieseln, aber weil der Junge nicht in seine Schuhe pieseln wollte, hat er sie wirklich jeden Tag getragen, und das scheint auch funktioniert zu haben. Er hat noch keine Blasen.

Der Vater zieht die zwei Hälften der metallenen Brotzeitbox auseinander, und dann stellt er sie zwischen sich und den Jungen auf den großen Felsen und gibt ihm ein Stück Debretziner. Er sagt auch den Satz, den der Junge so gern mag. »In der größten Not …«, sagt er, »… schmeckt die Wurst auch ohne Brot!«, schreit der Junge in den Wald. Dann klemmt er die Wurst zwischen seine Zähne wie ein Pirat einen Dolch und lacht. Als der Junge die Wurst gegessen hat, breitet der Vater die Karte auf dem Felsen aus und legt seinen Kompass darauf. Er zeigt dem Jungen, wie er die Himmelsrichtung ablesen kann und wie er die Karte daran ausrichten muss. Er zeigt ihm ihre Position auf der Karte und erklärt ihm die Höhenlinien. Er holt einen Höhenmesser aus seiner Hosentasche. Der steckt in einer Hülle aus speckigem Leder und sieht fast aus wie ein Kompass, aber statt der Himmelsrichtungen misst er, ob man oben oder unten ist. Der Vater erklärt dem Jungen, wie man damit »die Höhe bestimmt«. Er sagt ihm, dass er ab jetzt für die Höhenmessung zuständig sei, Updates alle 50 Meter, Herr Höhenmesser vom Dienst. Dann nimmt er seinen verbeulten, hellgrauen Filzhut ab, den er nur zum Wandern trägt, setzt ihn dem Jungen auf und sagt ihm, dass er ein Hutgesicht habe.

Der Junge rennt den Felspfad hinauf und ruft »Einsfünffünfnull Meter« in den Wald. Zwei Stunden später kann der Junge nicht mehr. Schon seit neun Uhr sind sie auf diesem steinigen Pfad unterwegs, der in steilen Serpentinen den Berg hinaufgeht. Das Wort Serpentinen kommt von Schlangen, sagt sein Vater. Eigentlich hat sein Vater ihm versprochen, dass sie mittags an der Gotzenalm essen werden. Aber jetzt ist es schon acht nach zwölf und die Gotzenalm taucht nicht auf. Der Junge hat seinen Vater schon dreimal gefragt, wann sie da sind, aber seine Antwort hilft gar nichts, weil sie immer gleich ist und einem gar nicht sagt, wie lange etwas dauert. »In einer Stunde geht man viel«, sagt er dann immer und streckt ihm die Zunge heraus. Als er es noch mal sagt, wird der Junge sauer. Deshalb geht er jetzt einfach so schnell, dass er das, was man in einer Stunde geht, in einer halben Stunde schafft. »Wow! Du hast ja auf einmal einen Tiger im Tank«, ruft sein Vater, und der Junge versucht, noch ein bisschen schneller zu gehen. Eine halbe Stunde später taucht die Hütte hinter einem großen Felsen auf.

»Siehst du das?«, fragt der Vater den Jungen und zeigt auf die breite Schneise, die auf der anderen Seite des Tals den Berghang hinunterrollt. Er klingt dabei ein wenig aufgebracht. »Skigebiete machen die Berge kaputt«, sagt er. »Berge sind zum Hinaufgehen da, nicht zum Hinunterfahren«, sagt er, aber das weiß der Junge schon. Sein Vater sagt das immer.

An der Gotzenalm setzen sie sich auf die Terrasse und warten auf das Mittagessen. Der Vater hat es für ihn ausgesucht, und er hat gesagt, dass man das essen muss, wenn man beim Wandern ist. Der Junge weiß nicht, was ein »Gernknödel« ist, und er befürchtet, dass Kräuterlimonade ein schreckliches Getränk sein könnte. Er hat es aber trotzdem bestellt, weil sein Vater ein Wanderer ist und sich auskennt.

Der Vater trägt eine blaue Cargo-Hose und ein Hemd

über einem T-Shirt, er hat Sonnengläser über seiner Brille, die er einfach so draufstecken kann. In seinen Wanderstiefeln hat er Socken an, die bis zu den Knien gehen und die die Oma des Jungen gestrickt hat. Der grüne Wanderrucksack mit dem Bauchgurt ist so schwer, dass der Junge ihn nicht hochheben kann. Ein Viertel des eigenen Gewichts darf ein Wanderrucksack höchstens haben, hat ihm der Vater am Abend zuvor erklärt. Sonst ist er zu schwer. Der Junge musste sich deshalb entscheiden, was er mitnehmen will. Er hat einen Wanderführer über das Berchtesgadener Land, Hirschtalg für die Füße, ein zweites Paar Socken und eine lange Unterhose eingepackt und er hat seinen Teddybären, den er zur Taufe bekommen und dann selbst Mane getauft hat, obendrauf gestopft.

Am wichtigsten, sagt der Vater, sind das Wetter und das Licht. An den Tagen, an denen sie wandern, steht er immer schon auf, wenn es draußen noch dunkel ist. Eigentlich steht er nie auf, wenn es draußen noch dunkel ist, aber in den Bergen schon. Er bereitet dann die Ausrüstung vor, packt ihre Rucksäcke und trinkt drei Tassen Kaffee. Wenn der Junge danach noch schläft, weckt er ihn, aber meistens schläft er nicht mehr, weil er seinem Vater gern beim Packen zuschaut.

An diesem Morgen sind sie mit einem kleinen Boot aus Holz über den See gefahren, das »EMB Ramsau« heißt. Es lag sehr tief im dunklen Wasser, sodass es unter dem Nebel hindurchgleiten konnte. Am Ufer reichten die Äste der Tannen bis an die Wasseroberfläche heran, fast sah das so aus, als würden sie trinken. Als sie halb über den See waren, brachte der Kapitän das Boot an einem Felsen zum Stehen, der senkrecht aus dem See ragte. Er öffnete die Glastür in der Mitte des Bootes und spielte auf einem Flügelhorn, das fast so etwas ist wie eine Trompete, aber auch nicht, eine Melodie zum Felsen hin, die dann zurück auf den See hallte, sodass es fast wie Glas klang. Der Junge drückte seine Nase an die Scheibe. Er hauchte gegen das Fenster und versuchte mit dem Zeigefinger die Felsen nachzufahren, die am Ufer vorbeizogen. Aber weil sich das Boot bewegte, musste er schon nach wenigen Sekunden neu anfangen. Sein Vater saß neben ihm auf der blau gepolsterten Bank, aber er sah das nicht, weil er eingeschlafen war.

Gegenüber von der Halbinsel hält das Boot nur, wenn man dem Kapitän sagt, dass man rausmuss, die Haltestelle ist dort nur ein schmaler Steg. Dahinter führt eine Treppe aus Steinplatten an einem hölzernen Unterstand vorbei, und dann geht ein Weg in steilen Serpentinen den Berg hinauf. Die ersten Meter musste der Vater den Jungen fast schieben, weil der so müde war. Am frühen Vormittag war es kühl und düster im Wald, nur manchmal glitzerte der See durch die Bäume. Der Junge ging wenige Schritte vor seinem Vater. Er sah ihn nicht, aber er hörte ihn, schon nach wenigen Metern schnaufte er schwer. Weil er raucht. Der Pfad knirscht, wenn man mit den Wanderstiefeln darüberläuft. Der Vater hatte seine Daumen in Schlaufen an den Rucksackträgern eingehakt, deshalb machte der Junge das auch. Über den Bäumen konnte man den Himmel nicht sehen, weil da der Watzmann war. Die Schneefelder auf dem

Watzmann sahen ein bisschen aus wie die Streifen auf dem Rücken eines wilden Tiers.

Wenn man beim Bergwandern oben ankommt, ist man sehr überrascht, weil da plötzlich so viel Platz ist. Hochebene heißt das, sagt der Vater dem Jungen. Ein paar Weidekühe mit langen Hörnern stehen auf einer Wiese und kauen, und das Gras sieht ein bisschen aus wie ein plüschiger Teppich, nur manchmal schauen Steine aus ihm heraus. Der Junge steigt über einen hölzernen Übertritt am Rand des Waldes und in die Sonne. Der elektrische Weidezaun surrt, ganz leise. Er will einen Steinadler sehen, sagt er seinem Vater. Er hat noch nie einen Steinadler gesehen, aber hier, in den Bergen, sollen sie leben, so steht das in dem Adlerbuch, das ihm seine Eltern zum Geburtstag geschenkt haben. Einer der größten Adler ist das, Flügelspannweite über zwei Meter. Der Junge weiß alles, was man über Steinadler wissen muss. Dunkelbraune Federn, außer im Nacken, wo sie golden sind. »Weißt du, dass ein Steinadler sogar junge Steinböcke jagt?«, fragt er seinen Vater. Sein Vater wusste es nicht, sagt er. Nicht schlimm, antwortet der Junge, meistens fressen Steinadler eh keine Steinböcke, sondern Murmeltiere.

Mit zusammengekniffenen Augen sucht der Junge den Himmel ab. Auf der Hochebene ist es sehr hell, aber der Junge findet trotzdem keinen Steinadler. Als er enttäuscht aufhört zu suchen, zeigt sein Vater auf einen kleinen Felsen. Ein Murmeltier streckt dort seinen Kopf in die Höhe, es pfeift schrill und verschwindet dann, und der Junge ist so aufgeregt, dass er vergisst, dass er einen Steinadler sehen wollte.

Der Vater schneidet aus einem Strauch am Wegrand einen Stock. In der Gotzenalm hat er dem Jungen einen Stocknagel gekauft, ein Metallschildchen, das ungefähr so groß ist wie der Daumen eines Erwachsenen. Später, sagt der Vater, wird er den Stocknagel am oberen Ende des Stocks festmachen, als Erinnerung daran, dass sie da waren. Auf dem Stocknagel ist der Königssee drauf, mit einem Ruderboot, und im Hintergrund sieht man die St.-Bartholomä-Kapelle und den Watzmann. So muss sich das anfühlen, wenn man einen Orden bekommt, denkt sich der Junge, und er beschließt, ab jetzt sein ganzes Leben lang Stocknägel zu sammeln. Sein Vater erzählt ihm nicht, dass man kaum etwas sein ganzes Leben lang tut.

Am Abend kauft der Vater eine Postkarte, auf der das Gleiche drauf ist wie auf dem Stocknagel, nur in größer, und er sagt dem Jungen, dass sie die gemeinsam seiner Mutter schreiben werden. Der Junge fragt, was man denn draufschreiben muss auf so eine Postkarte. Der Vater sagt, dass es gar nicht so wichtig ist, was draufsteht. Man schickt Karten nämlich nicht, damit die Leute wissen, was man macht, sondern damit die Leute wissen, dass man an sie denkt.

KURT TUCHOLSKY

Pariser Weihnachten

Der »Père Noël« wird merkwürdigerweise immer populärer – so ist das früher nicht gewesen. Denn früher war es der Neujahrstag, der »Jour de l'An«, an dem man sich Geschenke machte. Wohl fanden am ersten Weihnachtstag die französischen Kinder Geschenke in ihren Schuhen, die sie am Kamin aufgebaut hatten – aber der Tannenbaum war natürlich nicht da, die Weihnachtskerzen auch nicht, und überhaupt nichts von dem, was seinerzeit auf deutscher Seite den großen Krieg mit beenden half: Weihnachten zu Hause zu feiern. (Doktorarbeit: »Das deutsche Familiengefühl in der Weltgeschichte.«) Das also hat es alles in Frankreich früher nicht gegeben – aber jetzt ist da langsam eine Wandlung eingetreten. Die großen Warenhäuser veranstalten Weihnachtsausstellungen, deren Schaufenster schon auf den Straßen umlagert sind; Barrièren sind errichtet, Schutzleute regeln den Verkehr, und die Kinder bekommen Blitzaugen, in denen sich Geblendetheit, Habsucht und Zauberstimmung gar anmutig mischen. Es ist wohl der englischamerikanische Einfluss, der Paris so wandelt; langsam geht diese Wandlung vor sich, sachte, Schritt vor Schritt, unerbittlich. Es gibt französische Nachahmungen des englischen Christmas-Pudding, vor denen uns Gott behüten möge, und die Sitte, Weihnachten anders zu begehen als früher, nimmt zu. Da stehen schon Tannenbäume auf den Straßen, hauptsächlich im Fremdenviertel, also um die Madeleine herum – das Warenhaus am Louvre hat sich eine sehr gute Lichtreklame ausgedacht: an seiner Fassade am Palais Royal, in dem das »Institut pour la Coopération Intellectuelle« wohnt, steigen ununterbrochen Raketen auf und zerplatzen in bunter Lichterfülle – eine Sache, die sehr viel Geld gekostet haben muss. Aber es kommt wieder herein. Die Warenhäuser sind voll; die mäßig bezahlten Angestellten haben zu tun, dass ihnen der Kopf schwirrt, und obgleich die Inflations-Fremden abgewandert sind, gehen diese Art Geschäfte – im Gegensatz zu fast allen anderen, die recht still sind – gut, sogar sehr gut.

Die Restaurants rüsten zum »Réveillon«. Das ist das traditionelle Festessen in der Silvesternacht. Zu Silvester liegen die Boulevards fast leer; alle Welt ist zu Hause oder in den Restaurants, wo das Essen besonders teuer und besonders mäßig ist. Da es kein französisches Wort für »gemütlich« gibt, so fehlt auch der Begriff – und es ist immer wieder merkwürdig, zu beobachten, wie sich um einen Tisch jene undefinierbare Atmosphäre herstellt, »où on s'installe«, jeder Tisch eine kleine Heimat. »Réveillon« ist eine Sache, die ganz Paris für ein paar Stunden verändert – am 1. Januar sinkt es wieder in seine Gewohnheiten zurück; in die bewegte Stille seiner Quartiers, die kleine abgeteilte Städte sind – alles wird wieder so, als wäre nichts gewesen.

Doch, etwas war. Im ganzen Monat Dezember klingelt ein Mann nach dem anderen an der Wohnungstür, Köpfe von

Frauen tauchen auf, Leute, die man das ganze Jahr über nicht zu Gesicht bekommt, sind plötzlich da. Sie bitten um die »étrennes«, um das Weihnachtsgeld, um das Neujahrsgeld, wie man will. Der Briefträger. Die Zeitungsfrau. Die Bäckerjungen. Der Mann von der Müllabfuhr. Der Telegrafenbote. Der Drucksachen-Briefträger. Der eingeschriebene Briefträger. Der Postminister war merkwürdigerweise nicht da ... Wohl aber: Seine Majestät, der Herr Hausmeister. Der Concierge. Frankreich ist ein freies Land, sagen die Leute. Das mag, für viele Gebiete, richtig sein. Dass sich aber eine Stadt wie Paris Tyrannei dieser Hausmeister gefallen läßt, ist etwas, das ich – auch nach jahrelangem Aufenthalt in dieser schönen Stadt – niemals begriffen habe. Er bittet nicht um die »étrennes« – er verlangt sie, traulich, auf die unsichtbare Pistole gelehnt, die jeder Mieter kennt. Denn jeder Pariser Hausmeister ist ein Beobachter deines privaten Lebens. Er weiß alles. Durch ihn gehen alle Briefe. Er fängt deine Besuche ab. Er kann dich so maßlos schikanieren, dass es besser ist, du ziehst aus, als einen vergeblichen Krieg zu führen, den du unweigerlich verlierst. Und von seinen Beziehungen zur Polizei will ich gar nicht sprechen. Doch, ich will davon sprechen. Eine mir befreundete Engländerin fand in ihrem »dossier«, in ihrem Aktenstück, das über alle Fremden und über alle wichtigen Franzosen auf der Polizei geführt wird, diese kleine Eintragung: »Empfängt viele Leute von Welt, schläft aber nur mit einem dekorierten Herrn ...« folgte der Name. Für jeden Kenner war klar, woher diese Angabe stammte. Vom Hausmeister. Aus Glas sind deine Wände, dein Privatleben ist keines, er bringt es an den Tag. Hüte dich! Und gib ihm – und vor allem ihr – reichlich zu Weihnachten, zu Silvester und zu Neujahr. Es ist dein Vorteil; man kann nie wissen; hörst du die Butter auf deinem Kopf schmelzen?

Um all das kümmert sich die französische Provinz so gar nicht – wie ja überhaupt die französische Provinz von Paris himmelweit verschieden ist. Einer der bedeutendsten französischen Literaturkritiker, Thibaudet, hat neulich einmal gesagt: »In Paris wird das Geld ausgegeben. In der Provinz wird es verdient.« Ah, es wird nicht nur verdient: es wird Billet auf Billet gelegt, Geiz ist das Nationallaster, und hier sehen die Leute nie nach dem aus, was sie wert sind. Man möchte ihnen häufig einen Groschen schenken. Aber sie, sie könnten dir etwas schenken. Sie tun es übrigens nicht.

Nun kommt Weihnachten; mit einer kühnen Sprachwendung sagt man: »Nous allons réveilloner!«, und wer klug ist, kocht sich seins zu Hause. Wir wollen einen mild-spritzigen Vouvray trinken, einen Wein, den sie nicht exportieren, und in dem ganz Frankreich ist: milde Süße, Sonne und die Ausgeglichenheit einer fröhlichen Welt.

Peter Panter
Prager Tageblatt, 25.12.1927, Nr. 305, S. 4.

NORMAN OHLER

Der Ring

Kapitel 1: Die Schauspielerin

Ich hatte beschlossen, meinen Mann zu bestrafen. Mit Geduld. Mit Finesse. Mit dem Verstummen. Er schlug mich nicht oft, nur wenige Male, aber das reichte. Er sagte, ich mache alles schwerer, als es sein müsste. Ich sah ihm ins Gesicht und wusste: Er glaubt es. Er glaubt, dass ich hilflos bin.

Also wurde ich hilflos.

Ich brauchte kein Rezept, keine Diagnose. Ich brauchte nur mein Gedächtnis. Und das konnte ich gut verstellen. Ich spielte Vergessen, und dabei vergaß ich tatsächlich – ein angenehmer Nebeneffekt. Wenn du jahrzehntelang mit einem Mann lebst, der dich nicht sieht, weißt du, wie man verschwindet.

Früher hat man die Männer vergiftet. Oder gesagt, sie seien schwul. Man hat sie entweder ins Grab oder in die Psychiatrie gesteckt. Ich entschied mich für das Gift der Abwesenheit. Mein Körper blieb. Mein Geist ging. Das glaubte er jedenfalls.

Erst nahm er mir das Kochen ab. Das war angenehm,

weil ich mein ganzes Leben lang immer gekocht hatte, er sich hingegen kaum ein Spiegelei selbst zubereiten konnte.

Dann kam das Kämmen. Er war meist noch liebevoll.

Dann das Denken. Das war einfach. Er dachte ja ohnehin schon immer für uns beide.

Ich hörte auf, Sätze zu beenden.

Ließ Dinge fallen.

Ließ mich fallen.

Ich wurde weich in den Gelenken und hart im Herzen. Das Zusammenleben im trauten Heim wurde auf eine harte Probe gestellt.

Anfangs stellte er sich recht gut an. Doch manchmal spürte ich eine Abwesenheit von Emotion, Empathie. Der liebevolle Blick sprang erst wieder an, wenn jemand zu Besuch kam, die Freunde zum Beispiel oder wenn Tais da war, unsere Putzfrau, die immer was leckeres Brasilianisches zu essen mitbrachte, weil sie so Mitleid hatte. Oder wenn die Kinder sich sehen ließen und aus New York heraufgefahren kamen, Juli zumindest.

Aber ich hatte es von früher nicht anders gekannt. Das mit der fehlenden Empathie.

Es war an meinem Geburtstag vor zwei Jahren, als ich die Entscheidung traf. Wir saßen mit Freunden im Garten, die Fackeln brannten, und jemand lobte meine Rosen. Er lächelte, klopfte mir auf die Schulter wie einem Kind und sagte: »Elvira hat halt ein Händchen für Blumen. Aber für die großen Dinge braucht sie mich.« Alle lachten, als wäre es ein Witz, aber seine Augen sagten: Du bist nichts ohne deinen Mann.

Mein Entzug war eine Reaktion. Der ebenso vorgetäuschte wie dann sehr reale Demenz wurde immer schlüssiger für mich: um mich abzuschotten von dieser Welt, diesen Menschen, die nicht sensibel genug mit sich selbst und ihren Mitmenschen umgehen. Das betraf Martin wie viele andere Männer. Es gab ja, das ist die bittere Ironie der Geschichte, keinen besseren als ihn. Ich habe es häufig genug ausprobiert.

Deshalb war es auch so gefährlich: tückisch, schwer zu durchschauen, der Missbrauch unsichtbar, weil ganz normal in unserem Ort. Ich habe diese boshaften Strukturen lange nicht gesehen; ich habe sie nur gespürt, deshalb habe ich immer wieder geweint und ihm vorgeworfen, dass er keine Gefühle habe. Doch in Kinderhook, dieser Kleinstadt, die ich liebte und hasste zugleich, war das alles eher unauffällig.

Es gab da irgendwelche Geschichten von seinem Vater, der im Koreakrieg etwas Schreckliches erlebt habe und deshalb gefühllos zurückgekehrt sei und seinem Sohn, der geboren worden war, während er als POW der Nordkoreaner einer Gehirnwäsche unterzogen wurde, nie sagte: »Ich liebe dich.« Deshalb habe sich Martin als Kind in sich selbst zurückgezogen und sich nie wieder geöffnet, weil er keine Hebel dafür hatte, keine Werkzeuge – nicht das Wissen, dass er überhaupt an etwas litt. Seine Reaktion war der Narzissmus geworden, das Verpanzern des eigenen Ichs, das hatte ihn dann zu seiner Karriere als Erzieher bis zum Schulleiter der Kinderhook High geführt. Der Schulleiter hat immer recht, er weiß sogar besser über Teenager Bescheid als diese selbst, er hat die beste Menschenkenntnis. Sonst wäre er ja nicht der Schulleiter.

Ich habe ihm das Leben seit dieser Geburtstagsfeier vor zwei Jahren schwer gemacht. Damit er etwas merkt; denn ich habe die Hoffnung noch nicht aufgegeben. Ja, ich liebe ihn noch. Sehr sogar. Ein Mann muss seine Schwächen erkennen und an ihnen arbeiten, aber das begreife ich erst seit Kurzem. Seit ich in der Ruhe viel Zeit finde zu reflektieren. Mich an mein Leben zu erinnern. Ich bin schlauer geworden. Viel schlauer. Obwohl alle glaubten, dass das Gegenteil eingetreten ist.

Kapitel 2: Mikrodosierung

Die Idee stammte von meiner jüngeren Tochter Juli, sie war Chemikerin und interessierte sich für Stoffe, die das Bewusstsein verändern. Ein Kollege von ihr hatte an der Colombia University eine Studie mit sogenannten Zauberpilzen durchgeführt mit dem Ergebnis, dass der Stoff in den Pilzen genau das im Gehirn fördere, was Alzheimer zerstört. Deshalb wäre es in kleinen Mengen gut gegen Demenz. Diese Mikrodosierungen waren in wohlschmeckenden Gummibärchen verpackt, die meine Jüngste für mich organisierte.

Ich genoss diese Gummibärchen. Homöopathisch fast, aber spürbar, wie ein Espresso, der ein paar Stunden anhält. Eine sanfte Schärfung der Sinne. Eine Rückholung der Gedanken. Die Welt wurde wieder greifbar. Die Farben kamen zurück. Auch der Schmerz. Aber das war gut. Der Schmerz hielt mich wach. Ich erhielt durch die Einnahme von zwei bis drei Dutzend, vielleicht auch fünfzig Gummibärchen eine Art Kickstart, mein Hirn fühlte sich flüssiger an, angeregter als während meiner 60-jährigen Ehe. Ich nahm alles deutlicher wahr als vorher.

Manchmal, nach einem Bärchen, sah ich ihn, wie er früher war: ein junger Mann, der mir zärtlich die Hand hielt, bevor er sich nahm, was er wollte. Die Erinnerung war so deutlich, und dann kam der Schmerz zurück und mit ihm die Klarheit: Ich würde ihm zeigen, dass ich mehr war als seine Projektion.

Aufgrund meiner neuen Gedanken und dem besseren Blick auf mein Leben wäre ich mehrmals beinahe eingeknickt und hätte mein Spiel zugegeben. Doch natürlich konnte ich das nicht. Er war noch nicht so weit. Er hätte sauer reagiert, alles wäre noch schlimmer geworden. Alles wäre vergebens gewesen, und das durfte ich nun wirklich niemandem zumuten. Ich musste weitermachen. Das war nicht einfach. Ich musste ja auch meinen guten Freundinnen und all den anderen etwas vorspielen, und meine Krankheit wurde vielleicht auch deshalb schlimmer, weil es einfacher war, einen fortgeschrittenen Verlauf vorzutäuschen, als den Anfang, den Übergang, als ich mich noch, wenngleich eingeschränkt, unterhalten konnte.

Diese Zeit des Übergangs war im Übrigen sehr interessant, weil ich wahrnahm, wie sein Verhalten sich innerhalb weniger Wochen veränderte. Aber vielleicht veränderte es sich auch nicht, doch ich sah es plötzlich. Denn ich hatte Distanz zu allem, und diese Distanz schärfte meine Sinne.

Vielleicht war ich gemein, dachte ich am Anfang häufig und dachte immer wieder daran, jeden Tag, das Experiment abzubrechen. Doch immer klarer wurde mir mit der Zeit, wieso ich dieses Spiel spielte, und ich war noch längst nicht zu Ende damit.

Ich wurde inkontinent. Das war gemein, aber unausweichlich, wenn ich glaubwürdig bleiben wollte. Eine Alzheimer-Erkrankung verschlechtert sich; das wissen alle. Und immer wieder wird gesagt, dass die Krankheit die Angehörigen noch stärker träfe als die Kranken selbst. Wie wahr, dachte ich jetzt, wenn ich mich hemmungslos gehen ließ, wie eine Kuh. Ich fühlte mich dreckig dabei, und es war einerseits eine merkwürdige, große Erleichterung, andererseits aber sehr unangenehm. Doch in solchen Momenten, wenn er mich dann sauber machte, kam auch viel Wahrheit heraus.

So nahe waren wir uns vielleicht nie gewesen. Es zehrte an ihm, viel mehr als an mir. Ich ließ mich einfach nur fallen; er rackerte sich mit seinem alten Kreuz ab, versuchte, mich aufzufangen. Ich würde ihn ins Grab bringen, wenn ich so weiter machte. Wieder kam mein schlechtes Gewissen.

Ich konnte mir nicht mehr helfen; ich machte weiter.

Irgendwann kam der Vorschlag: »Vielleicht ist es besser, wenn du in eine Einrichtung gehst.«

Ich hatte dazu nichts zu sagen. Es war entschiedene Sache. Der Schulleiter verwies mich aus meinem eigenen Haus. Erneut überlegte ich, die Scharade zu beenden, ihm eine runterzuhauen und ihm dann meine Wange hinzuhalten.

Doch ich war zu neugierig.

Kapitel 3: Im Heim

Das Heim hieß Sunnyvale, aber alle nannten es *Grumpy Hollow*. Ich auch. Das war mein erstes Zugeständnis an die Realität hier: Der Name war eine Lüge, also hatte ich keine Hemmungen mehr, selbst zu lügen. Wer vortäuscht, an Alzheimer zu leiden, ist krank. Wer es erfolgreich tut, wird frei.

Sie führten mich ein wie eine Trophäe. »Schulleitergattin. Zwei Kinder. Unauffällig. Kulturell interessiert.« So stand es in dem Aufnahmepapier, das ich später aus dem Papierkorb fischte. Ich wollte wissen, wie sie mich sehen. Ich wollte ihre Sprache lernen. Das hat mir früher schon geholfen, wenn ich mit Martin in Cancun im Urlaub war. In einem fremden Land hört man zu, dann spielt man mit.

Es gab hier Pflegerinnen und Pfleger sowie Haushaltskräfte. Diese beiden Gruppen. Die Ersteren standen höher, trugen lila Kittel, nicht grüne wie die, die sich um die versaute Bettwäsche kümmerten und das versabberte Geschirr. Und es gab Mike. Er war anders. Es kam mir manchmal so vor, als spräche er mit mir – ohne Worte. Als habe er sich telepathische Fähigkeiten antrainiert, um mit jenen noch kommunizieren zu können, die Worte nicht mehr erreichen.

Im Heim gab es keine Gummibärchen mehr. Den Grund dafür erfuhr ich nicht, er wurde mir weder von meinem Mann noch meinen beiden Töchtern kommuniziert. Somit wusste ich auch nicht, ob sie irgendwann einmal wiederkommen würden, die Bärchen. Vielleicht war nur der Vorrat kurzzeitig ausgegangen. Doch ich vermutete, es hatte andere Gründe.

Manchmal in den stillen Nächten in meinem sicher sehr teuren Einzelzimmer fragte ich mich, ob ich zu weit gegangen war. Wenn ich die Augen schloss, sah ich die Gesichter meiner Töchter, ihre Sorge, ihre Trauer. War ich überhaupt die Jägerin, die Martin in die Enge treiben würde – oder war ich selbst am allermeisten gefangen?

Die anderen Heiminsassinnen taten mir leid, noch mehr als ich mir selbst. Das Essen war reichlich, aber lieblos. Mit all den anderen zusammen zu speisen fiel mir anfangs schwer. Die Pflegerinnen dachten, ich könne das Besteck nicht mehr meistern, und fütterten mich. Daran gewöhnte ich mich schnell. Zu Hause hatte ich immer noch mit eigenem Löffel hantiert.

Grumpy Hollow war ein Theater mit Türen, die sich nach innen automatisch öffnen, nach außen aber nur mit einem Code zu bedienen sind.

Das Leben im Heim verlangte eine Art von Ruhe, wie ich sie vorher an mir nicht gekannt hatte. Ich war immer quirlig gewesen, hyperaktiv, energieverschlingender Metabolismus, immer dünn, immer auf Zack – jetzt schaltete ich ein paar Gänge zurück, gezwungenermaßen. Was mich überraschte: Es fühlte sich gut an. Bis auf die Verpflegung.

Einmal, beim Mittagessen, hörte ich zwei Pflegerinnen tuscheln. »Die Eversfields«, sagte die eine, »waren immer so ein schönes Paar. Wer hätte gedacht, dass sie jetzt hier landet?« Die andere zuckte mit den Schultern: »In Kinderhook redet man viel, aber keiner fragt, was wirklich los ist.«

Die Welt ist eine Maschine, die von Erschöpfung angetrieben wird. Männer erschöpfen Frauen, Frauen erschöpfen sich selbst. Und irgendwann sitzt man hier, mit Dinkelkeksen und einer Wärmflasche, und tut so, als wäre alles ganz normal. Das Altern war eine Angelegenheit mit langer Kündigungsfrist. Pflege war besser als Ignoranz, aber schlechter als Freiheit. Solches Zeug ging mir ständig durch den Kopf.

Frau Gutman, eine meiner Leidensgenossinnen, klatschte in die Hände, als hätte sie meine Gedanken gehört. Vielleicht hatte sie das auch?

Die anderen Heiminsassinnen – es waren nur zwei Männer in meiner Gruppe, und sie interessierten mich nicht – waren alle recht nett, zum Teil originell. Freundliche Frauen. Manche etwas drüber, das fand ich verständlich. Zu leiden schien keine – jedenfalls nicht mehr als ein Mensch sonst leidet und vielleicht sogar weniger. Wir unterhielten uns nicht über komplexe Themen. Wir taten alle nichts. Smalltalk, essen, aufs Klo, ins Bett.

Manchmal kam es mir so vor, als hätte ich wirklich Demenz. Ist es Vergesslichkeit oder Verdrängung? Sind beide das Gleiche? Ein Selbstschutzmechanismus. Zwar war ich überzeugt, die Einzige hier zu sein, die ihre Verkalktheit vortäuschte, aber auch einige der anderen, so schätzte ich, hatten zumindest unbewusst für diese Option votiert, anstatt in ihren heimischen Höllen zu bleiben.

Oft war es auch richtig lustig, nur nervte es, dass sie auf dem großen Fernseher an der Stirnseite des Raumes immer nur einen lokalen Sender mit Musikdarbietungen laufen ließen. Mir kam der Hudson Valley Folk, den ich früher mochte, mittlerweile aus den Ohren heraus.

Doch die meiste Zeit war es wirklich okay.

Viel entspannender als zu Hause, wo ich mich dauernd an ihm gerieben hatte. Wo ich zu viel Weißwein getrunken hatte. Zu viel Kaffee. Zu viel Zucker konsumiert. Die Donuts am Nachmittag, um es bis zur *Heure bleue*, wie man bei den Kanadiern sagt, durchzuhalten, dann ein Gläschen Bubbly – oder einen Brandy. Wo ich depressiv geworden bin.

Auch dabei hatten die Gummibärchen geholfen, und sie fehlten jetzt. Wie konnte ich ihm das klarmachen? Oder noch besser Juli? Das Handy haben sie mir längst abgenommen.

Martin kam jeden Tag. Schuld- oder zumindest pflichtbewusst. Er hatte mich ja immerhin aus meinem eigenen Haus gejagt. Bezahlt mit dem Geld meiner Eltern. Mein Vater war gut in Immobilien gewesen, seiner ein traumatisierter Veteran, der mit Finanzen nicht umgehen konnte.

Bei diesen Besuchen spielte ich jedes Mal eine neue Version von mir selbst. Manchmal weinte ich, und die Tränen waren echt: über mich, über ihn, über die Welt.

Es waren die gleichen Tränen, die ich früher schon geweint hatte.

Bei seinen Besuchen im Heim fütterte er mich jetzt auch, und er machte es gut. Überhaupt dachte er an alles, besprach mit den Schwestern meine Unterwäschesituation, brachte mit, was benötigt wurde. Außer die Bärchen.

Und vor allem kam er regelmäßig, regelmäßiger als irgendein anderer Angehöriger unserer Gruppe. Er tauchte wirklich jeden Tag auf, meist gegen halb drei, wenn es Kaffee und Kuchen gab. Ich hätte meine Uhr danach stellen können, doch ich trug aus irgendwelchen Gründen keine mehr. Ich wusste nicht einmal, wo sich meine geliebte schlanke Rolex befand, die er mir zum Sechzigsten geschenkt hatte, während unserer Kreuzfahrt durch die Karibik.

Ich genoss seine Besuche. Sie brachten uns aneinander näher. Er hielt meine Hand; offenbar hatte er ein schlechtes Gewissen, weil er mich nicht mehr zu Hause pflegte. Ich machte ihm deswegen keinen Vorwurf. Ich war recht schwer zu pflegen gewesen. Den Schwestern hier machte ich es vergleichsweise einfach. Außerdem waren sie professionell geschult. Sie nahmen eine volle Windel nicht persönlich.

Manchmal führte er mich nach draußen, und wir spazierten ein paar Schritte zusammen unter großen Bäumen. Manchmal war ich dazu nicht in der Lage. Ich gab ihm jedes Mal, was er verdient hatte: eine Projektionsfläche. Er brachte Blumen, und ich schielte an ihnen vorbei.

Ich war nicht mehr berechenbar, ich war jedes Mal eine andere.

Doch, ich war frei.

Erneut dachte ich darüber nach, mein Schauspiel zu beenden, und war kurz davor, mich zu offenbaren. Ich musste einen Moment abwarten, an dem er empfänglich war – lachen würde, wenn er die Wahrheit begriff, statt böse zu sein.

Der Moment kam nicht.

Ich traute ihm nie ganz.

Aber wir näherten uns dennoch auf eine merkwürdige Weise an.

Wir hatten auch ein schönes Leben zusammen gehabt, wir waren gereist, hatten viel Sport gemacht – ein recht buntes Dasein im Freundeskreis.

Doch es gab auch Makel. Unser Essen war selten wirklich gut gewesen, und das nehme ich auf meine Kappe. Ich war einfach zu jung gewesen, unwissend, und Tiefkühlkost war damals etwas Neues in Kinderhook und einfach zu machen, also war ich nicht davor zurückgeschreckt. Und unsere Weine an Weihnachten haben selten mehr als zwei Dollar gekostet. Was im Übrigen ebenfalls meine Schuld war, mit Alkohol war ich nicht sonderlich wählerisch. Hauptsache, ich hatte am nächsten Morgen keinen Kater. Aber alles in der Flasche beim Discounter, das war doch hervorragende Qualität, oft besser als die teureren Weine in den Weinhandlungen! So redeten wir es uns damals ein. Doch ich habe auch Ordentliches gekocht: Pfannkuchen mit Hackfleisch zum Beispiel, ein altes holländisches Rezept, das in Kinderhook populär war, weil wir alle irgendwie von den Niederländern abstammten, die hier die Siedler gewesen waren. Wir haben immer die billigen Eier und den günstigen Wein im Farmer's Market gekauft. Diese Mittelmäßigkeit hat uns auf die Dauer krank gemacht. So hat sich das bei uns eingeschlichen, weil die anderen das auch so gemacht haben, es gab Ausnahmen, den Zahnarzt zum Beispiel, mit dem ich übrigens nie etwas hatte, auch wenn er unbedingt wollte, der hatte manchmal vor der Sauna sogar Champagner!

In Kinderhook war alles wie ein Tanz, bei dem jeder die Schritte kannte. Einmal, zum Labor Day, kam unsere Nachbarin Helen zu mir und sagte: »Elvira, du hast so ein Glück mit Martin. So ein gebildeter, gut aussehender Mann!« Ich lächelte höflich, aber dachte mir: Wenn du wüsstest, wie oft er mich korrigiert, nur um zu zeigen, dass er der Klügere ist. Das war der Preis für das schöne Leben – immer ein Stück kleiner sein, als er sich fühlte.

Unser ganzes Eheleben über hat er intellektuell immer nur auf mich herabgeschaut. Er hatte einen Hochschulabschluss, Harvard, nicht die Uni, sondern nur ein teures Privatcollege, wo er Verwaltung gelernt hatte. Ich besaß dagegen nur mein High School Diploma. Ich hatte mich einfach zu jung in ihn verliebt, im Autokino, über gemeinsame Freunde eine gemeinsame Rückbank bei *Psycho*, das hat uns zusammengeschweißt. Seitdem war ich aber nicht mehr gerne ins Kino gegangen, das Trauma der Ermordungsszene – während er mir zwischen die Beine gegriffen hatte und ich hilflos war. Ich war damals 15, er 17.

Ich kann nicht sagen, wie oft ich fremdgegangen bin. Ich kann mich nicht mehr an alle Männer erinnern. Weil manche so bedeutungslos waren. Mit anderen war es besser; ich schloss sehr gerne innige Beziehungen für kurze Zeit, da gab es dann Gefühlsaustausch, den ich mit Martin vermisste. Manchmal hat er es herausbekommen – meistens nicht. Manchmal hab ich ihm auch davon erzählt. Wir führten ja eine »offene Ehe«. Aber ehrlich waren wir nie miteinander. Er hatte dann auch irgendwelche Affären, das hat mich fuchsteufelswild gemacht, aber vorwerfen konnte ich es ihm natürlich nicht. Obwohl, eigentlich schon. Ich habe mir einfach das geholt, was mir in der Ehe vorenthalten wurde. Das haben mir einige auch bereitwillig gegeben. Ich war sehr gut aussehend. Der heißeste Feger, wie man damals sagte, in Kinderhook. Mit einigen Männern hatte ich sehr innige Beziehungen, aus denen später dann, wenn Martin das Verhältnis gewaltsam unterband, indem er seinen Rivalen Ultimaten stellte, echte Freundschaften wurden.

Einer besuchte mich sogar hin und wieder hier im Heim. Unsere Liebe ist mittlerweile platonisch.

Ich bin früher gerne solche Abenteuer eingegangen, es hat mich wachgehalten, es entsprach meiner Freude am Dasein und meinem Temperament. Doch es war auch nie so stark, dass ich mich von Martin getrennt hätte. Das war unser Übereinkommen gewesen: Wir bleiben zusammen, auch wenn da mal andere kommen. Für dieses Versprechen, für kein anderes, haben wir die Ringe getauscht.

Kapitel 5: Cosima

Mike, mein Lieblingspfleger, hatte mich am Morgen auf die Toilette gesetzt und war dann eine rauchen gegangen, weil ich am Morgen oft noch nicht musste und einfach nur auf dem Topf saß, nutzte er die Zeit dann für eine Zigarettenpause. Ich saß einfach nur da und dachte nach. Ich hatte mich mittlerweile daran gewöhnt, so umfassend gepflegt zu werden, viel zu sehr sogar. Ich war längst diesem Zustand verfallen, wieder ein Baby zu sein. Wer sein Leben lang getriezt wird – vom Mann, von den Kindern, den Freunden, der Kleinstadt, aber vor allem von sich selbst –, neigt zur Überreaktion, ich jedenfalls. Das mit dem Auf-die-Toilette-Gehen ist so eine Sache jedenfalls. Was für ein Privileg, überhaupt eine zu haben! Juli, meine Jüngste, war mal länger in Bombay gewesen, bei irgendeiner ihrer Aktionen zur Rettung der Welt. Dort würde es über eine Million Menschen geben, die jeden Tag auf die Straße scheißen, hatte sie uns erzählt. Diese Zahl hatte mich damals beeindruckt.

Nach Indien sind wir übrigens nie gefahren, immer nur in die Berkshires: mehr Hügel, viel Wandern, Literatur und Musik. Norman Mailer, Yo-Yo Ma; ideal für gebildete, kulturinteressierte Stadtflüchtlinge mit Resturbanität im Herzen. An die Küste Neuenglands fuhren wir auch: Das waren schon weite Reisen: Cape Cod, Maine, Rhode Island – Meer, Holzveranda, Hummer, Sonnenuntergänge in Graublau. Der Bildungsbürger von Kinderhook liebt das leise Rauschen des Atlantiks.

Aber nie nach Indien. Ich wäre da schon gern einmal hingefahren. Auf der Toilette habe ich viel Zeit, solchen Überlegungen nachzuhängen, außerdem bin ich dann nach unten offen, das verbindet vielleicht mit der Erde, dem Untergrund, etwas Tieferem jedenfalls. Mir kommen viele gute Gedanken, wenn der Schlund unter mir offen ist. Und wie ich so nachdachte, sah ich eines Morgens das Handy von Mike auf der Ablage neben dem Waschbecken, und aus irgendwelchen Gründen griff ich danach. Es war entsperrt. Wahrscheinlich glaubte er nicht, dass dies eine Gefahr darstellte hier im Heim. Ich zögerte, aber dann war ich zu neugierig und wollte wissen, was da draußen los war in der Welt, also begannen meine Finger zu spielen.

Ich war ehrlich gesagt schon immer sehr gut mit Telefonen gewesen: Telefonieren war eine meiner Leidenschaften. Das Erste, was ich sah auf Mikes Display, war eine Barbiepuppe. Auf Instagram. Doch die Barbiepuppe lebte, war eine echte Frau, sie hatte lediglich einen Barbiefilter angewandt und stand jetzt als Barbiepuppe in einer rosafarbenen Matell-Schachtel. So etwas tun sich Leute freiwillig an.

Ich selbst habe Instagram nie benutzt, doch es war wirklich kinderleicht. Meine beiden Töchter waren ganz begeistert davon und fütterten es jeden Tag, auch mit Fotos, die sie mit mir gemacht hatten. Ich versuchte, auf diesen Bildern immer wie jemand auszusehen, der Alzheimer hatte. Wobei es mir irgendwie auch komisch vorkam, fast verwerflich, dass sie mit meinem Zustand um Follower buhlten. Ich machte es ihnen nicht zum Vorwurf. Meine Töchter unter meiner Scharade leiden zu sehen schmerzte mich am meisten, denn sie litten wirklich, aber es ging nicht anders, sie würden mich eines Tages verstehen. Und in der Zwischenzeit vielleicht ein paar neue Follower aus Mitleid bekommen.

Aber wieso schaute sich Mike diese Barbiepuppe an? Weil er einen Stecker im Ohr trug, war ich davon ausgegangen, dass er sich mehr für Männer interessierte. Ich klickte auf das Gesicht mit den aufgespritzten Lippen, und ein Foto ploppte auf, eine Story. Mein Herz setzte aus. Denn jetzt war die Barbiepuppe mit jemandem zu sehen, in einer vertraut wirkenden Umarmung.

Mit ihm.

Darunter stand: *»Art is what you make of it«*. Ich starrte auf das Handy. Ich verstand sofort, dennoch überraschte es mich. Dabei hätte ich es erwarten müssen. Doch ich habe es ihm nicht zugetraut. Diese Chuzpe. Wenn es nicht so krank wäre.

Ich geriet in einen Klickrausch und sah mir alles an, was dieses Wesen von sich zeigte, ein völlig schamloses Weib offenbar, denn sie musste doch wissen, dass es mich gab, dass ich lebte, er mit mir verheiratet war und ich hilflos im Altenheim saß – oder wusste sie es etwa nicht?

Ich konnte mir nicht vorstellen, dass er Barbie über diese kleine Angelegenheit seines Lebens im Dunkeln ließ, aber ganz sicher sein konnte ich mir nicht. Was mich kränkte, waren die Orte, an denen er sich mit ihr sehen ließ. Michelin-Stern-Restaurants, ein stilisiertes Farmhaus im Hudson Valley, Kaminfeuer, Bauernmarkt, Wein aus biodynamischem Anbau. Teure Wellness-Hotels in den Catskills: Natur, Retro, Millionärsaussteiger. Und dazwischen die beiden, wie lächerlich. Auch zum Tanglewood waren sie gegangen, Musikliebhaber, der er ist: Sommerdomizil des Boston Symphony Orchestra, weitläufiges Gelände mit Rasenflächen, uralten Bäumen, sie auf einer geblümelten Picknickdecke, Wein und Käse, Kinder spielen auf dem Gras, während im Hintergrund Mahler oder John Williams erklingt. In seinem Lächeln eine Mischung aus rustikalem Understatement und großbürgerlicher Kultiviertheit. Bei ihr einfach nur Freude über so viel unverdientes Glück. Mir war ganz flau im Magen.

Die Frau, 42 Jahre (!!) jünger als er, bezeichnete sich als »Influencerin«. Ihr Profil war eine Litanei an Oberflächlichkeiten. Sie schien von den schönen Dingen geradezu besessen zu sein, von Handtaschen zum Beispiel. Sie hatte

Geschmack, teuren. Wer war diese Trulla? Wieso stand sie da mit ihm, hatte ihren schlanken Arm um seine Hüfte gelegt, trug ein ungemein knappes rotes Kleid, das ihre sicherlich nicht natürlichen, dafür um so sichtbareren Kurven betonte?! Vollkommen absurd. So eine Tussi ... Dass er nicht mehr Stil hatte, höhere Ansprüche, eine Universitätsprofessorin aus Boston vielleicht, Lehrerin wie er, das würde jeder vielleicht noch verstehen, akzeptieren. Aber dieses Püppchen!

Natürlich kam er auch weiterhin ins Heim. Diese Besuche waren jetzt sein Feigenblatt. Das ärgerte mich. Er wusch sein Gewissen rein, indem er mich mit Kuchen fütterte.

Ich roch ihn, bevor ich ihn sah. Er benutzte ein neues, teureres Aftershave. Kein Old Spice mehr. Irgendwas mit Sandelholz und kühler Minze.

Ich fragte mich, ob er mich auch roch. Wahrscheinlich nicht. Ich roch nach Vanillepudding und Desinfektionsmittel.

Er saß neben mir, ich stellte mich stumm. Er redete. Ich schwieg. Dann zitterte ich leicht mit der linken Hand. Nur ganz leicht. Das hatte ich geübt. Er legte seine Hand auf meine. Warm. Immer noch warm. Ich erinnerte mich an früher.

Manchmal, wenn er meine Hand hielt, flackerte eine Erinnerung auf – keine von ihm, sondern von mir selbst, jung, tanzend auf einer Wiese in den Berkshires, frei und lebendig. Die Gummibärchen hatten diese Bilder zurückgebracht, und ich fragte mich, ob ich diese Elvira noch war oder ob ich sie in meiner Ehe verloren hatte.

»Ich wünschte, du wärst wieder bei klarem Verstand«, sagte er ebenso plötzlich wie unerwartet. »Ich hätte dir eine Menge zu erzählen!«

Es fiel mir schwer, ihm keinen überraschten Blick zuzuwerfen. Wollte er beichten? Plötzlich interessierte ich mich wieder für ihn, und ich verfluchte es, nicht ihm sprechen zu können, noch nicht. Oder war jetzt, genau jetzt, der richtige Zeitpunkt, die Scharade zu beenden?

Ich verpasste den Moment.

Ich konnte sehen, wie die Sache an ihm zehrte, und wieder tat er mir leid. Diese neue Komplexität mit der Geliebten war nicht einfach, aber diese Suppe hatte er sich selbst eingebrockt. Er war ja nicht mehr der Jüngste, und auch seine Hand zitterte, wenn er mir den Löffel mit der Suppe zum Mund führte. Es bereitete mir Lust, es nun noch schwieriger für ihn zu machen, plötzlich meinen Kopf zu drehen, mit der Wange den Löffel zu streifen, sodass die Suppe auf meine Hose lief. Ich konnte förmlich spüren, wie er sich danach sehnte, wieder bei ihr zu sein. Ihrem weichen Busen. Den vollen Lippen. Wer konnte es ihm verübeln? Nur unser Erbe verscherbeln, das durfte er nicht! Denn es war auch mein Erbe. Und dann gab es noch etwas, dass das Materielle überstieg, und das war sogar mehr als unser Ruf in Kinderhook, der einem wirklich egal sein konnte, so heuchlerisch wie alle waren. Es war unsere Liebe, für die ich kämpfte.

Ich ließ mir meine Tabletten bringen. Ginkgo, Vitamin D, Vitamin A, mehr bekam ich nicht. Keine Gummibärchen mehr, und sonst half nichts gegen meine Form von Alzheimer. Irgendwelche sinnlosen Tabletten, nur damit die Pharmaindustrie Reibach machte, bekam ich nicht, da passte er auf. Das rechnete ich ihm hoch an. Dass er die Bärchen wegließ – vielleicht, weil er sich in das Regiment von *Grumpy Hollow* nicht einmischen wollte –, war zwar feige, aber auch irgendwie normal.

Es störte mich nur, dass er beim Mittagstisch, bei dem es immer zwei Varianten gab, stets genau das auswählte, was ich nicht gewählt hätte. Ich konnte mir nicht vorstellen, dass er dies aus Absicht tat, doch meinen Geschmack müsste er nach sechzig Jahren kennen. Jedes Mal griff er daneben, einmal grunzte ich als Protest, doch wurde dies von ihm als besondere Freude interpretiert.

Es dauerte auch gar nicht mehr lange, da kam er nicht mehr jeden Tag. Immerhin fast jeden Tag, aber es gab auch Aussetzer, die länger dauerten. Auch waren seine Besuche nicht mehr so ruhig wie früher. Einmal klingelte sein Telefon, als er bei mir am Tisch saß und mir den Nachtisch einflößte, ich spürte instinktiv, das war sie am Apparat. Sicher hatte er sie darum gebeten, ihn nicht bei seinen Besuchen im Heim zu stören, also musste es sich um etwas Dringliches handeln. »Ich bin gleich wieder da«, sagte er zu mir und eilte mit seinem schweren Körper nach draußen. Dort war etwas Rasen, ein paar Tannen unweit entfernt. Auf die lief er zu. Ich stand auf und ging hinterher. Da er nicht damit rechnete, dass ich ihm folgen würde – und zum Glück auch unbeobachtet vom Personal, das mit dem Abwasch beschäftigt war –, lief ich ungesehen bis zur ersten Tanne. Er stand hinter der dritten und sprach mit ihr. Sein Ton war ein ganz anderer. Irgendwie unterwürfig. So hatte er mit mir nie geredet. Ich wusste sofort, dass da etwas zwischen ihnen war. Es erstaunte mich. Ich konnte mich nicht erinnern, wann wir zum letzten Mal Sex gehabt hatten. Nun, er hatte offenbar nur eine Pause eingelegt, um sich zu schonen, für neue, herausfordernde Taten. Plötzlich wurde das Gespräch besonders interessant. Er redete davon, wie sie sich in Kinderhook das Maul über die beiden zerrissen. Wie enge Freunde ihn schneiden würden.

Aber es wäre ihm egal.

Er zeigte sich also offen mit ihr!

Mir war das mit ihr überhaupt nicht egal.

Plötzlich war mein Plan in Gefahr.

Kapitel 6: Der Ring

Immer wieder einmal gelang es mir, auf der Toilette einen Blick in Mikes Handy zu werfen. Beinahe kam es mir so vor, als würde er es nun mit Absicht im Bad liegen lassen. Ihn beschäftigte die Sache offenbar auch, sonst wäre er ihr ja nicht gefolgt; das berührte mich.

Jedes Mal machte es mich fuchsteufelswild, wenn sie ihre Affäre so offen postete. War das nicht der Gipfel der Geschmacklosigkeit, der Unverfrorenheit? »Spa Day mit meinem Lieblingsmenschen«. »Truffle Pasta und Love«.

Cosima war eigentlich ein schöner Name. Der Kosmos steckt drin und das Kosen, beides. Doch an dem Tag, als ich meinen Ring an ihrem Finger sah, auf Instagram, wusste ich, dass alles eine Farce gewesen war. All die angeblichen Erinnerungen, das Ritual des Besuchens, das tägliche »Wie geht's dir heute, Liebes?« – alles nur ein Warmlaufen für etwas anderes. Unter die Nahaufnahme hatte sie geschrieben: »Vergangenheit loslassen, Zukunft umarmen.«

Doch war es wirklich mein Ring?

Der Fernseher im großen Raum lief ohne Ton, man sah nur die sich öffnenden und wieder schließenden Münder der Sänger, ein lautloses, leidenschaftlich gespieltes Banjo, merkwürdige Zuckungen der Musiker. Schwester Caroline sortierte Tabletten. Ich setzte mich in meinen Sessel, mit der Decke über den Knien und dachte nach.

Ich trug seinen Ring und er meinen. So hatten wir es einmal ausgemacht und mit diesem Tausch unsere unverbrüchliche Liebe manifestiert, trotz aller Klippen, die wir in den sechzig Jahren umschifft hatten. Wobei es sich nicht um einen Ehering handelte, so etwas besaßen wir nicht, das war uns zu spießig gewesen, sondern um einen Liebesring.

Kam es vor, dass ein verheirateter Mann seiner Geliebten als Geschenk den Ring seiner Ehefrau überreicht? Und diese damit in der Öffentlichkeit angibt? Noch immer war dies unvorstellbar für mich.

Doch am nächsten Tag sah ich eine weitere Story, die meine Befürchtungen verstärkte. Darin umschloss sie ein Weinglas, und die Art, wie ihr neuer Ring die untergehende Sonne reflektiert, erinnerte mich an meinen Ring. Die Bildunterschrift lautete: »Das Geschenk«.

Das nächste Posting noch am gleichen Tag war wieder eine Nahaufnahme. Dieses Mal war auch die Gravur lesbar. *»Don't forget me.«*

Ich hatte der bitteren Wahrheit ins Antlitz zu sehen. Die Frage, ob sie dachte, dass dieser Sinnspruch auf sie gemünzt, also extra für sie angefertigt worden war, trieb mich um, während ich mit dem Schock der endgültigen Gewissheit zurechtzukommen versuchte. Ich hoffte es auf eine Art: dass sie eben nicht informiert war. Ansonsten wäre diese Story einfach nur dreist gewesen. Aber auch so war ihr offenes Zurschaustellen ihrer Beziehung zu meinem Ehemann nach wie vor eine Frechheit. Dafür musste sie büßen. Das würde ich nicht auf mir sitzen lassen.

Ich war mir beinahe sicher: Sie wusste nicht, was dieser Ring bedeutete. Für sie war er wahrscheinlich nur ein Symbol dafür, dass sie gewonnen hatte. Den Alten, das Geld, das Haus. Das ganze Paket. Die Aufmerksamkeit, die sie offenbar so dringend benötigte. Von der sie abhängig war. Auf alles musste sie Filter setzen, vor allem auf ihr Gesicht. Wahrscheinlich würde ich sie überhaupt nicht wiedererkennen, wenn ich sie in echt sah – und während ich dies dachte, durchfuhr mich der Schreck, ohne dass ich zunächst verstand, weshalb.

Wie konnte ich mir das vorstellen, die Übergabe des Rings? Was hatte er dabei zu ihr gesagt? Und wieso schenkte er ihr nicht einen anderen Ring? War er zu geizig und dachte, diesen würde er nicht mehr benötigen, da ich ihn ja gar nicht mehr wahrnahm? Es wäre ihm zuzutrauen. Doch es konnte natürlich auch einen symbolischen Grund haben, ihr ausgerechnet diesen Ring zu schenken. Es könnte sich um eine Verzweiflungstat handeln – hatte ich ihm zu viel zugemutet? Ein letzter, ungeschickter Versuch, Bindung zu stiften, wo er innerlich so zerrissen war. Oder aber er handelte aufrichtig: Nimmt den Ring ab und gibt ihn ihr, weil er seine Loyalität verlagert hat. Überreicht ihn ihr als Beweis. Vielleicht war auch etwas Feigheit im Spiel:

das Geschenk als Versuch, das eigene schlechte Gewissen zu übertünchen und die Barbiepuppe in die Verantwortung zu ziehen.

Gleichzeitig hatte es etwas deprimierend Endgültiges: In einer theatralischen Geste im Stil eines kleinen Ehedramas, halb echt, halb Inszenierung, gibt er den Ring wie ein Soldat, der seine Waffe niederlegt.

Ich war kurz davor, über Mikes Handy ein Kotz-Emoji zu platzieren, doch hätte mich das verraten, also beherrschte ich mich.

Kapitel 7: Der Besuch

Ich starrte auf das Handy. Cosima beim Austernschlürfen. Cosima mit Louis-Vuitton-Tüte. Cosima mit ihm, aber er nur halb im Bild, nur für die erkennbar, die ihn kannten. Dieses Mädchen hatte keine Ahnung, was für einen Mann sie da gerade entkernte. Oder vielleicht hatte sie es sehr wohl. Vielleicht war sie einfach nur besser im Spiel.

Ich bewunderte sie ein wenig. Nur ein ganz kleines bisschen. Dafür hasste ich mich.

Ich beschloss, nicht mehr traurig zu sein. Ich beschloss zu beobachten. Mich selbst und ihn. Zu sammeln. Und irgendwann zuzuschlagen. Nicht mit Fäusten, mit Präzision. Ich hatte Zeit. Ich vergaß nichts. Ich archivierte. Ich war die Sphinx. Während in seinem Leben ein Sturm losgebrochen war.

Es war ein Donnerstag, als sie auftauchte. Normalerweise war Donnerstag Karaoke-Tag in Sunnyvale – eine

Aktivierungstherapie, die vor allem dem Personal Freude machte, weil sie lachen konnten, wenn wir falsch sangen. Ich sang nie. Ich summte manchmal eine Viertelnote zu spät, um wie jemand zu wirken, der nach den Tönen tastet. Einmal hatte ich *I just called to say I love you* angestimmt, langsam, zerbrechlich. Die Pflegerinnen hatten Tränen in den Augen, Mike nicht, immerhin.

Cosima kam auf ihren hohen Absätzen in das Pflegeheim, als wäre es ein Concept Store auf der Fifth Avenue. Lächelnd. Ein bisschen zu geschminkt für den Anlass. Die Lippen prall, die Wangen glatt, wie gebügelt. Ich war nicht neidisch. Ich war wach. Die Löffelhand zitterte, ganz wie es das Protokoll verlangte. Sie hatte keine Ahnung, dass ich sie genau betrachtete. Ihr Gang, ihre Art, sich im Spiegel der Fensterscheiben zu prüfen. Diese Frau lebte auf der Oberfläche wie ein Wasserläufer. Kein Tiefgang, nur perfekte Haltung.

Doch als sie sich setzte, bemerkte ich, wie ihre Finger nervös am Saum ihres Kleides zupften. Vielleicht war sie nicht nur hier, um mich zu begutachten, sondern um sich selbst zu beweisen, dass sie die Bessere war. Für einen Moment fragte ich mich, ob sie genauso gefangen war wie ich – in seinem Schatten, in ihrem eigenen Spiel.

Sie trug Weiß. Ein fließendes *organic* Kleid, das ihren Körper umspielte wie Nebel eine Statue. Sie wirkte wie das Gegenteil von Demenz. Makellos. Digital. Ihr Gesicht war symmetrisch. Sie bewegte sich mit einer Selbstverständlichkeit durch die Cafeteria unseres schnöden Heimes, als gehöre ihr dieser vermaledeite Ort.

»Besuch für Mrs. Eversfield«, rief Schwester Diane.

Ich hob nicht den Kopf.

Sie stand vor mir. Wie ein Cut in einem schlechten Film. »Hallo, Elvira«, sagte sie mit der Stimme einer Frau, die gelernt hat, auf Instagram zu flüstern. »Ich dachte, es wird Zeit, dass wir uns kennenlernen.«

Ich sagte nichts.

Sie setzte sich gegenüber. Nahm ihre Sonnenbrille ab. Ihre Augen waren blau, aber nicht warm. Kein Ozean, eher gefrorenes Wasser. Ich fragte mich, weshalb sie hier war. Hatte sie vielleicht vor, mich zu vergiften?

Sie redete viel. Zu viel.

»Ich habe solche Hochachtung vor dir, wie du das hier alles meisterst … Ich weiß, wie schwer es für ihn war, diese Entscheidung zu treffen … Aber er sagt, du bist hier gut aufgehoben.«

Ich sah auf ihre Hände. Der Ring. Meiner. Glänzte. Eine Influencerin mit einem Ring, der das Gegenteil von Einfluss bedeutete, nämlich Bindung, Treue, Geschichte.

Ironie des Jahrhunderts.

»Ich hoffe, du magst Gesellschaft«, sagte sie. »Ich habe nämlich vor, öfter zu kommen.«

Mit diesen Worten stand sie auf und ging ohne Verabschiedung davon. Sie hatte die Lage gescoutet, so viel war klar.

Ich hatte Angst vor ihr.

Kapitel 8: Der Schlüssel

In Sunnyvale gibt es keine Schlüssel. Offiziell. Sicherheit wird durch Codes geregelt, durch Transponder, sogenannte »Verhaltensverträge«. Türen schließen sich automatisch, öffnen sich bei Annäherung mit Chipkarte oder per Fernbedienung vom Stationszimmer aus. Der Mensch soll nichts mehr zu öffnen haben – und vor allem nichts mehr zu schließen.

Aber jeder Ort hat seine Risse. Und ich hatte Zeit, sie zu finden.

Zuerst bemerkte ich die Bewegung: Schwester Carol, die abends ihren Spind aufschloss, um sich die privaten Kopfhörer zu holen. Ein silberner Schlüssel, den sie mit einem bunten Plüschanhänger tarnte. Ich sah ihn im Licht aufblitzen, als sie ihn aus dem Spind zog. Und ich wusste: Der passte auch für die anderen Schränke. Vielleicht sogar für das Medikamentenfach. Für das Fensterzimmer. Für die Waschküche.

Ich tat, was alte Frauen angeblich am besten können: Ich wartete.

Dann, an einem regnerischen Dienstagmorgen, saß Carol mit schwerem Kopf über dem Pflegeraumtisch und nippte an einem Instantkaffee. Ich war früh auf. Früh genug, um ihre Müdigkeit zu nutzen. Sie hatte die Schlüssel offen neben sich liegen lassen. Ich tastete mich in die Ecke, angeblich auf der Suche nach meinem »guten Sitzkissen«, und ließ dabei eine Decke auf den Boden fallen. In der Bewegung nahm ich ihn. Schnell. Zielsicher.

Ich versteckte den Schlüssel in meinem Hausschuh. Niemand fasst eine alte Frau an den Fuß.

Ich musste nur einen Tag warten, da tauchte Cosima erneut auf. Sie hatte wieder diesen Blick – von oben herab, obwohl sie sich mühte, freundlich zu wirken. Ihre Stimme hatte den Ton einer Flugbegleiterin. »Wir landen in Kürze in einem besseren Leben. Bitte bleiben Sie angeschnallt.«

Ich sagte nichts. Ich wusste, was ich zu tun hatte.

»Ich denke«, sagte sie, »dass ich Martin mittlerweile recht gut kenne. Vielleicht sogar als besser als du.«

Da lächelte ich. Zum ersten Mal. Ein Lächeln, das an Bitterkeit nicht zu überbieten war, denn ich wusste: Ich hatte mit diesem Mann mehr erlebt als sie es je würde. Ich hatte ihn nackt gesehen, nicht nur körperlich. In seiner Schwäche. In seiner Feigheit. In seiner armseligen Sehnsucht, für etwas bewundert zu werden, was er selbst nicht einmal verstand. Er war nie der Bösewicht – und weil er immer recht hatte, war er ein Mann geworden, der keine Grenzen spürte – und deshalb ständig welche überschritt. All das begriff sie nicht.

»Ich liebe ihn«, sagte sie.

Mir fror das Lächeln ein.

»Du weißt gar nicht, wie viel Martin für dich tut«, sagte Cosima.

»Und ich erst für ihn«, entgegnete ich. Klar und deutlich. Es war kein Satz aus der Vergangenheit. Es war ein Satz aus der Strategie.

Sie erstarrte. Ich sah, wie sich ihre Pupillen weiteten. Wie sich ihr Gesicht um eine Maske bemühte, die sie nicht vorbereitet hatte.

In einer Art kontrollierter Panik verließ sie das Heim.

Ich hatte den Fehler gemacht, zu lange zu schweigen. Jahrzehntelang. Erst als brave Ehefrau, dann als stille Patientin. Jetzt war ich müde vom Schweigen. Und müde vom Theater. Ich wollte sagen, was ich wusste. Auch wenn es niemand hören wollte.

Ich stieg aus dem Taxi und ging auf das Haus zu. Es war seltsam, wie vertraut die Straße sich anfühlte. Die kaputten Bordsteine. Der rostige Briefkasten mit der schiefen Nummer 16. Das Buschwerk, das er nie hatte schneiden lassen, obwohl ich es jahrelang gefordert hatte. Alles war noch da, gewuchert zwar, aber nichts hatte sich wirklich verändert.

Ich ging langsam, aber nicht zögerlich. Es war früher Nachmittag, Schlafstunde. Auf meine Seite des Bettes würde ich mich legen. In dem Haus, das ich jahrzehntelang geputzt, geordnet, gestaltet hatte. Ich wollte die Luft riechen, die nicht mehr meine war. Ich wollte wissen, ob sie nach ihr roch. Ich wollte lüften.

Ich ging um das alte Brownstone herum, das ich immer so geliebt habe, öffnete die Hintertür. Unser Rasen roch nach nassem Gras.

Ich war in meinen Hausschuhen aus dem Heim, aber es war mir egal. Mein Körper war wach. Kein Zittern, kein Schwindel, kein Nebel. Ich war da. Glasklar.

Ich schlich durch den Garten und setzte mich auf die Bank hinter dem Rosenbeet – und weinte. Nicht vor Schmerz. Sondern vor Erleichterung. Ich war Elvira Eversfield. Und ich war zurück.

Da bemerkte ich: Es war gar kein Garten mehr. Cosima hatte die Pflanzen ersetzt. Da, wo früher meine Rosen wucherten, standen jetzt zwei schwarze Metallkübel mit Design-Kakteen. Ich hätte lachen können, wenn es nicht so traurig gewesen wäre.

Die Tür ins Haus war nicht abgeschlossen.

Natürlich war sie das nicht. Er war nie ein Abschließer gewesen.

Ich trat ein. Alles roch neu. Nach neuer Seife, Duftkerzen, nach einer Frau, die glaubt, dass man Stimmungen kaufen kann. Ich musste mich beherrschen.

Ganz ruhig werden. Souverän agieren, nicht irgendwie durchgeknallt.

Die Küche war umgebaut. Weiß, steril, glatt. Keine meiner Pfannen mehr da. Die Wände hingen voll mit Bildern in Goldrahmen – Schwarz-Weiß-Porträts von Cosima. Lächelnd. Lasziv. Einmal im Bademantel mit Kaffeetasse, als wäre sie in einer Werbung für irgendetwas, das ich hoffentlich niemals kaufen würde.

Ich ging die Treppe hoch. Ich kannte jede Stufe. Wusste, welche knarrte. Welche man überspringen musste, wenn man heimlich unterwegs war. Doch ich ging laut. Ich wollte, dass er mich hörte. Aber er tat es nicht. Es war niemand zu Hause.

Ich dachte all diese Sachen, während ich im Bett lag, auf meiner Seite. Der Hund war auch nicht da, wahrscheinlich führte er ihn gerade aus, was bedeutete, dass er jeden Moment zurückkam.

Es musste ihn freuen, mich gesund vorzufinden.

Andererseits vermasselte ich ihm, wieder einmal, die Tour.

Da hörte ich, wie die Tür aufging.

Ich zog mir die Decke über den Kopf und machte mich ganz flach. Gleichzeitig spitzte ich die Ohren, wie ich sie noch nie gespitzt habe. Ich hörte, wie er die Hundeleine unserer guten Janis, die mit vollem Namen Janis Joplin hieß, abknipste und sie über den Garderobenhaken hängte, was den kleinen Karabinerverschluss zweimal klacken ließ. Dann kamen seine Schritte und das Getrappel des Hundes ins Schlafzimmer. Janis würde mich verraten, schoss es mir durch den Kopf. Aber wenn schon, das wäre das vielleicht ein auflockerndes Element dessen, was uns gleich bevorstand. Die Karthasis. Der Moment, indem sich sein Charakter offenbaren würde.

Kann es Einsichten geben? Das würde ich gleich herausfinden. Denn es konnte ja auch sein, dass er gut reagierte.

Plötzlich erstarrte ich. Denn ich hörte, wie jemand einen Ring ablegte.

Ich glaubte für einen Moment, wirklich verrückt zu werden, denn ich hörte, dass dies mein Ring war, und das bedeutete, dass sie es war, die mit mir die gleiche Luft des Schlafzimmers teilte, nicht er.

Ich musste mich beherrschen, nicht in starkes Zittern zu verfallen. Ich benötigte jetzt all meine Kräfte.

Ich konnte diesen dramatischen Enthüllungsmoment nicht an sie verschwenden. Dies war eine Sache zwischen mir und ihm, nicht zwischen mir und ihr. Allmählich wurde mir der Sauerstoff unter der Decke knapp.

Als sich plötzlich jemand auf seine Seite legte, wusste ich definitiv, dass dies nicht er war, sondern eine viel leichtere Person. Dass sie sich auf seine Seite legte, war interessant –

hatte er meine Seite okkupiert, weil er nicht wollte, dass sie dort lag? War es ihm selbst vielleicht zu komisch, dass dort nach sechzig Jahren ein anderes Gesicht zu sehen war, und er hatte die Seitenverteilung geändert? Oder ging die Verschiebung tiefer, hatte er auch tatsächlich meine Rolle angenommen in seiner neuen Beziehung?

Da redete sie halblaut mit sich selbst: »Morgen noch zum Peeling ... dann das Zoom mit den blöden Japanern ... und dann noch Martin verarzten ...«

Sie drehte sich zur Seite. Lag jetzt fast Stirn an Stirn mit mir. Ich beruhigte meinen Atem, damit sie mich nicht bemerkte.

Plötzlich ging erneut die Wohnungstür auf. Dieses Mal schepperte es etwas, als sie wieder geschlossen wurde. Dann hörte ich die schweren Schritte meines Mannes die Treppe heraufkommen. Noch in Schuhen kam er ins Schlafzimmer herein und sagte zornig: »Du übertreibst, mit dem Ring!«

»War es nun ein Geschenk an sie oder nicht?«, gab sie zurück. »So ein Geschenk schenkt man nicht weiter!«

»Geh jetzt, du regst mich unglaublich auf. Ich brauche meinen Mittagsschlaf.«

Mit einem Ruck, dessen Schnelligkeit und Behändigkeit mich überraschte, beförderte Cosima sich aus dem Bett. Offenbar zog sie sich an, und jetzt versuchte er wohl, sie körperlich im Raum zu halten und die Szene in Sex zu verwandeln. Ich betete, dass es ihm misslang, und war heilfroh, als sie sich jetzt durchsetzte, sich knapp von ihm verabschiedete – und so rasch, wie sie aufgetaucht war, auch schon wieder verschwand.

Jetzt waren wir allein. Und meine Situation sah im Grunde nicht schlecht aus.

Wie ein geprügeltes Tier schlich er ins Bett, zog brav seinen Schlafanzug an und legte sich auf den Rücken, starrte mit Sicherheit zur Decke. Ich konnte seine geistige Erregung spüren. Ich musste wirklich vorsichtig sein, ihn jetzt nicht zu erschrecken. Damit sich seine schlechte Laune nicht plötzlich gegen mich richtete. Der Einstieg, der erste Moment war entscheidend. Meine Ansprache. Wie ich die Enthüllung, das Ende des Spiels inszenierte.

Ich lupfte die Decke auf der anderen Seite und sah, dass er tatsächlich dalag, in Reichweite, auf der Anrichte: der Ring.

Vorsichtig griff ich danach und zog ihn an.

Dann entspannte ich mich. Denn ich konnte spüren, wie auch er sich allmählich entspannte.

Jetzt würden wir beide ein Mittagsschläfchen machen, wie früher.

Dann würden wir aufwachen und uns gemeinsam Kaffee machen. Und dann hätten wir uns einiges zu erzählen.

Kapitel 10: Sunnyvale, 2042

Ich weiß nicht, wann ich sterben werde. Vielleicht morgen. Vielleicht in drei Jahren. Vielleicht nie. Vielleicht werde ich eine der alten Frauen, die einfach nicht gehen wollen, weil sie zu neugierig sind, wie es weitergeht.

Ich bin wieder hier.

Nicht, weil ich nicht gegangen wäre. Ich bin viele Male

gegangen – aus Häusern, aus Rollen, aus Gedanken. Ich habe mich verabschiedet von ihm, von Cosima, von meiner Wut, meiner Naivität, sogar von meiner Rache. Nur von diesem Ort, *Grumpy Hollow,* habe ich mich nie ganz lösen können.

Nicht weil ich den Ort liebe. Sondern weil ich ihn besetzt habe. Von innen. Wie eine leise, stille Rebellion in Filzpantoffeln.

Ich bin jetzt 93. Vielleicht 94. Manchmal korrigieren mich die jungen Pflegerinnen, aber ich lasse sie reden. Sie haben Apps für alles. Ich habe meine Geschichten. Und die funktionieren ohne Updates.

Sunnyvale hat sich verändert. Es heißt jetzt *Sunnyvale Living Campus*, Bio-Catering, eine Virtual-Reality-Lounge, in der man Paris 1968 nacherleben kann – oder »Woodstock, ohne Schlamm«. Sie bieten LSD-Mikrodosierung für »kognitive Horizonterweiterung im Alter« an. Ich lache. Ich war ihrer Zeit voraus. Die Pionierin unter den Gedächtnisgauklerinnen.

Ich nehme nichts mehr. Ich brauche nichts mehr.

Ich werde morgens von einer künstlichen Stimme geweckt, die mir das Wetter ansagt. Ich antworte nicht. Ich höre den Regen lieber selbst. Oder das Schweigen zwischen zwei Atemzügen.

Ich habe einen Ruf hier. »Die Elvira«, sagen sie. Manchmal auch »die Matriarchin«. Oder einfach: »Die, die nie verwirrt war.« Ich habe nie aufgeklärt, was wahr war und was nicht. Ich bin keine Pädagogin. Ich bin Überlebende.

Jeden Donnerstag gibt es jetzt den sogenannten Eversfield-Kreis – offenes Gespräch, offener Wein. Die Jüngeren fragen. Die Älteren erzählen. Ich schweige meistens. Nur manchmal zitiere ich mich selbst:

»Nicht das Vergessen tötet uns.

Sondern das falsche Erinnern.«

Dann wird es still. Dann nicken sie.

Er ist vor ein paar Jahren gestorben. Herzinfarkt. Ganz unspektakulär.

Cosima lebt irgendwo in Arizona. Und auf Instagram. Inzwischen gibt sie sich spirituell. Das Erlebnis in Kinderhook mit dem alten Knacker und seinem verrückten Weib scheint sie geprägt zu haben. Sie postet über Kräutertees, Kristalle und »das Loslassen toxischer Seelenverträge«. Ich habe ihr einmal einen Kommentar hinterlassen:

»Viel Erfolg beim Entgiften.«

Sie hat ihn gelöscht.

Ich habe keine Angst mehr. Vor nichts. Nicht mal vor der Auflösung. Ich glaube, ich werde nicht vergessen. Und wenn doch – dann weiß ich, dass ich vorher alles getan habe, um mich selbst zu erinnern.

Ich schreibe manchmal einen Satz auf die Rückseite meiner Medikamentenpackungen:

Und dann werfe ich sie weg.

Weil es nicht darum geht, dass etwas bleibt.

Sondern dass es einmal war.

RAY BRADBURY

Der Bettler auf der O'Connell-Brücke

»Ein Narr«, sagte ich. »Genau das bin ich.«

»Warum?«, fragte meine Frau. »Aus welchem Grund?«

Ich stand sinnend am Fenster unseres Hotelzimmers im zweiten Stock in Dublin. Unten auf der Straße ging ein Mann vorbei.

»Er«, murmelte ich. »Vor zwei Tagen …«

Als ich vor zwei Tagen die Straße entlangging, zischte mir jemand leise aus dem Durchgang neben dem Hotel zu: »Sir, es ist wichtig! Sir!«

Ich drehte mich dem Schatten zu. Dieser kleine Mann erklärte mir, in äußerst dramatischem Tonfall: »Ich könnte einen Job in Belfast haben, wenn ich nur ein Pfund für die Zugfahrkarte hätte!«

Ich zögerte.

»Einen ganz wichtigen Job!«, fuhr er rasch fort. »Wird gut bezahlt! Ich – ich schicke Ihnen das Geld mit der Post zurück! Nennen Sie mir nur Ihren Namen und Ihr Hotel.«

Er wusste also, dass ich Tourist war. Es war zu spät, sein Rückzahlungsversprechen hatte mich bewegt. Die Pfundnote knisterte in meiner Hand, herausgezogen aus mehreren anderen.

Die Augen des Mannes flogen darüber hinweg wie ein kreisender Habicht.

»Und wenn ich zwei Pfund hätte, also, dann könnt' ich unterwegs essen.«

Ich entfaltete zwei Scheine.

»Und mit drei Pfund könnt' ich meine Frau mitnehmen, bräucht' sie nicht hier allein zu lassen.«

Ich machte einen dritten locker.

»Ah, verdammt!«, rief der Mann. »Fünf, nur fünf armselige Pfund würden uns ein Hotel in dieser brutalen Stadt verschaffen und dafür sorgen, dass ich den Job ganz bestimmt bekäme!«

Was für ein eleganter Kämpfer er doch war, leichtfüßig, vor und zurück, hin und her tänzelnd, mit den Händen gestikulierend, mit flackernden Augen, lächelndem Mund und flinker Zunge.

»Der Herr segne Sie, vielen Dank, Sir!«

Und fort war er, meine fünf Pfund mit ihm.

Ich war halb im Hotel, ehe mir aufging, dass er, trotz all seiner Beteuerungen, nicht auf meinen Namen gewartet hatte. »Ha!«, schrie ich da.

»Ha!«, schrie ich jetzt, meine Frau hinter mir, am Fenster.

Denn dort unten ging genau der Bursche vorbei, der seit zwei Tagen in Belfast hätte sein sollen.

»Oh, den kenn ich«, sagte meine Frau. »Heute Mittag hat er mich angesprochen. Wollte Geld für die Eisenbahnfahrkarte nach Galway.«

»Hast du's ihm gegeben?«

»Nein«, antwortete meine Frau einfach.

Und dann geschah etwas ganz Unerhörtes. Der Bösewicht dort unten auf dem Trottoir blickte hoch, sah uns, und ich will verdammt sein, wenn er nicht winkte!

Ich musste mich zurückhalten, um nicht zurückzuwinken. Ein schwaches Lächeln umspielte meine Lippen.

»Es ist schon so schlimm, dass ich am liebsten im Hotel bleiben würde«, erklärte ich.

»Ja, es ist wirklich kalt draußen.« Meine Frau zog ihren Mantel an.

»Nein«, sagte ich. »Nicht die Kälte – die meine ich.«

Und wir schauten wieder aus dem Fenster.

Da war die kopfsteingepflasterte Straße, durch die der Nachtwind feine, rußgetränkte Feuchtigkeit trieb; in der einen Richtung führte sie zum Trinity College, in der andern zum St. Stephen's Green. Im Schatten neben dem Süßwarenladen standen zwei tief vermummte Männer. An der Ecke tastete ein einzelner Mann, die Hände tief in den Taschen vergraben, nach seinen leichenstarren Gebeinen, einen Maulkorb aus Eis als Bart im Gesicht. Ein Stück weiter hoch lag in einem Hauseingang ein Bündel alte Zeitungen, das wie eine Schar Mäuse raschelte und einem einen guten Abend wünschte, wenn man vorbeikam. Unten neben der Hoteltür stand eine fiebernde Treibhausrose von Frau mit einem geheimnisvollen Bündel im Arm.

»Oh, die Bettler«, sagte meine Frau.

»Nein, nicht bloß ›oh, die Bettler‹«, erwiderte ich, »sondern oh, die Menschen auf den Straßen, die irgendwie zu Bettlern geworden sind.«

»Das sieht aus wie im Kino. Als ob alle dort unten im Dunkeln auf den Auftritt des Helden warten.«

»Der Held«, sagte ich. »Das bin ich, verdammt!«

Meine Frau sah mich forschend an. »Du hast doch nicht etwa Angst vor ihnen?«

»Ja, nein. Verflixt. Diese Frau mit dem Bündel ist am schlimmsten. Sie ist eine regelrechte Naturgewalt. Überfällt dich förmlich mit ihrer Armut. Was die andern betrifft – also, das ist für mich jetzt wie ein großes Schachspiel. Wie lange sind wir schon in Dublin, acht Wochen? Seit acht Wochen sitze ich hier oben mit meiner Schreibmaschine, merke mir ihre Schichteinteilung. Wenn sie eine Kaffeepause machen, mache ich auch Pause und renne in den Süßwarenladen, die Buchhandlung, das Olympia-Theater. Wenn mein Timing stimmt, brauche ich kein Geld auszuteilen und nicht gegen den Wunsch anzukämpfen, sie zum Friseur oder in eine Imbissstube zu bringen. Ich kenne jeden geheimen Ausgang des Hotels.«

»Du meine Güte«, sagte meine Frau. »Du klingst aber gehetzt.«

»Bin ich auch. Aber am meisten von diesem Bettler auf der O'Connell-Brücke!«

»Von welchem?«

»Von welchem ist gut. Er ist ein Wunder, ein Schrecken. Ich hasse ihn, ich liebe ihn. Ihn zu sehen bedeutet, ihm zu misstrauen. Komm mit.«

Der Fahrstuhl, der schon seit hundert Jahren in seinem schmuddeligen Schacht spukte, kam schwankend himmelwärts geschwebt und zog seine gottlosen Ketten und abscheulichen Gedärme hinter sich her. Ausatmend öffnete sich die Tür. Der Fahrstuhl ächzte beim Einsteigen, als hätten wir ihm in den Magen getreten. Unter großem, gelangweiltem Protest sank der dienstbare Geist zum Erdboden zurück, wir in ihm.

Während der Fahrt sagte meine Frau: »Wenn du das

richtige Gesicht machtest, würden die Bettler dich nicht belästigen.«

»Mein Gesicht«, erklärte ich geduldig, »ist mein Gesicht. Es stammt aus Apple Dumpling, Wisconsin, Sarsaparilla, Maine. ›Hundefreundlich‹ steht auf meiner Stirn geschrieben, deutlich für alle zu lesen. Die Straße kann noch so leer sein, wenn ich aus dem Haus trete, gibt es einen Massenaufmarsch von Schnorrern, die meilenweit im Umkreis förmlich aus den Straßenschächten hervorspringen.«

»Wenn du nur lernen könntest«, fuhr meine Frau fort, »diese Leute zu übersehen, an ihnen vorbei- oder durch sie hindurchzusehen, sie niederzustarren.« Sie überlegte. »Soll ich dir zeigen, wie man sie behandelt?«

»In Ordnung, zeig's mir! Wir sind da!«

Ich stieß die Fahrstuhltür weit auf, und wir schritten durch die Halle des Royal Hibernian Hotel, um mit zusammengekniffenen Augen in die rußige Nacht hinauszuspähen.

»Jesus, komm und hol mich«, murmelte ich. »Dort stehen sie und warten, die Hälse gereckt und mit brennenden Augen. Sie riechen schon den fetten Braten.«

»Wir treffen uns in zwei Minuten unten bei der Buchhandlung«, sagte meine Frau. »Pass gut auf!«

»Warte!«, rief ich.

Aber sie war schon aus der Tür, die Treppe hinunter und auf dem Trottoir.

Ich passte auf, die Nase an die Glasscheibe gepresst.

Die Bettler von der einen Ecke, von der anderen, von gegenüber, von vor dem Hotel wandten sich startbereit meiner Frau zu. Ihre Augen glühten.

Meine Frau sah sie eine Weile lang ruhig an.

Die Bettler zauderten, und ich war sicher, dass ihre Schuhe dabei knarrten. Dann entspannten sich ihre Glieder. Sie ließen die Lippen hängen. Die Glut in ihren Augen erlosch. Sie ließen die Köpfe sinken.

Der Wind blies.

Mit einem Tat-tat wie das einer kleinen Trommel klapperten die Schuhe meiner Frau forsch davon, wurden leiser.

Von unten aus der Bar hörte ich Musik und Lachen heraufklingen. Ich werde hinunterlaufen, dachte ich, und rasch einen kippen. Doch dann lebte mein Mut wieder auf …

Hol's der Teufel, dachte ich und stieß die Tür weit auf.

Ich hätte genauso gut einmal gegen einen großen mongolischen Bronzegong schlagen können.

Ich glaubte ein gewaltiges Atemholen zu hören.

Dann hörte ich Schuhsohlen über das Kopfsteinpflaster wetzen, als wären es Feuersteine. Die Männer rannten herbei, und Glühwürmchen sprangen unter ihren Nagelschuhen vom Pflaster. Ich sah winkende Hände. Lippen öffneten sich zu einem breiten Lächeln.

Weiter unten in der Straße wartete meine Frau bei der Buchhandlung, den Rücken mir zugewandt. Doch mit ihrem dritten Auge im Hinterkopf muss sie die Szene wahrgenommen haben: der Empfang von Kolumbus durch die Indianer, der heilige Franziskus mit einer Tüte Nüsse unter seinen Freunden, den Eichhörnchen.

Einen schrecklichen Augenblick lang kam ich mir vor wie ein Papst auf dem Balkon der Peterskirche, mit einem Tumult oder zumindest doch den Timultys, auf dem Platz unter sich.

Ich war die Stufen noch nicht zur Hälfte hinunter, als die Frau schon hinaufstürmte und mir das ausgewickelte Bündel entgegenstreckte.

»Ach, sehn Sie nur das arme Kind!«, jammerte sie.

Ich starrte das Baby an.

Das Baby starrte zurück.

Gott im Himmel, das schlaue kleine Ding blinzelte mir doch nicht etwa zu?

Ich muss den Verstand verloren haben, dachte ich; die Augen des Babys sind geschlossen. Sie hat es mit Bier gefüllt, damit es warm und ruhig zur Verfügung bleibt.

Meine Hände, meine Münzen schwirrten zwischen sie.

»Seien Sie gepriesen!«

»Das Kind dankt Ihnen, Sir!«

»Ach, gewiss! Es gibt nur noch wenige von uns!«

Ich brach durch ihre Reihen, rannte weiter. Geschlagen, mein Entschluss wie Wachs in meiner Hand geschmolzen, hätte ich den Rest des Weges langsam schlurfen können, aber nein, ich stürzte weiter, während ich dachte: Das Baby ist echt, oder? Keine Attrappe? Nein. Ich hatte es oft schreien hören. Hol sie der Teufel, dachte ich, sie kneift es, wenn sie ein Opfer kommen sieht! Zyniker, rief ich mir in Gedanken zu und antwortete: Nein – Feigling.

Meine Frau sah mein Spiegelbild im Schaufenster der Buchhandlung, drehte sich nicht um, nickte bloß.

Ich blieb stehen, schnappte nach Luft und betrachtete finster mein Spiegelbild: die arglosen Augen, den überschwänglichen, wehrlosen Mund.

»Na los, sag's schon«, seufzte ich. »Es liegt an meinem Gesichtsausdruck.«

»Ich liebe deinen Gesichtsausdruck.« Sie hakte sich bei mir ein. »Ich wünschte, ich könnte das auch so.«

Ich schaute mich um und sah, wie einer der Bettler sich mit meinem Geld in die windige Dunkelheit trollte.

»›Es gibt nur noch wenige von uns‹«, sagte ich laut. »Was hat er mit diesen Worten gemeint?«

»›Es gibt nur noch wenige von uns.‹« Meine Frau starrte in die Schatten. »Hat er das gesagt?«

»Es ist etwas, worüber man nachdenken muss. Was sind das für wenige? Und wo gibt es sie noch?«

Die Straße hatte sich geleert. Es begann zu regnen.

»Na schön«, meinte ich schließlich, »ich werde dir also jetzt das vielleicht noch größere Rätsel zeigen, den Mann, der in mir seltsam wilde Wutgefühle weckt, um mich gleich darauf zu einem ungeahnten Glücksgefühl zu beruhigen. Löse sein Rätsel, und du hast das Rätsel aller Bettler dieser Welt gelöst.«

»Auf der O'Connell-Brücke?«, fragte meine Frau.

»Auf der O'Connell-Brücke«, bestätigte ich. Und wir gingen weiter, hinein in den sanften Nieselregen.

Auf halbem Wege, wir betrachteten gerade schönes irisches Kristall in einem Schaufenster, zupfte eine Frau mit einem Schal um den Kopf an meinem Ellbogen.

»Todgeweiht!«, schluchzte die Frau. »Meine arme Schwester! Krebs, hat der Doktor gesagt, in einem Monat wird sie sterben! Und ich muss die hungrigen kleinen Mäuler stopfen! O Gott, wenn Sie nur einen Penny für mich hätten!«

Ich spürte, wie der Arm meiner Frau sich fester um meinen drückte.

Ich schaute die Frau an, gespalten wie immer, während die eine Hälfte sagte: ›Sie verlangt ja bloß einen Penny!‹, und die andere Hälfte zweifelte: ›Gerissenes Weib, sie weiß genau, dass du ihr mehr gibst, wenn sie so wenig verlangt!‹, und ich mich gleichzeitig für die streitenden Hälften hasste.

Ich schnappte nach Luft: »Sie sind …«

»Was bin ich, Sir?«

Aber, dachte ich, du bist doch die Frau, die gerade mit dem eingewickelten Baby vor dem Hotel gestanden hat.

»Ich bin krank!« Sie zuckte in den Schatten zurück. »Krank vor Weinen um die halb Tote!«

Du hast das Baby irgendwo versteckt, dachte ich, einen grünen statt eines grauen Schals umgelegt und einen langen Bogen geschlagen, um uns hier den Weg zu verlegen.

»Krebs …« Eine Glocke in ihrem Turm, und sie wusste sie zu läuten: »Krebs …«

Meine Frau mischte sich ein: »Entschuldigen Sie, aber sind Sie nicht dieselbe Frau, der wir gerade vor unserem Hotel begegnet sind?«

Die Frau und ich waren gleichermaßen schockiert über diese unerhörte, einer Meuterei gleichkommende Unterstellung. So etwas tat man nicht!

Das Gesicht der Frau knitterte. Ich schaute genauer hin. Und ja, bei Gott, es war ein anderes Gesicht. Ich konnte nicht anders, ich bewunderte sie. Sie wusste, spürte, hatte gelernt, was Schauspieler wissen, spüren, lernen: dass man in einem Moment mit Auftrumpfen, Lautstärke, scharfzüngiger Arroganz einen bestimmten Charakter verkörpert, während man im nächsten mit Bescheidenheit, Nachgeben, Knittern von Mund- und Augenpartie in mitleiderregendem Zusammenbruch ein ganz anderer ist. Dieselbe Frau, ja, aber dasselbe Gesicht und dieselbe Rolle? Ganz offensichtlich nicht.

Sie versetzte mir einen letzten Schlag unter die Gürtellinie: »Krebs!«

Ich zuckte zusammen.

Es war nur ein kurzer Kampf, eine Art sich Lösen von der einen und sich Binden an die andere Frau. Meine Frau verlor meinen Arm, und die andere Frau kam zu meinem Geld. Als hätte sie Rollschuhe unter den Füßen, sauste sie, glücklich schluchzend, um die Ecke.

»Herrgott!« Voller Bewunderung sah ich sie verschwinden. »Sie hat Stanislawski studiert. In einem Buch sagt er, dass es einen völlig verwandelt, wenn man ein Auge zukneift und einen Mundwinkel seitlich herabzieht. Ich bin gespannt, ob sie den Nerv hat, bei unserer Rückkehr wieder vor dem Hotel zu stehen.«

»Und ich bin gespannt«, versetzte meine Frau, »wann mein Mann aufhören wird, dieses Schmierentheater zu bewundern, und anfängt, es als das zu kritisieren, was es ist.«

»Aber was, wenn alles, was sie gesagt hat, wahr wäre? Und sie so lange damit gelebt hat, dass sie nicht mehr weinen kann, und jetzt schauspielern muss, um überleben zu können? Was wenn?«

»Es kann nicht wahr sein«, entgegnete meine Frau langsam. »Ich will es einfach nicht glauben.«

Aber diese einzelne Glocke schlug immer noch irgendwo in der kaminverräucherten Dunkelheit.

»Hier«, sagte meine Frau, »hier ist wohl die Ecke, wo wir zur O'Connell-Brücke abbiegen müssen, nicht wahr?«

»Richtig.« Bei diesem Regen blieb die Ecke wohl noch lange nach unserem Weggehen verlassen.

Da lag die Grausteinbrücke, die den großen Namen O'Connell trug, dort unter ihr rollte das kalte, graue Wasser des Liffey, und noch über einen Häuserblock entfernt hörte ich leises Singen. Im Geist machte ich einen großen Sprung zurück in den Dezember.

»Weihnachten«, murmelte ich, »ist in Dublin die beste aller Zeiten.«

Für Bettler, meinte ich, ließ es aber ungesagt.

Denn in der Woche vor Weihnachten wimmeln die Straßen in Dublin von Kindern – Vogelschwärme, die von Lehrern oder Nonnen gehütet werden. Sie drängen sich in Eingängen, spähen aus Theaterfoyers, schwärmen in Torwege, *God Rest You Merry, Gentlemen* auf den Lippen, *It Came Upon a Midnight Clear* in den Augen, Tambourins in den Händen, Schneeflocken in einem anmutigen Kragen um ihre zarten Hälse. An solchen Abenden wird in Dublin an allen Ecken und Enden gesungen, und es verging kein Abend, an denen meine Frau und ich nicht die Grafton Street hinuntergingen, um zu hören, wie eine Schlange vor einem Kino oder die Leute vor dem Pub ›Zu den vier Provinzen‹ mit einem der schönen alten Weihnachtslieder unterhalten wurden. Alles in allem zählten wir an einem Abend der Weihnachtszeit ein halbes Hundert Gruppen von Mädchen aus Klosterschulen oder Jungen aus Public Schools, die mit ihrem Gesang Girlanden durch die kalte Luft webten, hinauf und hinunter, hinüber und herüber, von einem Ende Dublins zum andern. Wie durch Schneeflocken konnte man auch zwischen ihnen nicht hindurchgehen, ohne berührt zu werden. Die lieben kleinen Bettler nannte ich sie, die dir deine Gaben im Vorbeigehen mit ihren Gaben vergalten.

Bei einem solchen Vorbild wuschen sich sogar die heruntergekommensten Bettler von Dublin die Hände, flickten ihr brüchiges Lächeln, borgten sich ein Banjo oder kauften sich eine Fidel und machten Katzenmusik. Sie sammelten sich sogar zu vierstimmigen Gesängen. Wie konnten sie stumm bleiben, wenn die halbe Welt sang und die andere Hälfte, vom Fluss der Klänge getragen, nur zu freudig bereit war, für nur noch einen Refrain teuer zu bezahlen?

So hatte die Weihnachtszeit für alle ihr Gutes; die Bettler arbeiteten – mit falschen Tönen, zugegeben, aber wenigstens einmal im Jahr waren sie beschäftigt.

Doch Weihnachten war vorbei, die rabenschwarz gekleideten Kinder von ihrem Ausflug zurück in ihre Vogelkäfige, und die Bettler der Stadt, stillgelegt und froh über die Stille, kehrten zu ihrem arbeitslosen Alltag zurück. Alle außer den Bettlern auf der O'Connell-Brücke, die während des ganzen Jahres, die meisten jedenfalls, eine gewisse Gegenleistung für Spenden zu erbringen versuchten.

»Sie besitzen ihre Selbstachtung noch«, sagte ich, meine Frau führend. »Der erste Mann hier schlägt eine Gitarre, der nächste streicht eine Fidel. Und dort, bei Gott, genau in der Mitte der Brücke!«

»Der Mann, den wir suchen?«

»Er ist es. Der die Konzertina quetscht. Du kannst ruhig hinsehen. Ich glaube es wenigstens.«

»Was meinst du damit, du glaubst es? Er ist blind, nicht wahr?«

Diese rohen Worte schockierten mich, als hätte meine Frau etwas Unanständiges gesagt.

Der Regen fiel leise, sanft auf das aus Graustein erbaute Dublin, die grausteingefassten Flussufer, den wie graue Lava dahinfließenden Fluss.

»Das ist ja das Dumme«, sagte ich. »Ich weiß es nicht.«

Und wir beide sahen im Vorübergehen den Mann an, der da genau in der Mitte der O'Connell-Brücke stand.

Er war nicht besonders groß, hatte etwas von einer säbelbeinigen Statue, geklaut aus einem Garten auf dem Land, und seine Kleider waren, wie die der meisten Menschen in Irland, zu oft vom Wetter gewaschen, seine Haare zu oft von der rußerfüllten Luft beschmutzt, seine Wangen von Bartwuchs verdunkelt; in seinen Ohren sprossen widerborstige Haarbüschel, und sein Gesicht hatte die gerötete Farbe eines Mannes, der zu lange in der Kälte gestanden und zu viel im Pub getrunken hat, um wieder zu lange in der Kälte stehen zu können. Dunkle Gläser bedeckten seine Augen, und man konnte nicht feststellen, was dahinter lag. Schon vor Wochen hatte ich mich zu fragen begonnen, ob seine Blicke mich verfolgten, meine schuldbewusste Eile verwünschten, oder ob nur seine Ohren das Vorbeihuschen eines geplagten Gewissens registrierten. Ich hatte diese schreckliche Angst im Nacken, ich könnte ihm im Vorübergehen die Brille von der Nase reißen.

Aber noch mehr fürchtete ich den Abgrund, den ich vorfinden könnte, in den mein Verstand mit einem grässlichen Aufschrei stürzen könnte. Am besten war's wohl, nicht zu wissen, ob Katzenaugen oder interstellare Leere hinter den rauchgeschwärzten Gläsern lauerte.

Doch selbst dann noch gab es einen besonderen Grund, warum ich nicht von dem Mann lassen konnte.

In Regen, Wind und Schnee hatte ich ihn nun zwei volle Monate lang ohne Hut oder Mütze auf dem Kopf hier stehen sehen.

Er war der einzige Mann in ganz Dublin, der bei Platzregen oder Nieseln stundenlang allein dastand, während das Wasser ihm in die Ohren rann, sein schmutzigrotes Haar durchnässte, es an seinen Schädel klatschte, in Bächen durch seine Brauen rann und über die kohlschwarzen Insektenaugen seiner Brille auf seine regennasse Nase perlte.

Hinunter durch die Gräben in seinen Wangen, die Falten um seinen Mund und herab von seinem Kinn, wie ein Wolkenbruch aus dem Rohr eines Wasserspeiers, strömte der Regen. Sein spitzes Kinn ließ das Wasser wie aus einem aufgedrehten Hahn in die Luft schießen, hinunter auf seinen Tweedschal und den lokomotivfarbenen Mantel.

»Warum trägt er keinen Hut?«, sagte ich plötzlich.

»Nun«, meinte meine Frau, »vielleicht hat er keinen.«

»Er muss einen haben«, erklärte ich.

»Sprich nicht so laut.«

»Er muss aber einen haben«, beharrte ich, diesmal leiser.

»Vielleicht kann er sich keinen leisten.«

»Selbst in Dublin ist niemand so arm. Jeder hier hat zumindest eine Mütze!«

»Vielleicht hat er Rechnungen zu zahlen, einen Kranken in der Familie.«

»Aber wochenlang, monatelang so im Regen zu stehen und dabei nicht zu wanken, nicht einmal den Kopf zu drehen, den Regen einfach zu ignorieren, das geht über meinen Verstand.« Ich schüttelte den Kopf. »Ich kann mir nur denken, dass das ein Trick ist. Es muss so sein. Das ist eben seine Art, wie die andern Sympathie zu schinden, dich kalt und elend wie er selbst fühlen zu lassen, damit du ihm im Vorbeigehen mehr gibst.«

»Ich wette, dir tut es schon leid, dass du das gesagt hast«, meinte meine Frau.

»Aber ja. Aber ja.« Denn sogar unter meiner Mütze lief mir der Regen über die Nase. »Lieber Gott im Himmel, wie lautet die Antwort?«

»Warum fragst du den Mann nicht selbst?«

»Nein.« Davor hatte ich fast noch mehr Angst.

Dann geschah das Unerwartete, das aber eigentlich zu seiner Gewohnheit passte, barhäuptig im kalten Regen zu stehen.

Einen Moment lang, während wir in einiger Entfernung redeten, hatte er sich still verhalten. Jetzt, als hätte der Regen ihn zu neuem Leben erweckt, begann er seine Konzertina gewaltig zu quetschen. Aus der sich zusammenschiebenden und wieder entfaltenden sechseckigen Quetschkommode presste er eine Serie asthmatischer Töne heraus, die keinerlei Vorbereitung auf das waren, was folgte.

Er öffnete seinen Mund. Er sang.

Die volle, klare Baritonstimme, die über die O'Connell-Brücke klang, fest und sicher, war wundervoll im Ausdruck und sauber geführt, ohne jedes Beben, ohne jeden Schönheitsfehler. Der Mann öffnete nur den Mund, und alle geheimen Türen in seinem Körper sprangen auf. Man konnte es eigentlich nicht Gesang nennen, er ließ seine Seele frei.

»Oh«, sagte meine Frau. »Wie wunderschön.«

»Wunderschön.« Ich nickte.

Wir hörten ihm zu, während er das ganze Spottlied von Dublin's Fair City sang, wo es den ganzen Winter lang dreißig Zentimeter im Monat regnet, danach von der Weißwein-Klarheit von Kathleen Mavourneen, von Macushlah und all den andern müden Liebhabern und Liebsten, Seen und Hügeln, vergangener Herrlichkeit, gegenwärtigem Elend, aber alles irgendwie lebendig und jung, wie frisch gestrichen im leichten, Plötzlich-nicht-mehr-Winter-Frühlingsregen. Wenn er dazwischen überhaupt Atem holte, so musste er das durch die Ohren tun, so ununterbrochen erklangen die Melodien, so gleichmäßig folgte ein wohltönendes Wort dem andern.

»Wirklich«, sagte meine Frau, »er könnte auf einer Bühne singen.«

»Vielleicht hat er das mal?«

»Oh, er ist einfach zu gut, hier herumzustehen.«

»Das habe ich auch schon oft gedacht.«

Meine Frau fingerte an ihrer Geldbörse. Ich sah von ihr zu dem singenden Mann, der Regen fiel auf seinen unbedeckten Kopf, strömte durch sein lackglänzendes Haar, sprühte von seinen Ohrläppchen. Meine Frau hatte ihre Geldbörse offen.

Und dann, diese seltsame Perversität: Ehe meine Frau zu ihm treten konnte, fasste ich sie am Ellbogen und führte sie auf der andern Seite von der Brücke herunter. Sie sträubte sich einen Augenblick, sah mich kurz an und kam dann mit.

Während wir am Ufer des Liffey fortgingen, begann er mit einem neuen Lied, einem Lied, das wir oft in Irland gehört hatten. Zurückblickend sah ich ihn, den Kopf stolz erhoben, die schwarzen Gläser dem Guss zugewandt, und aus seinem offenen Mund klang die schöne, klare Stimme:

Ich werde froh sein, wenn du tot in deinem Grab liegst, alter Mann.

> Froh sein, wenn du tot in deinem Grab liegst,
> alter Mann.
> Froh sein, wenn du tot bist
> und Blumen über deinem Kopf wachsen,
> denn dann heirat ich deinen Gesellen,
> mein Schatz …

Erst später, im Nachhinein, erkennt man, dass man bei allem anderen im Leben, bei der Arbeit an einem Artikel über einen Teil von Irland im regenumspülten Hotel, während man mit seiner Frau zum Essen ging oder durch die Museen streifte, auch ein Auge für die andere Straßenseite und für jene Menschen gehabt hat, die für sich selbst sorgten, die nur dastanden, um zu warten.

Wer macht sich schon die Mühe, sich über die Bettler von Dublin den Kopf zu zerbrechen, zu schauen, zu sehen, zu wissen, zu verstehen? Doch die äußere Schale des Auges sieht, und die innere Schale des Gehirns registriert, und man selbst, gefangen zwischen diesen beiden, ignoriert den kostbaren Dienst, den diese beiden Hälften eines klaren Verstandes dir anbieten.

So kümmerte ich mich und kümmerte ich mich nicht um Bettler. Abwechselnd wich ich ihnen aus oder ging ihnen entgegen.

Ich hörte und hörte doch nicht, ich dachte daran, doch nicht darüber nach: »Es gibt nur noch wenige von uns!«

An einem Tag war ich sicher, dass dieser steinerne Wasserspeiermann, der auf der O'Connell-Brücke seine tägliche Dusche nahm und dabei irische Oper sang, nicht blind war. Und am nächsten Tag war sein Kopf für mich ein finsteres Loch.

Eines Nachmittags stand ich unschlüssig vor einem Tweedladen in der Nähe der O'Connell-Brücke und starrte ins Schaufenster, starrte auf einen Stapel guter, kräftiger, solider Mützen. Ich brauchte keine neue Mütze. Ich hatte einen lebenslangen Vorrat davon in meinem Koffer, aber ich ging trotzdem hinein, um Geld für eine feine, warme braune Mütze auszugeben, die ich in einem sonderbaren Trancezustand in meinen Händen um und um drehte.

»Sir«, sagte der Verkäufer. »Diese Mütze ist Größe sieben. Ihren Kopf, Sir, würde ich auf siebeneinhalb schätzen.«

»Die passt mir schon. Die passt mir schon.« Ich stopfte die Mütze in meine Tasche.

»Darf ich Ihnen einen Beutel geben, Sir ...«

»Nein!« Mit rotem Gesicht, plötzlich voller Misstrauen gegen das, was ich vorhatte, floh ich.

Dort lag die Brücke unter dem leichten Regen. Ich brauchte jetzt nur hinüberzugehen ...

In der Mitte der Brücke angelangt, war mein singender Mann nicht da.

An seinem Platz standen ein alter Mann und eine alte Frau und drehten einen großen, alten Leierkasten, der kratzte und hustete wie eine Kaffeemühle, die Glas und Stein verdauen muss, und dabei keine Melodie von sich gab, sondern eine imposante und melancholische Art rostiger Verdauungsstörungen.

Ich wartete auf das Ende der Geräusche, die möglicherweise ein Lied darstellen sollten. Ich knetete die neue Tweedmütze in meinen schwitzigen Händen, während der Leierkasten krächzte, rasselte und dröhnte.

»Hol dich der Teufel!«, schienen der alte Mann und die alte Frau, wütend über ihre Tätigkeit, zu sagen; ihre Gesichter waren von drohender Blässe, ihre Augen glühten durch den Regen. »Oder bezahl uns! Hör zu! Aber wir werden dir keine Melodie vorspielen! Mach dir deine eigene!«, sagten ihre stummen Lippen.

Und während ich da an der Stelle stand, wo der Bettler ohne Mütze gesungen hatte, dachte ich: Warum nehmen sie nicht ein Fünfzigstel von dem Geld, das sie jeden Monat machen, und lassen das Ding stimmen? Wenn ich den Kasten drehte, würde ich wenigstens für mich selbst eine Melodie wünschen! Wenn du den Kasten drehtest, antwortete ich mir, aber das tust du nicht.

Und es ist offensichtlich, dass sie die Bettlerei hassen, was man ihnen nicht übel nehmen kann, und sich nicht dazu hergeben wollen, als Gegenleistung eine bekannte Melodie zu bieten.

Welch ein Unterschied zu meinem mützenlosen Freund.

Mein Freund?

Ich zwinkerte überrascht, trat dann vor und nickte.

»Entschuldigung. Der Mann mit der Konzertina …«

Die Frau hörte mit Drehen auf und funkelte mich an.

»Eh?«

»Der Mann ohne Mütze im Regen.«

»Ah, der!«, schnappte die Frau.

»Ist er heute nicht hier?«

»Können Sie'n denn sehen?«, krächzte die Frau.

Sie begann wieder an dem infernalischen Ding zu drehen.

Ich legte einen Penny in die Blechbüchse.

Sie schielte mich an, als hätte ich in die Büchse gespuckt.

Ich legte einen weiteren Penny hinein. Sie hörte auf.

»Wissen Sie, wo er ist?«, fragte ich.

»Krank. Im Bett. Die verdammte Kälte! Wir hörten ihn hustend fortgehen.«

»Wissen Sie, wo er wohnt?«

»Nein!«

»Wissen Sie, wie er heißt?«

»Also, wer soll das schon wissen!«

Ich stand da, fühlte mich ziellos, dachte an den Mann, irgendwo dort in der Stadt, allein. Ich schaute auf die neue Mütze in meinen Händen und kam mir albern vor.

Die beiden alten Leute beobachteten mich beunruhigt.

Ich legte einen letzten Shilling in die Büchse.

»Er wird wieder gesund«, sagte ich, nicht zu ihnen, aber zu irgendjemandem, hoffentlich zu mir selbst.

Die Frau mühte sich mit der Kurbel ab. Der Notenbagger ließ eine Schaufel Glas und Gerumpel in seinem grässlichen Gehäuse fallen.

»Dieses Lied«, fragte ich lahm, »wie heißt es?«

»Sie sind wohl taub!«, schnappte die Frau. »Es ist die Nationalhymne! Wollen Sie nicht die Mütze abnehmen?«

Ich hielt ihr die neue Mütze in meiner Hand entgegen.

Sie durchbohrte mich mit Blicken. »Ihre Mütze, Mann, Ihre Mütze!«

»Oh!« Errötend nahm ich meine Mütze vom Kopf.

Jetzt hielt ich in jeder Hand eine Mütze.

Die Frau kurbelte. Die ›Musik‹ spielte. Der Regen rieselte auf meine Stirn, meine Augenlider, meinen Mund.

Auf der anderen Seite der Brücke blieb ich stehen, um die harte, schwierige Entscheidung zu treffen: Welche Mütze sollte ich auf meinen patschnassen Kopf setzen?

Während der nächsten Woche ging ich oft an der Brücke vorbei, doch dort stand immer nur das alte Paar mit seinem höllischen Gerät, oder überhaupt niemand.

Am letzten Tag unseres Aufenthalts wollte meine Frau die neue Tweedmütze zu meinen anderen in den Koffer packen.

»Danke, nein.« Ich nahm sie ihr weg. »Wir wollen sie draußen lassen, auf dem Kaminsims erst mal. Hier.«

An jenem Abend kam der Hoteldirektor mit einer Abschiedsflasche zu uns ins Zimmer. Die Unterhaltung war gut und lang, es wurde spät, im Kamin räkelte sich ein Feuer, groß und lebendig wie ein orangeroter Löwe, in den Gläsern schwappte der Brandy, und plötzlich legte sich einen Augenblick lang Schweigen über den Raum, vielleicht weil wir mit einem Mal die Stille spürten, die in großen, weichen Flocken vor unseren hohen Fenstern herabfiel.

Der Hoteldirektor, sein Glas in der Hand, betrachtete die endlose Spitzenborte, blickte schließlich hinunter auf die mitternächtlichen Steine und sagte leise: »›Es gibt nur noch wenige von uns.‹«

Meine Frau und ich sahen uns an.

Der Hoteldirektor bemerkte unsere Blicke.

»Sie kennen ihn also auch? Hat er es zu Ihnen gesagt?«

»Ja. Aber was hat dieser Satz zu bedeuten?«

Der Hoteldirektor schaute auf all die Gestalten, die dort unten im Schatten standen, und nahm einen kleinen Schluck.

»Zuerst dachte ich, er wollte damit sagen, dass er im Untergrund gekämpft hatte und dass nur noch wenige von der IRA. übrig geblieben seien. Aber nein. Oder vielleicht meinte er, dass das Volk der Bettler in einer wohlhabenderen Welt langsam dahinschmölze. Doch auch das konnte es nicht sein. Deshalb glaube ich, er meint vielleicht, dass es nicht mehr viele ›menschliche Wesen‹ gibt, die die Augen aufmachen, erkennen, was sie sehen, und Verständnis dafür haben, dass einer bitten und ein anderer geben muss. Wo doch alle Welt geschäftig hin und her springt und keiner Zeit für seinen Mitmenschen hat. Aber wahrscheinlich ist das nur Quatsch und Unsinn, dummes und sentimentales Geschwätz.«

Er drehte sich halb vom Fenster weg.

»Sie kennen also Es-gibt-nur-noch-wenige-von-uns, nicht wahr?«

Meine Frau und ich nickten.

»Dann kennen Sie auch die Frau mit dem Baby?«

»Ja«, antwortete ich.

»Und die andere mit Krebs?«

»Ja«, antwortete meine Frau.

»Und den Mann, der das Fahrgeld nach Cork braucht?«

»Belfast«, sagte ich.

»Galway«, sagte meine Frau.

Der Hoteldirektor lächelte traurig und drehte sich wieder zum Fenster.

»Und wie steht's mit dem alten Paar mit dem Leierkasten, der keine Melodie spielt?«

»Hat er das je?«, fragte ich.

»Nicht seit meiner Kindheit.«

Ein Schatten legte sich über das Gesicht des Hoteldirektors. »Kennen Sie auch den Bettler von der O'Connell-Brücke?«

»Welchen?«, fragte ich.

Aber ich wusste, welchen er meinte, denn ich musste sofort zu der Mütze auf dem Kaminsims blicken.

»Haben Sie heute schon die Zeitung gelesen?«, fragte der Hoteldirektor.

»Nein.«

»Darin steht ein Bericht, auf der unteren Hälfte von Seite fünf der *Irish Times*. Anscheinend hatte er es einfach satt. Er warf seine Konzertina über die Brüstung in den Liffey und sprang hinterher.«

Dann war er also gestern wieder da!, dachte ich. Und ich bin nicht hingegangen!

»Der arme Hund.« Der Hoteldirektor lachte hohl. »Was für eine komische, schreckliche Art zu sterben. Diese verwünschte, alberne Konzertina – ich hasse diese Dinger, Sie nicht? –, die auf der ganzen Strecke bis unten wie eine kranke Katze pfeift und keucht, während der Mann hinterherfällt. Ich muss lachen und schäme mich deswegen. Seine Leiche haben sie noch nicht gefunden. Sie suchen noch immer!«

»O Gott!«, schrie ich und sprang auf. »Oh, verwünscht!«

Der Hoteldirektor sah mich neugierig an, überrascht von meiner Anteilnahme. »Sie hätten es nicht ändern können.«

»Ich hätte es! Ich habe ihm nie einen Penny gegeben, nicht einen, niemals! Und Sie?«

»Wenn ich so überlege, nein.«

»Aber Sie sind schlimmer als ich!«, protestierte ich. »Ich habe gesehen, wie Sie in der Stadt ganze Hände voll Pennys austeilten. Warum, warum nichts an ihn?«

»Ich glaube, ich dachte, dass er übertreibt.«

»Verdammt, ja!« Ich war jetzt ebenfalls ans Fenster getreten, starrte hinunter durch den fallenden Schnee. »Ich hielt seinen kahlen Kopf für einen Trick, der mein Mitleid wecken sollte. Verflixt, nach einer Weile hält man alles für einen Trick! Ich bin an Winterabenden bei strömendem Regen vorbeigekommen, und er stand da und sang, dass ich fror vor lauter Schuldgefühl und ihn hasste wie die Sünde. Ich möchte wissen, wie viele andere Menschen froren und ihn hassten, weil er ihnen das antat? Und so blieb seine Büchse ständig leer. Ich habe ihn mit den anderen in einen Topf geworfen. Aber vielleicht war er ja einer von den Ehrlichen, den erst kürzlich Verarmten, die in diesem Winter zum ersten Mal auf die Straße mussten, noch nie vorher gebettelt hatten, der seine Kleider versetzen muss, um einen hungrigen Mund zu füttern, und plötzlich als Mann ohne Hut im Regen dasteht.«

Der Schnee fiel jetzt dichter, verschleierte die Laternen und die reglosen Gestalten im Schatten der Laternen dort unten.

»Wie soll man sie denn unterscheiden?«, fragte ich. »Wie kann man erkennen, wer ehrlich ist und wer nicht?«

»In Wirklichkeit«, erwiderte der Hoteldirektor ruhig, »kann das keiner. Es gibt keinen Unterschied zwischen ihnen. Einige von ihnen sind länger dabei als die anderen und sind gerissen geworden, haben vergessen, wie alles vor langer Zeit angefangen hat. An einem Sonnabend hatten sie noch zu essen. An einem Sonntag nicht mehr. An einem Montag baten sie um Kredit. An einem Dienstag borgten sie sich ihr erstes Streichholz. Am Donnerstag eine Zigarette. Und ein paar Freitage später fanden sie sich, Gott weiß wie, vor einem Gebäude mit Namen Royal Hibernian Hotel wieder. Sie könnten Ihnen nicht erklären, was oder wie es geschehen ist. Eines ist jedoch sicher: Sie alle hängen mit den Fingerspitzen an einem Felsvorsprung. Armer Kerl, jemand muss dem Mann auf der O'Connell-Brücke auf die Finger getreten haben, und er gab einfach den Geist auf und fiel hinunter. Und was beweist das jetzt?

Man kann sie nicht durch Anstarren oder Wegsehen zum Verschwinden bringen. Man kann nicht fortlaufen und sich vor ihnen verstecken. Man kann nur allen etwas geben. Sobald man Trennlinien zu ziehen beginnt, wird man einem wehtun. Jetzt tut es mir leid, dass ich diesem blinden Sänger nicht jedes Mal, wenn ich vorbeiging, einen Shilling gegeben habe. Nun ja. Wir wollen uns trösten und hoffen, dass es nicht am Geld gelegen hat, sondern dass etwas in seiner Familie oder in seiner Vergangenheit ihm den Rest gegeben hat. Es gibt keine Möglichkeit, das herauszufinden. Die Zeitung nennt keinen Namen.«

Schnee fiel stumm über unser Blickfeld. Unten warteten die dunklen Gestalten. Es war schwer zu sagen, ob der Schnee, der sanft ihre Schultern, ihre Rücken, ihre Hüte und Schals bedeckte, Schafe aus Wölfen oder Schafe aus Schafen machte.

Einen Augenblick später, im gespenstisch quietschenden nächtlichen Fahrstuhl, fand ich die neue Tweedmütze in meiner Hand.

Ohne Jackett und in Hemdsärmeln trat ich hinaus in die Nacht.

Dem ersten Mann, der auf mich zutrat, gab ich die Mütze. Ich habe nie erfahren, ob sie passte. Alles Geld, das ich in den Taschen hatte, war bald ausgeteilt.

Wieder allein und fröstelnd, warf ich zufällig einen Blick nach oben. Wie angewurzelt blieb ich stehen und blinzelte durch den treibenden, treibenden, den lautlos treibenden, blind machenden Schnee hinauf. Ich sah die hohen Hotelfenster, die Lichter, die Schatten.

Wie ist es dort oben?, dachte ich. Brennen die Kaminfeuer? Ist es dort warm wie mein Atem? Wer sind alle diese Leute? Trinken sie? Sind sie glücklich?

Wissen sie überhaupt, dass ich HIER bin?

WALTER BENJAMIN

Was schenke ich einem Snob?

Einen Snob beschenken heißt, sich auf eine Pokerpartie einlassen. Die Seele des Snobismus ist nämlich der Bluff. Bluff aus Frechheit oder aus Angst, das kann man hier so wenig wie im Poker unterscheiden. Jedenfalls könnte man gar keinen größeren Fehler machen als in die Defensive zu gehen, als sich schüchtern zu fragen: Was kann er gegen ein Reisenecessaire einwenden, wie wird er sich zum Muster des Pyjamas äußern, welche Fratze wird er zu einem Cointreau ziehen? Snobs sollen provoziert werden. Je verächtlicher sie den Weihnachtstisch zu inspizieren pflegen, desto beiläufiger soll man ihnen das Ihre zuschieben. Man erspare ihnen keine Zweideutigkeiten. Bücher nur eingewickelt schenken. Preis deutlich mit Bleistift nachziehen. Noch wichtiger als die Auswahl der Bücher selbst – und Snobs kann man gar nicht aggressiver, verschlagener als mit Büchern beschenken – ist die Geste, mit dem man seinen höflich tastenden Blick als Netzball zurückschlägt. Charlotte Westermann: »Knabenbriefe« (Georg Müller). Er wird mit dem schmalen Band etwas ratlos dastehen. Und dann werden Sie sagen: »Ich verschenke nämlich nur Bücher, die ich selbst habe. Ich lese es hin und wieder. Es hat der Verfasserin weder Namen noch Geld gebracht, es ist nicht Auftakt eines zweiten Buches geworden, nur ein Erkennungszeichen für ein paar Leute, die es gelesen haben und sich nicht davon trennen wollen.« Sie werden, wie Sie hieraus ersehen, vermeiden, dem Snob die Stichworte zur Verfügung zu stellen, die ihm sein asoziales Gewerbe erleichtern. Sie werden also hier ebensowenig von Conrad Ferdinand Meyer sprechen, wie auf Wedekind anspielen, wenn Sie statt dieses klassizistischen etwa ein gleich verschollenes, aber dekadentes Frauenbuch ihm unter seinen Mistelzweig (Weihnachtsbaum lehnt der Snob ab) legen: Henriette Riemanns »Pierrot im Schnee« (Erich Reiß). Das könnten Sie um so eher wählen, als es ein rechtschaffen schlechtes und dennoch interessantes Buch ist und aus einer Zeit stammt, wo beim Zusammenprall der Bohémienne mit dem Libertin noch die Funken stoben. Überhaupt schenken Sie, was Sie wollen. Das Entlegenste, Vergilbteste kann ihn genau so wehrlos machen wie »Im Westen nichts Neues« (Ullstein). Nur hüten Sie sich vor Einem. Nichts würde der gesunde, durchtrainierte Snob Ihnen mehr verübeln als die Rücksicht auf seine Interessensphäre. Da hätte er leichtes Spiel. Sie werden sie also im besten Fall persiflieren. Ist er Politiker, so schenken Sie »Bella« (Insel-Verlag), das wahre Snobsbuch der Politik. Ist er Regisseur, so bekommt er ein Handbuch der Liturgie. Hat jemand Beziehungen zu den Herren, die den Tresoreinbruch am Wittenbergplatz gekonnt haben (es ist alles zu wetten, daß sie Snobs sind), so soll er ihnen das »Bastelbuch« schenken. Vielleicht ist er aber über Weihnachten auf ein Gut eingeladen. Der Gutsherr ist leidenschaftlicher Snob und interessiert sich für nichts als für seine Treibhäuser. Man müßte dann schon so borniert wie er selbst sein, um ihm mit einschlägiger Literatur oder selbst mit alten, kostbaren Parkatlanten zu kommen. Eine kleine Novelle aber, die vor vielen Jahren bei Reiß erschien, wird ihn bis in die Wurzeln seines Stammbaums erschüttern. Sie heißt: »Die Menschenzwiebel Kzradock oder der frühlingsfrische Methusalem«. Ist er zudem Familienvater und hat er Kinder, so schenken Sie ihm (nicht denen) noch außerdem das schönste aller neuen Kinderbücher: »Das Zauberboot« (Herbert Stuffer). Nun mag er zusehen, wie er in den Feiertagen mit seinen Kindern sich auseinandersetzt. Gutwillig wird er es nicht aus den Händen geben. – Schenken ist eine friedliche Kunst. Aber dem Snob gegenüber muß sie martialisch gehandhabt werden. Freilich könnte da eine Komplikation entstehen: Wenn Sie ihn lieben. Für diesen außerordentlichen Tatbestand gibt es nun freilich auch einige außerordentliche Nothelfer. Das sind die Klassiker des Snobs, die großen Dichter, die beim Schreiben nichts so entsetzte wie der Gedanke, sie könnten vor dem Snob, den sie selber im Innern trugen – »le serpent« hat Baudelaire ihn in einem Gedichte genannt –, sich bloßstellen. Stendhal (Insel-Verlag) und Thackeray (Georg Müller) sind die größten. Die schenken Sie ihm vielleicht in alten Ausgaben. Und wollen Sie ein übriges tun, so schreiben Sie, mit Rundschrift, hinein: »Weihnachten 1929 von Deiner …«

HANS CHRISTIAN ANDERSEN

Der Tannenbaum

Draußen im Walde stand ein niedlicher kleiner Tannenbaum. Er hatte einen guten Platz; Sonne konnte er bekommen, Luft war genug da, und rings umher wuchsen viele größere Kameraden, sowohl Tannen als Fichten. Der kleine Tannenbaum wünschte aber so sehnlich, größer zu werden! Er achtete nicht der warmen Sonne und der frischen Luft, er kümmerte sich nicht um die Bauernkinder, die da umhergingen und plauderten, wenn sie herausgekommen waren, um Erdbeeren und Himbeeren zu sammeln. Oft kamen sie mit einem ganzen Topf voll und hatten Erdbeeren an einen Strohhalm gereiht; dann setzten sie sich neben den kleinen Tannenbaum und sagten: »Nein! wie niedlich klein ist der!« Das mochte der Baum gar nicht hören.

Im folgenden Jahre war er um einen bedeutenden Ansatz größer und das Jahr darauf war er um noch einen länger; denn an den Tannenbäumen kann man immer an den vielen Ansätzen, die sie haben, sehen, wie viele Jahre sie gewachsen sind.

»O, wäre ich doch so ein großer Baum, wie die andern!«, seufzte das kleine Bäumchen; »dann könnte ich meine Zweige so weit umher ausbreiten und mit der Krone in die weite Welt hinaus blicken! Die Vögel würden dann Nester in meinen Zweigen bauen, und wenn der Wind wehte, könnte ich so vornehm nicken, gerade wie die andern dort!«

Er hatte gar keine Freude am Sonnenschein, an den Vögeln und an den roten Wolken, die morgens und abends über ihn hin segelten.

War es dann Winter und der Schnee lag weiß und funkelnd rings umher, so kam häufig ein Hase angesprungen und setzte gerade über den kleinen Baum weg – o, das war ihm so ärgerlich! – Aber zwei Winter vergingen, und im dritten war das Bäumchen so groß, dass der Hase um dasselbe herumlaufen musste. O! wachsen, wachsen, groß und alt werden: das ist doch das einzig Schöne in dieser Welt, dachte der Baum.

Im Herbste kamen immer Holzhauer und fällten einige der größten Bäume; das geschah jedes Jahr, und den jungen Tannenbaum, der nun ganz gut gewachsen war, schauerte dabei, denn die großen, prächtigen Bäume fielen mit Prasseln und Krachen zur Erde, die Zweige wurden ihnen abgehauen, die Bäume sahen ganz nackt, lang und schmal aus; sie waren fast nicht mehr zu erkennen. Aber dann wurden sie auf Wagen gelegt, und Pferde zogen sie davon, aus dem Walde hinaus.

Wo sollten sie hin? Was stand ihnen bevor?

Im Frühjahr, als die Schwalben und Störche kamen, fragte sie der Baum: »Wisst ihr nicht, wohin sie geführt wurden? Seid ihr ihnen nicht begegnet?«

Die Schwalben wussten nichts; aber der Storch sah nachdenklich aus, nickte mit dem Kopfe und sagte: »Ja, ich glaube wohl! Mir begegneten viele neue Schiffe, als ich aus Ägypten flog; auf den Schiffen waren prächtige Mastbäume; ich darf annehmen, dass sie es waren; sie hatten Tannen-Geruch; ich kann vielmals grüßen; ja! die prangen, die prangen!«

»O, wäre ich doch auch groß genug, um über das Meer hin fahren zu können! Wie ist denn eigentlich dieses Meer und wie sieht es aus?«

»Ja, das zu erklären, ist zu weitläufig«, sagte der Storch, und damit ging er fort.

»Freue Dich Deiner Jugend!«, sagten die Sonnenstrahlen; »freue Dich Deines frischen Wachstums, des jungen Lebens, das in Dir ist.«

Und der Wind küsste den Baum, und der Tau weinte Tränen über ihn; aber das verstand der Tannenbaum nicht.

Wenn es gegen die Weihnachtszeit ging, wurden ganz junge Bäume gefällt, Bäume, die oft nicht einmal so groß oder gleichen Alters mit diesem Tannenbaum waren, der weder Ruhe noch Rast hatte, sondern immer davon wollte. Diese jungen Bäume, und es waren grade die allerschönsten, behielten immer alle ihre Zweige; sie wurden auf Wagen gelegt, und Pferde zogen sie fort, aus dem Walde hinaus.

»Wohin sollen die?«, fragte der Tannenbaum. »Sie sind nicht größer, als ich, vielmehr war einer da, der war viel kleiner! Weshalb behielten sie alle ihre Zweige? Wohin fahren sie?«

»Das wissen wir! das wissen wir!«, zwitscherten die Sperlinge. »Unten in der Stadt haben wir in die Fenster gesehen! Wir wissen, wohin sie fahren! O, sie gelangen zur größten Pracht und Herrlichkeit, die man nur denken kann! Wir haben in die Fenster gesehen und haben wahrgenommen, dass sie mitten in der warmen Stube aufgepflanzt und mit den schönsten Sachen: vergoldeten Äpfeln, Honigkuchen, Spielzeug und vielen Hunderten von Lichtern geschmückt werden.«

»Und dann –?«, fragte der Tannenbaum und bebte an allen Zweigen. »Und dann? Was geschieht dann?«

»Ja, mehr haben wir nicht gesehen! Das war unvergleichlich.« –

»Ob ich wohl auch bestimmt bin, diesen strahlenden Weg zu betreten?«, jubelte der Tannenbaum. »Das ist noch besser, als über das Meer zu ziehen! Wie leide ich an Sehnsucht! Wäre es doch Weihnachten! Nun bin ich groß und ausgewachsen, wie die andern, die im vorigen Jahre weggeführt wurden! – O, wäre ich erst auf dem Wagen! Wäre ich doch erst in der warmen Stube mit aller Pracht und Herrlichkeit! Und dann –? Ja, dann kommt noch etwas Besseres, noch weit Schöneres, weshalb würden sie uns sonst so schmücken! Es muss noch etwas Größeres, noch etwas Herrlicheres kommen –! Aber was? O, ich leide! ich sehne mich, ich weiß selbst nicht, wie mir ist!«

»Freue Dich unser!«, sagten Luft und Sonnenlicht; »freue Dich Deiner frischen Jugend im Freien!«

Aber er freute sich durchaus nicht und wuchs und wuchs; Winter und Sommer stand er grün; dunkelgrün stand er da; die Leute, die ihn sahen, sagten: »Das ist ein schöner Baum!« Und zur Weihnachtszeit wurde er vor allen zuerst gefällt. Die Axt hieb tief durch das Mark; der Baum fiel mit einem Seufzer zu Boden; er fühlte einen Schmerz, eine Ohnmacht; er konnte gar nicht an irgend ein Glück denken, er war betrübt, von der Heimat scheiden zu müssen, von dem Flecke, auf dem er emporgeschossen war; er wusste ja, dass er die lieben alten Kameraden, die kleinen Büsche und Blumen ringsumher nie mehr sehen würde, ja vielleicht nicht einmal die Vögel. Die Abreise war durchaus nicht angenehm.

Der Baum kam erst wieder zu sich selbst, als er, im Hofe mit andern Bäumen abgepackt, einen Mann sagen hörte: »Dieser hier ist prächtig Wir brauchen nur diesen!«

Nun kamen zwei Diener in vollem Putz und trugen den Tannenbaum in einen großen, schönen Saal. Ringsumher an den Wänden hingen Bilder, und neben dem Kachelofen standen große, chinesische Vasen mit Löwen auf den Deckeln; da gab es Schaukelstühle, seidene Sofas, große Tische voller Bilderbücher und Spielzeug für hundertmal hundert Thaler – wenigstens sagten das die Kinder. Und der Tannenbaum wurde in ein großes mit Sand gefülltes Gefäß gestellt; aber Niemand konnte sehen, dass es ein Gefäß war, denn es wurde rund herum mit grünem Zeuge behängt und stand auf einem großen bunten Teppich, O, wie der Baum bebte! Was wird nun wohl vorgehen? Sowohl die Diener als die Fräulein schmückten ihn. An seine Zweige hingen sie kleine Netze, ausgeschnitten aus farbigem Papier; jedes Netz war mit Zuckerwerk gefüllt; vergoldete Äpfel und Nüsse hingen herab, als wären sie festgewachsen, und über hundert rote, blaue und weiße Lichterchen wurden in den Zweigen festgesteckt. Puppen, die leibhaftig wie Menschen aussahen – der Baum hatte früher nie solche gesehen – schwebten im Grünen, und hoch oben auf der Spitze wurde ein Stern von Flitter-Gold befestigt; das war prächtig, ganz außerordentlich prächtig.

»Heut Abend«, sagten alle, »heut Abend wird es strahlen!«

»O!«, dachte der Baum, »wäre es doch Abend! Würden nur die Lichter bald angezündet! Und was dann wohl geschieht? Ob da wohl Bäume aus dem Walde kommen, mich zu sehen? Ob die Sperlinge gegen die Fensterscheiben stiegen? Ob ich hier festwachse und Winter und Sommer geschmückt stehen werde?«

Ja, er riet nicht übel! aber er hatte ordentlich Borkenschmerzen vor lauter Sehnsucht, und Borkenschmerzen sind für einen Baum ebenso schlimm, wie Kopfschmerzen für uns andere.

Nun wurden die Lichter angezündet. Welcher Glanz! Welche Pracht! Der Baum bebte dabei an allen Zweigen so, dass eins der Lichter das Grüne anbrannte; es sengte ordentlich.

»Gott bewahre uns!«, schrien die Fräulein und löschten es hastig aus.

Jetzt durfte der Baum nicht einmal mehr beben. O, das war ein Grauen! Ihm war so bange, etwas von seinem Schmuck zu verlieren; er war ganz betäubt von all dem Glanze. – Und nun gingen beide Flügeltüren auf – und eine Menge Kinder stürzten herein, als wollten sie den ganzen Baum umwerfen; die älteren Leute kamen bedächtig nach. Die Kleinen standen ganz stumm – aber nur einen Augenblick, dann jubelten sie wieder, dass es nur so schallte, sie tanzten um den Baum herum, und ein Geschenk nach dem andern wurde abgepflückt.

»Was machen sie?«, dachte der Baum. »Was soll geschehen?« Und die Lichter brannten bis dicht an die Zweige herunter, und je nachdem sie niederbrannten, wurden sie ausgelöscht, und dann erhielten die Kinder Erlaubnis, den

Baum zu plündern. O, sie stürzten auf ihn ein, dass es in allen Zweigen knackte; wäre er nicht mit der Spitze und mit dem Goldsterne an der Decke befestigt gewesen, so wäre er umgestürzt.

Die Kinder tanzten mit ihrem prächtigen Spielzeuge herum. Niemand sah nach dem Baume, ausgenommen das alte Kindermädchen, welches kam und zwischen die Zweige blickte, aber nur, um zu sehen, ob nicht noch eine Feige oder ein Apfel vergessen worden wäre.

»Eine Geschichte! Eine Geschichte!«, riefen die Kinder und zogen einen kleinen dicken Mann zu dem Baume hin; und er setzte sich grade unter denselben, »denn da sind wir im Grünen«, sagte er, »und der Baum kann besonderen Nutzen davon haben, zuzuhören! Aber ich erzähle nur eine Geschichte. Wollt ihr die von Ivede-Avede oder die von Klumpe-Dumpe hören, der die Treppe hinunterfiel und doch zu Ehren kam und die Prinzessin erhielt?«

»Ivede-Avede!«, schrien einige, »Klumpe-Dumpe!«, schrien andere; das war ein Rufen und Schreien! Nur der Tannenbaum schwieg ganz still und dachte: »Komme ich gar nicht mit, werde ich nichts dabei zu tun haben?« Er war ja mit gewesen, hatte ja geleistet, was er sollte.

Und der Mann erzählte von Klumpe-Dumpe, welcher die Treppen herunterfiel und doch zu Ehren kam und die Prinzessin erhielt. Und die Kinder klatschten in die Hände und riefen: »Erzähle! erzähle!« Sie wollten auch die Geschichte von Ivede-Avede hören, aber sie bekamen nur die von Klumpe-Dumpe. Der Tannenbaum stand ganz stumm und gedankenvoll: Nie hatten die Vögel im Walde dergleichen erzählt. »Klumpe-Dumpe fiel die Treppen herunter und bekam doch die Prinzessin! Ja, ja, so geht es in der Welt zu!«, dachte der Tannenbaum und glaubte, dass es wahr sei, weil es ein so netter Mann war, der es erzählte. »Ja, ja! wer kann es wissen! Vielleicht falle ich auch die Treppe hinunter und bekomme eine Prinzessin.« Und er freute sich darauf, den nächsten Tag wieder mit Lichtern und Spielzeug, Gold und Früchten angeputzt zu werden.

»Morgen werde ich zittern!«, dachte er, »Ich will mich recht aller meiner Herrlichkeit freuen. Morgen werde ich wieder die Geschichte von Klumpe-Dumpe und vielleicht auch die von Ivede-Avede hören.« Und der Baum stand die ganze Nacht still und gedankenvoll.

Am Morgen kamen die Diener und das Mädchen herein.

»Nun beginnt das Schmücken aufs Neue!«, dachte der Baum. Aber sie schleppten ihn zum Zimmer hinaus, die Treppe hinauf auf den Boden, und hier, in einen dunkeln Winkel, wo kein Tageslicht hinschien, stellten sie ihn hin. »Was soll das bedeuten?«, dachte der Baum. »Was soll ich hier wohl machen? Was mag ich hier wohl hören sollen?« Und er lehnte sich an die Mauer und dachte und dachte. – – Und er hatte Zeit genug; denn es vergingen Tage und Nächte: Niemand kam hinauf; und als endlich jemand kam, so geschah es, um einige große Kasten in den Winkel zu stellen. Nun stand der Baum ganz versteckt; man musste glauben, dass er völlig vergessen war.

»Jetzt ist es Winter draußen!«, dachte der Baum. »Die Erde ist hart und mit Schnee bedeckt, die Menschen können mich jetzt nicht pflanzen! Deshalb soll ich wohl bis zum Frühjahr hier im Schutze stehen! Wie wohl bedacht das ist! Wie die Menschen doch so gut sind! – Wäre es hier nur nicht so dunkel und so schrecklich einsam! – Nicht einmal ein kleiner Hase! – Das war doch so niedlich da draußen im Walde, wenn der Schnee lag und der Hase vorübersprang; ja, selbst als er über mich hinwegsprang; aber damals konnte ich es nicht leiden. Hier oben ist es doch schrecklich einsam!«

»Pip, pip!«, sagte da eine kleine Maus und huschte hervor; und dann kam noch eine kleine. Sie beschnüffelten den Tannenbaum und dann schlüpften sie zwischen seine Zweige.

»Es ist eine gräuliche Kälte!«, sagten die kleinen Mäuse. »Sonst ist es hier gut sein! Nicht wahr, Du alter Tannenbaum?«

»Ich bin gar nicht alt!«, sagte der Tannenbaum; »es gibt viele, die weit älter sind als ich!«

»Wo kommst Du her?«, fragten die Mäuse, »und was weißt Du?« Sie waren gewaltig neugierig. »Erzähle uns doch von dem schönsten Orte auf Erden! Bist Du dort gewesen? Bist Du in der Speisekammer gewesen, wo Käse auf den Brettern liegen und Schinken unter der Decke hängen, wo man auf Talglicht tanzt, mager hineingeht und fett herauskommt?«

»Das kenne ich nicht!«, sagte der Baum. »Aber den Wald kenne ich, wo die Sonne scheint, und wo die Vögel singen!« Und dann erzählte er alles aus seiner Jugend, und die kleinen Mäuse hatten früher dergleichen nie gehört und sie horchten auf und sagten: »Nein, wie viel Du gesehen hast! Wie glücklich Du gewesen bist!«

»Ich?«, sagte der Tannenbaum und dachte über das, was er selbst erzählte, nach. »Ja, es waren im Grunde ganz fröhliche Zeiten!« – Aber dann erzählte er vom Weihnachtsabend, wo er mit Kuchen und Lichtern geschmückt war.

»O!«, sagten die kleinen Mäuse, »wie glücklich Du gewesen bist, Du alter Tannenbaum!«

»Ich bin gar nicht alt!«, sagte der Baum. »Erst diesen Winter bin ich vom Walde gekommen! Ich bin nur so im Wachstum zurückgeblieben.«

»Wie schön Du erzählst!«, sagten die kleinen Mäuse. Und in der nächsten Nacht kamen sie mit vier andern kleinen Mäusen, die den Baum erzählen hören sollten, und je mehr er erzählte, desto deutlicher erinnerte er sich selbst an alles und dachte: »Es waren doch ganz fröhliche Zeiten! Aber sie können wiederkommen; Klumpe-Dumpe fiel die Treppe hinunter und erhielt doch die Prinzessin; vielleicht kann ich auch eine Prinzessin bekommen!« Und dann dachte der Tannenbaum an eine kleine niedliche Birke, die draußen im Walde wuchs; das war für den Tannenbaum eine wirkliche, schöne Prinzessin.

»Wer ist Klumpe-Dumpe?«, fragten die kleinen Mäuse. Und dann erzählte der Tannenbaum das ganze Märchen; er konnte sich jedes einzelnen Wortes entsinnen, und die kleinen Mäuse waren nahe daran, aus reiner Freude bis an die Spitze des Baumes zu springen. In der folgenden Nacht kamen weit mehr Mäuse, und am Sonntage sogar zwei Ratten; aber die meinten, die Geschichte sei nicht hübsch, und das betrübte die kleinen Mäuse, denn nun hielten sie auch weniger davon.

»Wissen Sie nur die eine Geschichte?«, fragten die Ratten.

»Nur die eine!«, sagte der Baum; »die hörte ich an meinem glücklichsten Abend; damals dachte ich nicht daran, wie glücklich ich war.«

»Das ist eine höchst jämmerliche Geschichte! Wissen Sie keine von Speck oder Talglicht? Keine Speisekammer-Geschichte?«

»Nein!«, sagte der Baum.

»Dann danken wir dafür!«, erwiderten die Ratten und gingen zu den ihrigen zurück.

Die kleinen Mäuse blieben zuletzt auch weg, und da seufzte der Baum: »Es war doch ganz hübsch, als sie um mich herum saßen, die beweglichen kleinen Mäuse, und zuhörten, wie ich erzählte! Nun ist auch das vorbei! – Aber ich werde daran denken, mich zu freuen, wenn man mich wieder hervorholt!«

Aber wann geschah das? – Ja! es war eines Morgens, da kamen Leute und wirtschafteten auf dem Boden; die Kasten wurden weggesetzt, der Baum wurde hervorgezogen; sie warfen ihn freilich ziemlich hart gegen den Fußboden, aber ein Diener schleppte ihn sogleich nach der Treppe hin, wo der Tag leuchtete.

»Nun beginnt das Leben wieder!«, dachte der Baum; er fühlte die frische Luft, die ersten Sonnenstrahlen – und nun war er draußen im Hofe. Alles ging so geschwind; der Baum vergaß völlig, sich selbst zu betrachten; da war so vieles ringsumher zu sehen. Der Hof stieß an einen Garten, und alles blühte darin; die Rosen hingen so frisch und duftend über das kleine Gitter hinaus, die Lindenbäume blühten, und die Schwalben flogen umher und sagten: »Quirrevirre-vit, mein Mann ist kommen!«, aber es war nicht der Tannenbaum, den sie meinten.

»Nun werde ich leben!«, jubelte dieser und breitete seine Zweige weit aus: Aber ach, sie waren alle vertrocknet und gelb; und er lag da im Winkel zwischen Unkraut und Nesseln. Der Stern von Goldpapier saß noch oben an der Spitze und glänzte im hellen Sonnenschein.

Im Hofe selbst spielten einige von den muntern Kindern, die zur Weihnachtszeit den Baum umtanzt hatten und so fröhlich über ihn gewesen waren. Eins der kleinsten lief hin und riss den Goldstern ab.

»Sieh, was da noch an dem hässlichen, alten Tannenbaum sitzt!«, sagte es und trat auf die Zweige, sodass sie unter seinen Stiefeln knackten. Und der Baum sah auf all die Blumenpracht und Frische im Garten; er betrachtete sich selbst und wünschte, dass er in seinem dunkeln Winkel auf dem Boden liegen geblieben wäre; er gedachte seiner frischen Jugend im Walde, des lustigen Weihnachtsabends und der kleinen Mäuse, die so munter die Geschichte von Klumpe-Dumpe angehört hatten.

»Vorbei! Vorbei!«, sagte der alte Baum. »Hätte ich mich doch gefreut, als ich es noch konnte! Vorbei! Vorbei!«

Und der Knecht kam und hieb den Baum in kleine Stücke; ein ganzes Bündel lag da; hell flackerte es auf unter dem großen Braukessel; und er seufzte tief und jeder Seufzer war einem kleinen Schuss gleich; deshalb liefen die Kinder, die da spielten, herbei und setzten sich vor das Feuer, blickten in dasselbe hinein und riefen: »Pfiff! Pfiff!« Aber bei jedem Knalle, der ein tiefer Seufzer war, dachte der Baum an einen Sommertag im Walde, oder an eine Winternacht da draußen, wenn die Sterne funkelten; er dachte an den Weihnachtsabend und an Klumpe-Dumpe, das einzige

Märchen, welches er gehört hatte und zu erzählen wusste, und dann war der Baum verbrannt.

Die Knaben spielten im Garten, und der kleinste hatte den Goldstern auf der Brust, den der Baum an seinem glücklichsten Abend getragen; und nun war der vorbei, und mit dem Baum war es vorbei und mit der Geschichte auch; vorbei, vorbei – und so geht es mit allen Geschichten!

LISA KRÄNZLER

Cool Grey No. 10

I asked my father
I said: »Father change my name«
The one I'm using now it's covered up
With fear and filth and cowardice and shame

Lover, Lover, Lover – Leonhard Cohen

41.

Regel Nummer 1: Der Geschenkartikel darf nicht zu teuer sein.
Regel Nummer 2: Der Geschenkartikel muss praktisch bzw. (auf)brauchbar sein.
Erläuterung: »Nicht zu teuer« ist ein Artikel, dessen Preis Robert Goldmanns Tageslohn nicht übersteigt.
»Praktisch« ist ein Artikel, der dringend benötigt bzw. täglich (oder beinahe täglich, sprich regelmäßig, d.h. öfter als dann und wann) benutzt wird.
»Aufbrauchbar« ist ein Artikel, der sich restlos verbrauchen, leeren, verzehren lässt.
Zusatz: Im Hinblick auf zukünftige Umzüge ist darauf zu achten, dass der Geschenkartikel problem-

los transportabel respektive weder leicht zerbrechlich noch schwer noch sperrig noch eine Katze ist.

41.1

Süddeutsche Imbissbudenbesitzer wissen, dass ihre größtenteils katholische Kundschaft Heilig Abend im Familienkreis feiert, also Raclette oder Kartoffelsalat-mit-Würstchen oder eine andere Pseudofastenspeise verspeist und danach in die Kirche geht. Über die Feiertage und insbesondere in der Stillen Nacht zischt man kein Bierchen am Stehtisch, wohl aber den Kindern, deren fickrige Zappelei die Andacht stört, Ermahnungen zu; und anstatt sich Bratwurst / halbe Hendln / rote, weiße oder zwiestreifig garnierte Pommes reinzupfeifen, lauschen die Schwaben Haydns Orgelmesse, dem Blockflötenspiel unmusikalischer Grundschüler oder einem überwiegend aus Hausfrauen und Rentnern bestehenden Kirchenchor. Natürlich gibt es Ausnahmen, doch die Erfahrung hat gezeigt, dass mit einer Handvoll trotzköpfiger Atheisten, selbstmordgefährdeten Singles und besoffenen Obdachlosen kein nennenswerter Umsatz zu machen und es daher wirtschaftlicher ist, die Rollläden zu Weihnachten unten, das Frittierfett kalt und die Drehspieße stillstehen zu lassen. Dass ihre Gewinnsucht die großstädtisch geprägten Goldmanns daran hindert, wie gewohnt durch weihnachtlich beleuchtete Straßen zu flanieren und dabei nach einem idealen Rastplatz, genauer gesagt, der optisch und olfaktorisch vielversprechendsten Fressbude Ausschau zu halten, wo sie sich currywurstig-deftig stärken (ob griechisch, orientalisch oder asiatisch-deftig ebenfalls in Frage käme, wird alle Heilig Abende wieder diskutiert [und verworfen], mithin dieser Diskurs durchaus als Pendant zu anderleuts Jesu-Geburt-Lesung angesehen werden kann) und Geschenke austauschen, ehe sie, in der speziell-beschwingten Stimmung, welche Beköstigung und Bescherung usuell auslösen, dem letzten Festakt entgegenstreben, der aus einem Kinobesuch (ob Programm- oder Mainstream-Theater, Trash- oder Kunstfilm, wird nicht diskutiert) besteht, dessen Hauptzweck das Abstreifen der Schuhe und Socken, ferner das Aufhängen und Trocknen letztgenannter Fußbekleidung auf den samtenen Sitzlehnen sowie die Badung der durchgefrorenen Hände in warmem Popcorn sind, ahnen die süddeutschen Imbissbudenbesitzer nicht.

Im Freien, unter dem Licht realer, im unendlichen Raum schwebender und stilisierter, an Laternenmasten und Häuserfassaden angebrachter Sterne überkam Vater und Tochter stets diese leicht kitschige, gleichwohl erhebende Sentimentalität, eine Art romantische Rührung, welche sich weniger auf die Menschwerdung Gottes als vielmehr auf sie selbst, das Vater-Tochter-Gespann, das sich erfolgreich durch ein weiteres Jahr gekämpft hatte, bezog. Im Shop der Agip-Tankstelle, in dem es keine Currywürste zu kaufen gibt und jeder Goldmann sich mit einem Paar senfbekleckster Saiten plus Aufbackbrötchen begnügen muss, will indessen kein Wir-Gefühl aufkommen, von Rührseligkeit und Romantik ganz zu schweigen …

Wie Ochs und Esel das Kind in der Krippe beglotzen zwei Tankwarte Vater und Tochter beim Plastiktüten-

Tausch, wobei der Inhalt der Tüte, welche Robert Goldmann entgegennimmt, eindeutig gegen Regel Nummer 1 der vereinbarten Geschenkordnung verstößt, was die väterliche Freude über fellgefütterte Lederhandschuhe, Dior-Aftershave und einen Fünferpack schwarze Herrensocken erheblich trübt: Falten furchen seine Stirn wie Griffel Wachstäfelchen. Die Übersetzung der Lineation lautet »Sorge, Skepsis, Hilflosigkeit«.

Seine Vermutung, dass Gwen lediglich die Socken bezahlt hat, entspricht den (unausgesprochenen) Tatsachen.

Die Präsente in Gwens Geschenktüte sind absolut regelkonform. Im blickdichten madonnenmantelblauen Plastik gluggern 2 × 4 Various Ink-Flaschen, mithilfe derer Copic-Marker bis zu 16 × farbidentisch wieder aufgefüllt werden können, was, da ein einzelner Marker zwischen 8 und 14 DM kostet und Gwens Zeichnungen mehr Tinte fressen als ein Lamborghini Sprit, in der Tat sehr praktisch bzw. ökonomisch-sinnvoll ist. (Es sei erwähnt, dass Robert Goldmann keine Ahnung hatte, wie teuer die Stifte sind, von denen seine Tochter ein ganzes Arsenal besitzt: Angesichts der Preise entglitt ihm das Schäkerlächeln, mit dem er der Fachverkäuferin im Geschäft für Künstlerbedarf begegnet war, wichen seine Lachgrübchen der oben beschriebenen Lineation.) Neben Peacock Blue-, Pine Tree Green-, Acid Yellow-, Chinese Orange-, Lipstick Red-, Milky White-, Cool Grey No. 10- und Special Black-farbenen Nachfülltinten enthält die Tüte einen Schokoladenweihnachtsmann am Stiel und eine Tafel Ritter Sport Vollnuss.

Gwen sagt »Danke«. Es klingt aufrichtig. Etwas unbeholfen umarmen sich die Beschenkten. Bald darauf verlassen sie die Tankstelle; folgen der Hauptstraße, welche schnurgerade auf die Altstadt zuläuft, tauschen gelbes gegen weißes Leuchten, Benzinpreise gegen Buchstaben und gasige, graublaue Puffs gegen maisige, karamelbraungescheckte Popps. »Oh, du Zuckrige!«, frohlockt Robert Goldmann, der sich im Vorfeld der Refeed-Feiertage streng kasteit, kein einziges Cheat Meal zu sich genommen hat. »Hau rein«, sagt Gwen, indem sie ihre Plätze in »KINO 1« einnehmen, auf dessen Leinwand in den folgenden 130 Minuten Werbespots, Filmvorschauen und die Fantasy-Komödie »Der Grinch« erscheinen werden.

Gwen hasst Komödien. Der einzige »komische« Film, den sie vor Jahren gesehen und in guter Erinnerung behalten hat, war ein Streifen namens »Mondsüchtig«, in dem Nicolas Cage einen Versehrten mit hölzerner Handprothese spielt ... Und »Fantasy«? Gefällt ihr vielleicht dieses Genre? Fragen, die Gwen üblicherweise mit Kopfschütteln, einem resoluten »Nein« sowie der Bemerkung, sie möge es nicht, verarscht zu werden, beantwortet. Aus Respekt vor dem langgehegten Weihnachtsritual, welches einen Film mit weihnachtlicher Thematik vorschreibt, wird Gwen 101 fantastisch-witzige Minuten lang in ihrem Sessel ausharren und dabei keine Miene verziehen. (Lustige Miene zum unlustigen Lichtspiel ist Gwens Sache nicht.)

41.2

Every Who down in Who-Burg liked Christmas a lot – But the Gwen who lived there did not.

The Gwen hated Christmas! The whole Christmas season! It could be that her head wasn't screwed on quite right. It could be, perhaps, 'cause her Mum and Dad used to fight –

The most unlikely reason of all may have been that her heart was two sizes too small.

(The most likely reason? Go figure it out yourself!)

41.3

Vater Goldmann schläft schon; seine Tochter nicht. Der 25. Dezember ist 28 Minuten alt, die Tochter und der goldene Anhänger, den sie an ihrer Halskette hin- und herfahren lässt wie eine Seilbahn, zählen 17 Jahre. Noch geschieht wenig Remarkables, werden Anhänger, Tochter und Tag 120 Sekunden älter. Der Wecker auf dem Schreibtisch kommt dem nahen Kirchturm zuvor, behauptet, es sei halb 1, während die Glocken weiter schweigen. Ob der geweihte Klangkörper aus Gusseisen oder der gottlose Zeitanzeiger aus Taiwan recht hat, ist Tochter Goldmann egal: Sie steht auf, zieht den Reißverschluss ihrer Jacke zu, verlässt die Wohnung. Sieben Stockwerke muss sie steigen, ehe ihre Füße den Erdboden berühren, der hier, im Hof vor dem Hochhaus, von Hunderten, dicht an dicht gesetzten Steinplatten bedeckt ist.

Unterm Dach des Fahrradständers stehen sich die Räder gegenüber wie Kühe im Stall, nur dass sie nicht brüllen, sondern klappern, nicht warm, sondern kalt und ihre runden Hinterläufe nicht kot-, sondern schlammverkrustet sind. Das Vorhängeschloss, welches die Enden der Eisenkette verbindet, die Rad und Ständer quasi unzertrennlich macht, ist aus Messing; und es ist nicht auszuschließen, dass Tochter Goldmann beim Anblick des Metalls an einen jungen Mann denkt, dessen Haar denselben, leicht abgedunkelten Tombak-Ton aufweist, aber zurück zur Kette: Für sich genommen ist jedes der eisernen Glieder hart und steif. Hätte man darauf verzichtet, die einzelnen Elemente miteinander zu verbinden, gäbe es keine Schlaffheit … Als sie die Geschmiedete durch die Speichen zieht, machen Stahl und Eisen RATATAT. Aufsitzen, abfahren! Die Kälte ist ein enger, mit grobem Schleifpapier tapezierter Korridor, an dessen Wänden sie sich die Wangen reibt. Als sie beim Kinshasa ankommt, zieren ihr Gesicht zwei rougerote Flecken.

Im Getümmel der Tanzenden begegnet ihr das misstrauische, taubengefiederfarbene Augenpaar eines Mannes mit kurzgeschorenem Kopf. Sie kennt ihn. Die zig anderen Augen, in die der Stirnschweiß tropft wie Tollkirschenextrakt, deren enorme Pupillen jedoch auf andere Gifte zurückzuführen sein dürften, sind ihr fremd. Mann und Goldmann gehen an die Bar. Er lädt sie ein. Vielleicht erinnert die Farbe seiner Iriden sie daran, dass Tauben die Ratten der Lüfte sind. Beim ersten Getränk beträgt die Distanz zwischen dem kurzgeschorenen Männer- und dem kapuzinerbraunen Mädchenschopf etwa eine Elle, dann verringert sich der Abstand der beiden mit jedem getrunkenen Zentiliter: Aus Ellenlänge wird Handlänge wird Handbreite wird eine Nähe, die unweigerlich zum Kuss führt. Kaum, dass sie die Lippen voneinander lösen, filzen Mann und Mädchen, Luftrattengrauaug und Grünblick, argwöhnisch die Umstehenden, ehe sie, sichtlich erleichtert ob der Abwesenheit gerüchtegeiler Gaffgesichter, wieder aufeinandertreffen. Er macht den Vorschlag, woanders hinzugehen. »Meinetwegen«, sagt sie und folgt ihm in die Nacht hinaus.

Der Mond ist der schmallippige Lachmund eines Smileys, dem die Augen fehlen, figuriert das debile Grinsen eines Entstellten. Vater Goldmanns Tochter, die am Arm des Mannes nach »Woanders« wankt und dabei den Kopf in den Nacken legt, mag das anders sehen, die dünne Mondsichel, zu der sie ihr Gesicht und die eiskalte Nasenspitze aufhebt, als erwarte sie von dieser neben Licht auch Wärme, mit einem Augenschlitz vergleichen. Wäre dies der (Vergleichs-) Fall, hielte Goldmanns Tochter ihre Nase nicht einer deppert lachenden, myriadenfach mit dem Idioten-Stern ausgezeichneten Unendlichkeit entgegen, sondern einem stummen, schwarzhäutigen, pockennarbigen Zyklopen.

Was erhofft sich der Zyklop, der zwischen den Dämmerungen sein Unwesen treibt, von dieser Nacht? Was würde dem monströs missratenen Zwillingsbruder dessen, *der da wohnt in einem Licht, da niemand zukommen kann*, gefallen? Wahrscheinlich das Übliche, Ordinäre, Vulgäre, was im gegebenen Kontext bedeuten würde, dass das »Woanders« eine Wohnung mit samowarbestückter Stube und einem Schlafzimmer voller originalverpackter Elektrowaren ist, in welches der Zyklop hineinspähen und die Vorgänge auf dem Bett beobachten könnte, wo der Mann das sturzbetrunkene Mädchen vögelt. Was die Untenliegende dabei von sich gibt, bliebe dem Einäugigen, der sich nicht aufs Lippenlesen versteht, ebenso ein Rätsel wie dem Mann, der zwar ihre Stimme vernimmt, aus den delirischen Lauten jedoch nicht schlau wird und sie alsbald genauso ignoriert wie das Gluggern von Tee und Schnaps in ihrem Bauch. Das rhythmische Zucken der bleichen, von Mädchenschenkeln umrahmten Arschbacken währt nicht lange, das Paar entschlingt sich, der beobachtete Mann wird zum Betrachter, der aufrecht im Bett sitzt, eine Marlboro-Menthol raucht und nachdenklich die besinnungslose Nackte beschaut, die auf dem Laken liegt wie hingegossen und deren Körper keine einzige Kante zu haben scheint …

Erfüllt sich die Hoffnung des Zyklopen, wird es gegen 4 Uhr früh Sache der Quell- und Qualmwolken sein, die Entblößte zu schützen und Himmel wie Raumluft, lunares wie luftrattengraues Auge zu verschleiern.

41.4

Vater Goldmann schläft noch, seine Tochter nicht mehr. Der 25. Dezember ist 8 Stunden und 4 Minuten alt, der Mann, dessen taubengefiederfarbene Regenbogenhäute unter Liddeckeln liegen, zählt 25 Jahre. In derselben Haltung, in der sie unlängst auf ihrer eigenen Bettkante saß, sitzt die Tochter auf dem fremden Bett und zerrt an dem kleinen, kreisrunden Anhänger ihrer Halskette herum. Kette, T-Shirt, Socken – mehr hat sie nicht am Leib. Im Fenster wird es heller. Tochter, Anhänger und Tag werden einen Sonnenaufgang älter, und vielleicht denkt sie, während ihr Blick abwechselnd durch Raum- und Fensterviereck springt, an Vater Goldmanns Geschenke, zumal ihre Schenkel Milky

White schimmern, die Marlboro-Menthol-Schachtel Pine Tree-grüne Dreiecke zieren und am Rand des Peacock-blauen Himmels Lipstick Red, Chinese Orange und Acid Yellow ineinanderfließen.

DICK FRANCIS

Ein Geschenk des Himmels

Die Erzählung ›Ein Geschenk des Himmels‹ erschien in der Ausgabe der Sports Illustrated *zum Kentucky Derby 1973, allerdings unter dem von der Zeitschrift geänderten Titel ›Der Tag von Wein und Rosen‹, einem Titel, der sich sowohl auf die reale Blumendecke bezog, die man dem Derby-Sieger über den Widerrist wirft, als auch auf den frei erfundenen Alkohol, der in der Erzählung reichlich fließt.*
›Ein Geschenk des Himmels‹, das Fred Collyer zuteilwurde, war jedoch weit mehr wert als Rosen.

Als der Morgenflug von La Guardia noch zwanzig Minuten vor Louisville war, holte Fred Collyer einen Block mit vorgedruckten Formularen hervor und begann seine Unkosten aufzuschreiben.

Taxi zum Flughafen, vierzig Dollar.

Unerheblich, dass sein Nachbar, der auf Long Island arbeitete, ihn kostenlos mitgenommen und am Flughafen abgesetzt hatte: Ein wenig Fantasie in Sachen Spesen bescherte ihm (steuerfrei) noch mal die Hälfte von dem, was ihm der *Manhattan Star* für die Artikel zahlte, die er jeden Montag in seiner Rennspalte brachte.

Erfrischungen auf der Reise, schrieb er. Fünfundzwanzig Dollar.

Bewirtung zum Zwecke der Informationsbeschaffung, dreißig Dollar fünfzig.

Wie um diesen Posten zu rechtfertigen, bestellte er bei der Stewardess einen zweiten doppelten Bourbon und prostete schweigend einem Mann zu, der auf der anderen Seite des Ganges schlief – dem Besitzer einer drittklassigen Stute, die sich vor zwei Wochen die Schienbeine aufgeschlagen hatte.

Wieder ein Kentucky Derby. Seine Gedanken flackerten wie die zerkratzte Kopie eines alten Kinofilms über die vor ihm liegenden Tage. Immer dieselbe Plackerei, morgens raus zu den Ställen, dann endlose Sitzungen über Rennberichten der Vergangenheit und die Suche nach einem Fingerzeig, was die Zukunft betraf. Die wenig aufschlussreiche Trainingsarbeit auf der Bahn, die verleumderischen Gerüchte, das Geschwätz, die dummen Jockeys, die dummen Trainer, die ihre gottverdammten dummen Klappen aufrissen – immer dasselbe.

Der glühende Enthusiasmus, einst das Markenzeichen seiner auch von anderen Zeitungen übernommenen Beiträge, gehörte lange der Vergangenheit an. Die gehobene Stimmung an den großen Renntagen, das feine Gespür, mit dem er eine Story gewittert hatte, wo kein anderer etwas vermutet hätte, der scharfe Instinkt, der Wahrheit von Täuschung zu unterscheiden vermochte, all diese Dinge hatte er einmal besessen. All diese Dinge hatte er verloren. An ihrer Stelle dehnten sich endlose Langeweile und immerwährende, zynische Müdigkeit. Anstelle von Exklusivbeiträgen erhielt seine Zeitung die wiedergekäuten Ideen anderer Rennsportreporter, und in letzter Zeit war ihm einige Male nicht einmal mehr das gelungen.

Er war sechsundvierzig.

Er trank.

Daheim in seinem zweckmäßigen New Yorker Büro schürzte der Sportreporter des *Manhattan Star* die Lippen. Vor ihm lag Fred Collyers Bericht über die Everglades in Hialeah, und er fragte sich, ob es klug gewesen war, ihn wie gewöhnlich zum Derby zu schicken.

Dieser Bursche, dachte er bedauernd, war fix und fertig. Wirklich schade. Wirklich schade, dass er nicht die Finger vom Alkohol lassen konnte. Niemand konnte trinken und schreiben, nicht gleichzeitig. Erst schreiben, dann trinken; okay. Vielleicht sogar trinken bis zum Abwinken, bis zum Umfallen. Aber danach.

Lange würde es nicht mehr dauern, dachte er, bis er Fred gehen lassen musste, und wahrscheinlich hätte er sich schon seit jenem Tag vor einigen Monaten nach Ersatz umschauen sollen, als Fred zum ersten Mal so besoffen ins Büro gekommen war, dass er nicht mehr die richtigen Tasten auf seiner Schreibmaschine erwischte. Aber dieser Säufer hatte alles gehabt, dachte er. Eine Nase für eine Story, wie ein Journalist sie brauchte, und die Gabe, sein Zeug so lebhaft rüberzubringen, dass die Worte geradezu von den Seiten sprangen und sich einem ins Gehirn rammten.

Alles, was davon heute noch übrig war, war ein guter Ruf und ein Echo: Er funktionierte nur noch mechanisch, die Persönlichkeit dahinter war im Suff versunken.

Der Sportreporter legte den Hialeah-Artikel kopfschüttelnd beiseite. Zweimal in den letzten sechs Wochen hatte Fred es nicht fertiggebracht, überhaupt eine Story zu schreiben. Beide Male hatten sie sich im Büro einen Artikel zusammengestoppelt und den Namen Collyer draufgesetzt, aber zweimal den Abgabetermin zu verschlafen war einmal mehr, als man verzeihen konnte. Ein drittes Mal, und die Sache war gelaufen. Die Chefs murrten lauter denn je über die überzogenen Spesenabrechnungen, und wenn sie rausfanden, dass sie dafür zweimal keine müde Zeile bekommen hatten, würde ihn kein noch so heftiges Pochen auf das Motto »Um der alten Zeiten willen« retten.

Ich habe ihn gewarnt, dachte der Sportreporter mit Unbehagen. Ich habe ihm gesagt, er soll diesmal zusehen, dass er eine wirklich gute Story abliefert. Einen brandheißen Knüller, wie man das früher von ihm kannte. Ich habe ihm gesagt, dieses Derby muss einer seiner größten Erfolge werden.

Fred Collyer meldete sich in dem Motel an, in dem die Zeitung ihm ein Zimmer reserviert hatte. Dort genehmigte er sich drei schnelle Vormittagsstärkungen aus der Flasche, die er in seiner Aktentasche mitgebracht hatte. Die Warnung des Sportreporters schob er in den hintersten Winkel seines Bewusstseins, denn er war sich immer noch sicher, dass er, betrunken oder nüchtern, bessere Artikel schreiben konnte als jeder andere Kommentator in dem Geschäft, wenn er nur eine Story hatte, die der Mühe wert war. Es gab nur einfach keine guten Storys mehr.

Er nahm ein Taxi zu den Churchill Downs. (Taxi, vierundzwanzig Dollar fünfzig, schrieb er unterwegs und zahlte dem Fahrer achtzehn.)

Drei Tage vor dem Derby wirkte die Rennbahn sauber,

frisch und erwartungsvoll. Leuchtend rote Tulpen richteten in säuberlichen Kolonnen ihre Blütenblätter einheitlich dem blauen Himmel entgegen, und Flecken grünen Rasens leuchteten wie shampoonierte Teppiche. Ohne sie zu beachten, nahm Fred Collyer den Aufzug zum Dach und trottete die letzten windigen Stufen zu dem großen, verglasten Presseraum über der Tribüne. Dort saßen einige Männer an ihren Schreibmaschinen und hackten die Nachrichten für den kommenden Tag in die Tasten. Draußen standen noch andere, die sich das erste Rennen ansahen, aber die meisten waren in das wichtigste Tagesgeschäft vertieft: zu schwatzen. Fred Collyer holte sich an der einfachen Bar eine Dose Bier, trug sie an den mit seinem Namen bezeichneten Platz und tauschte mit den Gesichtern, die er von den Bahnen zwischen Saratoga und Hollywood Park kannte, ein paar Hallos. Da er ständig von einem Hotel zum anderen zog und endgültig entwurzelt war, seit Sylvie von seiner Abwesenheit und seiner Trinkerei die Nase so voll gehabt hatte, dass sie mit den Kindern zurück zu ihrer Mutter nach Nebraska gezogen war, betrachtete er die Pressezimmer der Rennbahnen als sein einziges wirkliches Zuhause. Dort fühlte er sich entspannt und wusste, dass man ihn respektierte. Er bemerkte gar nicht, dass die Bewunderung, die ihm die anderen einst gezollt hatten, langsam einem toleranten Mitleid Platz machte.

Er ließ sich ungezwungen auf seinen Stuhl fallen und las eine der vervielfältigten Pressenotizen vom Tage.

»Trainer Harbourne Cressie berichtet, dass Pincer Movements linkes Vorderbein nach einem Spritzer über 800 Meter heute Morgen nicht entzündet sei.«

»Nichts dran an dem Gerücht, dass Salad Bowl gestern Abend Temperatur hatte, bestätigt Tierarzt John Brewer im Auftrag der Besitzerin Mrs. L. (Loretta) Hicks.«

Na wunderbar, dachte er sarkastisch. Negative Nachrichten waren keine Nachrichten, Derbystarter eingeschlossen.

Er blieb den ganzen Nachmittag im Pressezimmer, trank Bier, diskutierte mit Schreibern, Fotografen, Publizisten und Radioleuten über alles und nichts, hielt unachtsam die Fernsehübertragungen der Rennen im Auge und trat gelegentlich hinaus auf den Balkon, um auf den Ameisenhaufen der Menschenmenge weit unter sich hinabzublicken. Nicht nötig, sich da hinunterzukämpfen, wie er das früher getan hatte, dachte er. Nicht nötig zu versuchen, Leute zu treffen, sie unter vier Augen zu interviewen. Alles und jeder, der irgendwie von Interesse war, kam irgendwann ins Pressezimmer rauf und teilte alles Wissenswerte in leicht verdaulichen Bröckchen mit.

Am Ende des Tages nahm er dankend das Angebot eines Kollegen an, in dessen Mietwagen mit in die Stadt zurückzufahren (Taxi, vierundzwanzig Dollar fünfzig), und am Abend besuchte er, nachdem er in seinem eigenen Zimmer für eine beachtliche Whisky-Grundlage gesorgt hatte, das alljährliche Dinner der Turfwriter's Association. Die Menschenmenge in dem großen Empfangsraum war durchaus erfreut, ihn zu sehen, und er bewegte sich zwischen der Ansammlung von Presseleuten, Trainern, Jockeys, Züchtern, Besitzern mit Ehefrauen und Freundinnen wie ein Fisch in seinem heimischen Tümpel. Automatisch kippte er vorm Abendessen vier Doppelte on the Rocks und hielt während des Essens und der langen Reden danach einen stetigen Konsum aufrecht. Als er um halb zwölf versuchte, sich von der Tafel zurückzuziehen, hatte er keine Kontrolle mehr über seine Beine.

Das überraschte ihn. Er setzte sich wieder. Er hatte gar nicht bemerkt, dass er betrunken war. Seine Zunge funktionierte immer noch genauso gut wie die der meisten um ihn herum, und für ihn selbst schienen seine Gedanken bestens organisiert zu sein. Aber seine Beine gaben unter ihm nach, als er ihnen sein Gewicht anvertraute, und er war schwerfällig auf seinen Stuhl zurückgeplumpst. Es war schon um einiges später – der große Raum hatte sich beinahe geleert, und die meisten Gäste waren auf dem Heimweg –, als es ihm endlich gelang, genug Kraft aufzubringen, um sich zu erheben.

»Ich scheine ganz schön geladen zu haben«, murmelte er und entschuldigte sich mit einem Lächeln vor sich selbst.

Auf die Rücklehnen der hie und da an den Wänden aufgereihten Stühle gestützt, schwankte er der Tür entgegen. Von dort taumelte er in den Flur und weiter bis zur Lobby, von wo aus er durch die hin- und herschwingenden Glastüren hinaus in die Nacht stapfte, als steige er imaginäre Stufen hinunter.

Die Abendluft eines kühlen Maitags machte alles noch sehr viel schlimmer. Die Erde schien sich buchstäblich unter seinen Füßen zu drehen. Mit schwerer Schlagseite vollführte er einen Halbkreis, und statt sich auf die geparkten Autos und die wartenden Taxis zuzubewegen, stolperte er kopfüber in die dunkle Steinfront der Mauer neben dem Eingang. Der Aufprall schmerzte und steigerte seine Verwirrung noch. Er legte beide Hände flach auf die raue

Oberfläche vor sich, presste dann das Gesicht darauf und konnte doch nicht herausfinden, wo er war.

Marius Tollman und Piper Boles hatten nicht gesehen, dass Fred Collyer vor ihnen gegangen war. Beide schlenderten denselben Weg entlang und plauderten Belangloses – zwei Männer, die der Zufall am Ende eines Abends zusammengeführt hatte. Mit keiner Miene verrieten sie, dass sie einander schon seit Stunden quer durch den Raum bedeutungsvolle Blicke zugeworfen und fast an nichts anderes gedacht hatten als an das vor ihnen liegende Gespräch.

In einem Land, in dem das Buchmachergewerbe gesetzlich zugelassen war, wäre Marius Tollman vielleicht als angesehener, gesetzestreuer Bürger aufgewachsen. Wie die Dinge lagen, hatten seine natürliche Neigung und sein einziges Talent ihn zu einem Leben schneller Beinarbeit geführt, wie sie Muhammad Ali zur Ehre gereicht hätte. Mithilfe der einfachen Maßnahme, für zukünftige Rennautoritäten Wetten zu platzieren, solange diese noch jung und töricht waren, blieb er, sobald sie zu Status und Macht gekommen waren, von ihnen unbehelligt; und unter den Junghengsten, die in Richtung Vorstandsetage stürmten, erkannte der gewiefte alte Marius mit noch schärferem Blick den Gewinner als unter den Pferden auf dem Turf.

Die beiden Männer gingen durch die Glastüren und blieben direkt dahinter stehen, wo das Licht aus der Lobby sie voll erfasste. Marius pflegte niemanden in irgendwelche Ecken zu ziehen, weil das zu verdächtig ausgesehen hätte.

»Dann ist es Ihnen also gelungen, die Jungs für unsere Sache zu gewinnen?«, fragte er. Er stand auf den Absätzen, während er die Hände in den Taschen hielt und sein Bauch ihm über den Gürtel quoll.

Piper Boles zündete sich mit langsamen Bewegungen eine Zigarette an, ließ seinen Blick dann beiläufig über den sternenübersäten Himmel wandern und sog genüsslich den Rauch in seine Lungen.

»Ja«, sagte er.

»Und für wen haben Sie sich entschieden?«

»Amberezzio.«

»Nein«, protestierte Marius. »Der ist nicht gut genug.«

Piper Boles zog abermals an seiner Zigarette. Er hatte Hunger. Hundertelf musste er morgen auf die Waage bringen, und er hatte nur hundertfünfzig Gramm Steak im Magen. Er hatte etwas gegen dicke Menschen, vor allem gegen reiche dicke Menschen. Seinen eigenen kleinen Vorrat an Fett steckte er in Immobilien und Wachstumsfonds, aber mit achtunddreißig Jahren drohte ihn der körperliche Kampf beinahe zu überwältigen. Er konnte nicht mehr viele dieser Hungerjahre verkraften, denn je älter sein Körper wurde, umso schwerer fiel ihm das Fasten. Das Gefühl, dass die Zeit drängte, hatte ihn jüngst über Möglichkeiten nachdenken lassen, schnelle Zehntausender zu machen, die ihm früher nur ein höhnisches Lächeln entlockt hätten.

Er sagte: »Es muss Amberezzio sein. Er ist sauber.«

Marius dachte darüber nach. Es gefiel ihm nicht, aber schließlich nickte er doch.

»Na gut. Dann also Amberezzio.«

Piper Boles nickte und machte Anstalten zu gehen. Als Jockey konnte er sich nicht allzu lange mit Marius Tollman sehen lassen, nicht, wenn er weiter zweites Lot für die angesehene Somerset Farm reiten wollte, was ganz eindeutig der Fall war.

Marius bemerkte den Impuls des anderen und sagte glatt: »Haben Sie noch mal über ein kleines Ablenkungsmanöver auf Crinkle Cut nachgedacht?«

Piper Boles zögerte.

»Das wird Sie was kosten«, sagte er.

»Klar«, stimmte Marius ihm achselzuckend zu. »Wie wär's mit noch mal zehntausend obendrauf?«

»Benutzte Scheine. Die Hälfte im Voraus.«

»Gut.«

Piper Boles schüttelte sein Gewissen ab und entledigte sich des letzten Restes seiner Integrität.

»Okay«, sagte er und schlenderte zu seinem Wagen, ganz als wären seine Nerven nicht zum Zerreißen gespannt und in höchste Alarmstufe versetzt.

Fred Collyer hatte jedes Wort mitgehört, und er wusste, ohne hinsehen zu müssen, dass eine der Stimmen Marius Tollman gehörte. An diesem asthmatischen Bostoner Akzent kam niemand vorbei, der sich eine Weile im Rennsport bewegte. Ihm war klar, dass Marius eine Gaunerei eingefädelt hatte, und ihm war auch klar, dass diese schöne kleine Gaunerei sich sehr erfreulich in seiner Spalte ausnehmen würde. Benebelt dachte er darüber nach, dass er herausfinden musste, mit wem Marius geredet hatte, und dass er sich, da er die Stimme hinter sich gehört hatte, besser umdrehen und der Sache auf den Grund gehen sollte.

Die Zeit verlief für ihn jedoch nicht kontinuierlich, sondern in Sprüngen, und als er sich von der Wand abstieß und auf die Anstrengung einließ, die richtige Richtung zu finden, waren beide Männer bereits fort.

»Mistkerle«, sagte er laut in die leere Nacht hinein, und ein anderer später Gast, der gerade das Hotel verließ, nahm ihn mitleidig am Ellbogen und führte ihn zu einem Taxi. Er schaffte es gerade noch bis in sein eigenes Zimmer, bevor er ohnmächtig wurde.

Seit dem Abflug von La Guardia an diesem Morgen hatte er sechs Bier getrunken, vier Brandys, einen doppelten Scotch (aus Versehen) und fast drei Liter Bourbon.

Er wachte am nächsten Morgen um elf Uhr auf und konnte es nicht glauben. Er starrte die Uhr auf dem Nachttisch an.

Elf.

Er hatte die Inspektion der Ställe und das ganze morgendliche Tamtam auf der Bahn verpasst. Ein Schauder überlief ihn, als er sich dessen bewusst wurde, und ließ ihn frösteln, aber es sollte noch schlimmer kommen. Als er versuchte, sich aufzusetzen, drehte sich das Zimmer um ihn, und in seinem Kopf hämmerte es gewaltig. Als er die Decke zurückschlug, stellte er fest, dass er voll bekleidet und mit Schuhen geschlafen hatte. Er versuchte, sich an seine Heimkehr am vergangenen Abend zu erinnern, doch vergebens.

Er trottete ins Badezimmer. Sein Gesicht blickte ihm wie ein Albtraum aus dem Spiegel entgegen, zerknittert und rotäugig, über Nacht um zehn Jahre gealtert. Er war schon x-mal verkatert aufgewacht, aber dies hier fühlte sich ganz anders an als der gewohnte Morgen danach. Ein Gefühl nicht wiedergutzumachender Katastrophe lauerte irgendwo hinter dem akuten körperlichen Elend in seinem

Kopf und seinem Magen, aber erst, als er seinen Mantel, sein Hemd und seine Hose ausgezogen, sich von seinen Schuhen befreit und schwach wieder auf das zerwühlte Bett gelegt hatte, erst da wurde er sich der Natur dieser Katastrophe bewusst.

Schlagartig ging ihm auf, dass er sich nicht nur an den Rückweg zu seinem Motel nicht erinnerte, sondern praktisch den gesamten vergangenen Abend vergessen hatte. Bruchstücke von Gesprächen aus den ersten Stunden blitzten in seinem Hirn auf, und er erinnerte sich, dass er am Tisch zwischen einem ungehaltenen alten Schreiber von der *Baltimore Sun* und einer ernsthaften Züchterin aus Lexington gesessen hatte, beides Leute, die er nicht mochte; aber ungefähr in der Mitte des Brathuhns setzte eine flächendeckende Gedächtnislücke ein.

Er hatte schon von alkoholbedingten Blackouts gehört, aber vermutet, dass so etwas nur Alkoholikern passierte; und das traf auf ihn, Fred Collyer, nicht zu. Natürlich trank er ein wenig, das räumte er ein. Na gut, eine Menge. Aber wenn er wollte, konnte er jederzeit aufhören. Natürlich konnte er.

Er lag auf dem Bett und schwitzte und sah dem grausamen Gedanken ins Auge, dass ein Blackout zum nächsten führen konnte, bis die Blackouts weißen Mäusen wichen. Der Sportchef seiner Zeitung hatte ihm eingeschärft, dass er diesmal einen Reißer von ihm erwartete, und zum ersten Mal verspürte er bei dem unbehaglichen Gedanken an die zwei Mal, da er seinen Artikel nicht geliefert hatte, eine Spur von Angst um seinen Job. Binnen fünf Minuten hatte er sich dahingehend beruhigt, dass sie Fred Collyer niemals feuern würden, aber trotzdem würde er um der Zeitung willen den Drink aufschieben, bis er seine Zeilen über das Derby geschrieben hatte. Dieser Entschluss bescherte ihm ein strahlendes Gefühl selbstloser Tugendhaftigkeit, das ihm zumindest über die Zitteranfälle und den pulsierenden Kopfschmerz dieses extrem elenden Tages hinweghalf.

Draußen auf den Churchill Downs waren drei andere Männer nicht minder besorgt. Piper Boles trat sein Pferd vorwärts in die Startboxen und machte sich Sorgen über das, was George Highbury, der Trainer der Somerset Farm, gesagt hatte, als er mit zwei Pfund Übergewicht aus der Waage kam. George Highbury hielt sich allen Jockeys für überlegen und nahm kein Blatt vor den Mund.

»Erzählen Sie mir keinen Scheiß«, sagte er auf Boles' Entschuldigungen. »Sie waren gestern Abend beim Turfwriter's Dinner, also was erwarten Sie?«

Piper Boles erinnerte sich deprimiert noch einmal an den hungrigen Abend mit dem einen Martini und sagte, er sei am Morgen schon im Schwitzkasten gewesen.

Highbury runzelte die Stirn. »Wenn Sie Crinkle Cut im Derby reiten wollen, bleiben Sie heute Abend und morgen mit ihrem dicken Arsch vom Tisch weg.«

Piper Boles musste Crinkle Cut im Derby unbedingt reiten. Er nickte Highbury mit gesenktem Blick demütig zu und schwang sich unglücklich in den Sattel.

Statt ihn anzustacheln, raubte ihm die Angst, Crinkle Cut vielleicht nicht reiten zu dürfen, seine Konzentration, sodass er zu langsam aus der Startbox kam, das erste Viertel zu schnell anging, um an die dritte Stelle zu kommen, in der Kurve zu weit abkam und auf der Geraden wieder alles verlor. Er ging als Sechster ins Ziel. Er war ein absolut erfahrener Jockey von überdurchschnittlichen Fähigkeiten. Es war nicht sein Tag.

Auf der Tribüne ließ Marius Tollman kopfschüttelnd sein Fernglas sinken und schnalzte mit der Zunge. Falls Piper Boles kein besseres Rennen hinlegen konnte, wenn er auf Gewinn ritt, was musste es dann erst für eine Pleite werden, wenn er auf Crinkle Cut verlieren sollte?

Marius dachte an die Zehntausend, die er in die kleine Gaunerei am Samstag investierte. Er hatte noch nicht entschieden, ob er gewissen Leuten im organisierten Verbrechen einen Tipp geben sollte, in welchem Falle sie den Einsatz decken würden, ohne dass er selbst noch irgendein Risiko trug, oder ob er auf den größeren Profit setzen sollte, den ihm ein Alleingang einbringen würde. Er ließ seinen asthmatischen Körper auf seinen Platz sinken, besorgt darüber, wie leicht aus einem abgemachten Rennen wieder ein offenes werden konnte.

Blisters Schultz sorgte sich um den Zustand seines Gewerbes, das unter einer schweren Rezession litt.

Blisters Schultz verdiente sich seinen Lebensunterhalt mit Taschendiebstahl, und er hatte die Nase voll von Kreditkarten. In der guten alten Zeit, als er auf dem Schoß seines Großvaters seine Fertigkeiten erlernt hatte, trugen die Männer ihre Portemonnaies in den Gesäßtaschen, sodass die deutlichen Ausbuchtungen für jedermann sichtbar waren. Heutzutage machten diese elenden Hau-ruck-Diebe den ganzen Markt kaputt: Kaum jemand trug noch mehr als eine Handvoll Dollar mit sich rum, und die, die es doch taten, hatten die Neigung, ihren Mammon in zwei Hälften zu teilen und die größere Portion hinter Reißverschlüssen zu verstecken. Dreiundfünfzig Jahre hatte Blisters überlebt: fünfundvierzig davon mithilfe des Diebstahls. Mehrere kurze Sitzungen hinter Gittern hatte er als Pech verbucht, aber das war noch lange kein Grund, nicht die erstbeste Brieftasche zu stehlen, wenn er wieder draußen war. Er hatte einmal versucht, ehrlich zu werden, aber es hatte ihm nicht gefallen: Er konnte den regelmäßigen Tagesablauf und das schreckliche Gefühl des Arbeitens nicht ertragen. Nach sechs Wochen hatte er seinem gut bezahlten Job den Rücken gekehrt und sich dankbar wieder der Unsicherheit zugewandt. Wenn er zehn Dollar stehlen konnte, war er glücklicher, als wenn er fünfzig verdiente.

Um bei Rennveranstaltungen den besten Fang zu machen, musste man entweder die großen Scheine erspähen, bevor sie verspielt wurden, oder dem großen Gewinner vom Auszahlschalter aus folgen. In beiden Fällen galt es, mit offenen Augen am Totalisator rumzuhängen. Das Problem war, dass zu viele Rennplatzpolizisten diesen Modus Operandi durchblickt hatten und nun ebenfalls dort herumstanden und nach Leuten Ausschau hielten, die einfach nur rumstanden und Ausschau hielten.

Blisters hatte eine schlechte Woche hinter sich. Bei der vielversprechendsten dicken Brieftasche hatte sich nach einer halben Stunde vorsichtigen Pirschens erwiesen, dass sie wenig Geld, aber viel Pornografie enthielt. Blisters, dessen Geschlechtstrieb nicht übermäßig ausgeprägt war, hatte beides gleichermaßen angewidert.

Seine ersten beiden Arbeitstage hatten ihm lediglich dreiundzwanzig Dollar eingebracht, und fünf davon hatte er auf einer Treppe gefunden. Sein erbärmliches Hintergassenzimmer in Louisville kostete ihn vierzig Dollar pro Nacht, und wenn er Fahrkosten und Mahlzeiten in Rechnung stellte, musste er seiner Schätzung nach achthundert machen, damit die Reise sich überhaupt lohnte.

Doch er war ein Optimist, und seine Laune hob sich bei dem Gedanken an das Derby. Wenn erst die richtigen Massen strömten, würden seine Geschäfte sicher wieder besser laufen.

Fred Collyers private Prohibition hielt sich bis Freitag. Er fühlte sich besser, als er erwachte, fuhr um halb acht mit dem Taxi raus in die Churchill Downs und schrieb unterwegs seine Unkosten auf. Sie schlossen viele mystische Gegenstände für den vergangenen Tag ein; dem lag die Vermutung zugrunde, dass es für die Redaktion besser war, nicht zu erfahren, dass er Mittwochnacht sternhagelvoll gewesen war. Er legte auf die angeschwollene Gesamtsumme noch einen Batzen drauf; Bourbon war schließlich teuer, und spätestens Sonntag konnte er wieder tun, was er wollte.

Der ursprüngliche Schock über den Blackout hatte sich gelegt, denn während seines im Bett verbrachten Tags waren ihm hie und da Einzelheiten eingefallen, die mit Sicherheit aus der Zeit nach dem Brathuhn stammten. Der Weg vom Dinner ins Bett stellte immer noch eine Lücke dar, aber die Lücke machte ihm keine Angst mehr. Manchmal hatte er das Gefühl, als gäbe es da etwas Wichtiges, an das er sich erinnern sollte, aber er redete sich ein, dass es nicht wirklich wichtig gewesen sein konnte, sonst hätte er es nicht vergessen.

Draußen bei den Ställen hatten sich die Presseleute bereits in Gruppen um die Trainer der höchstgehandelten Derbystarter geschart. Fred Collyer schlenderte auf das Grüppchen um Harbourne Cressie zu, und seine Kollegen machten ihm Platz, ohne auf seine Abwesenheit am vergangenen Tag zu sprechen zu kommen. Das beruhigte ihn: Was auch immer er Mittwochnacht getan hatte, es konnte nichts Skandalöses gewesen sein.

Die Notizbücher waren gezückt. Harbourne Cressie, ein alter Hase im Geschäft und ein Freund jeglicher Publicity, machte nach jedem Satz eine Pause, um ihnen Zeit zu geben, alles mitzuschreiben.

»Pincer Movement hat gestern Abend gut gefressen und ist heute Morgen ruhig und gelassen. Wie es aussieht, sollten wir Salad Bowl schlagen, es sei denn, das Geläuf wäre sehr weich am Samstag.«

Allenthalben lächelnde Gesichter. Der Himmel war blau, die Wettervorhersage gut.

Fred Collyer hörte unaufmerksam zu. Er hatte das alles schon mal gehört. Sie alle hatten das alles schon mal gehört. Und wen zum Teufel interessierte das schon?

In einer Konkurrenzgruppe zwei Ställe weiter entfernt bemerkte der Trainer von Salad Bowl gerade, dass sein Hengst nach den Ergebnissen von Hialeah durchaus in der Lage sei, Pincer Movement zu schlagen, und dass er mit jedem Geläuf fertig würde, ob weich oder nicht.

George Highbury zog weniger Presseleute an, da er über Crinkle Cut nicht viel zu sagen hatte. Der Dreijährige war bei verschiedenen Rennveranstaltungen sowohl von Pincer Movement als auch von Salad Bowl geschlagen worden, und niemand erwartete, dass er das Blatt wenden konnte.

Am Freitagnachmittag verbrachte Fred Collyer seine Zeit oben im Pressezimmer und lehnte mannhaft ein paar angebotene Biere ab. (Bewirtung verschiedener Besitzer auf der Bahn, zweiundfünfzig Dollar.)

Piper Boles ritt im sechsten Rennen ein hartes Finish, verlor um einen kurzen Kopf und wäre nachher beinahe vor Hunger ohnmächtig geworden. George Highbury, der davon nichts wusste, bemerkte lediglich mürrisch, dass Boles das Gewicht gemacht hatte, und bestätigte, dass er am nächsten Tag Crinkle Cut reiten würde.

Verschiedene Freunde von Piper Boles flüsterten ihm die nervöse Frage ins Ohr, ob der Plan für morgen immer noch aktuell sei. Piper Boles nickte. »Klar«, sagte er schwach. »In allen Punkten.«

Marius Tollman war erleichtert, Boles besser reiten zu sehen, beschloss aber dennoch, seine Wette abzuwerfen und stattdessen das Syndikat mit einzubeziehen.

Blisters Schultz stahl zwei Brieftaschen mit jeweils vierzehn beziehungsweise zweiundzwanzig Dollar. Zehn davon verlor er bei der Wette auf einen sicheren Tipp im letzten Rennen.

Pincer Movement, Salad Bowl und Crinkle Cut, die von Uniformierten mit Pistolen am Gürtel bewacht wurden, blickten über die Stalltüren und sahen mit leichten Zuckungen in ihren angespannten Muskeln zu, wie andere Pferde auf die Bahn gingen. Alle drei wären ebenfalls gern gegangen. Alle drei wussten genau, wozu die Trompete drüben auf der Bahn geblasen wurde.

Samstagmorgen, schön und klar.

Die Menschen versammelten sich zu Tausenden auf den Churchill Downs. Neugierig, erwartungsvoll, schwatzhaft, angetan mit leuchtenden Farben, kauften sie Julep in Souvenirfläschchen, ergossen sich durch die Tore und über das Innenfeld, lasen die letzten Sportartikel über Pincer Movement kontra Salad Bowl und träumten von erfolgreichen Wetten auf Außenseiter, die mit fünfzig zu eins gehandelt wurden.

Blisters Schultz hatte gerade genug zusammengekratzt, um seine Motelrechnung zu bezahlen, aber seine Selbstachtung hing von mehr Glück beim Klauen ab. Sein kleines, zerfurchtes Gesicht mit den viel beschäftigten Augen zeigte einen Ausdruck, der der Verzweiflung nahe kam, und die langen Raubvogelfinger ballten sich in seinen Taschen krampfhaft zu Fäusten.

Piper Boles, der auf Crinkle Cut ein Gewicht von hundertsechsundzwanzig bringen musste, gestattete sich ein Ei zum Frühstück und entschied, was er mit dem Bündel unbenutzter Scheine, die man ihm am vorherigen Abend ausgehändigt hatte, anfangen würde; auch die Anlage der Gewinne (der legalen wie der illegalen), die er an diesem Tag noch erwartete, wollte wohlbedacht sein. Wenn er die Sache heute Nachmittag sauber über die Bühne brachte, dachte er, gab es keinen offensichtlichen Grund, warum er dieselbe Idee nicht noch einmal verwenden sollte, selbst wenn er sich aus dem Reitsport zurückgezogen hatte. Seinen Geisteswandel vom Gelegenheitsgauner wider Willen zum gewohnheitsmäßigen Betrüger nahm er kaum wahr.

Marius Tollman verbrachte den Morgen damit, verschiedene Bekannte anzurufen und ihnen Gewinne anzubieten. Seine Angebote wurden akzeptiert. Marius Tollman spürte, wie ihm ein Stein vom Herzen fiel, und beförderte mit federnden Schritten seine zweihundertsechzig Pfund ein paar Häuserblocks weiter Richtung Stadtzentrum, wo ein vorsichtiger Gentleman zehntausend Dollar in nicht registrierten Scheinen abzählte. Marius Tollman gab ihm eine ordnungsgemäß unterzeichnete Quittung. Geschäft war Geschäft.

Fred Collyer wollte einen Drink. Einer, dachte er, würde nicht schaden. Er konnte ihn ein wenig aufpeppen, ihn wieder auf Vordermann bringen. Ein kleiner Drink am Morgen würde ihn gewiss nicht davon abhalten, am Abend eine flotte Story zu Papier zu bringen. Gegen einen einzigen Drink vor dem Rennen konnte der *Star* nichts einzuwenden haben, vor allem nicht, da er es geschafft hatte, sich am vergangenen Abend von der Bar fernzuhalten, indem er um neun zu Bett gegangen war. Seine Abstinenz hatte ihn große Willensanstrengung gekostet: Es war nur recht und billig, eine solche Leistung mit einem Drink zu belohnen, einem einzigen. Allerdings hatte er am Mittwochabend die Flasche geleert, die er aus Louisville mitgebracht hatte. Er angelte nach seiner Brieftasche, um festzustellen, wie viel er noch drin hatte: Dreiundachtzig Dollar, immer noch genug für eine Flasche für später und einen schnellen Drink an der Bar, bevor er ging.

Er lief die Treppe hinunter. In der Lobby bot ihm sein

Kollege Clay Petrovitch jedoch abermals freie Mitfahrt zu den Churchill Downs in seinem Mietwagen an, daher beschloss er, seinen Drink für eine halbe Stunde aufzuschieben. Den ganzen Weg zur Rennbahn schlug er sich im Geiste immer wieder auf die Schulter.

Blisters Schultz, der im Gedränge der Leute hinter der Tribüne kreiste, sah Marius Tollman im Sonnenschein hereinkommen; der Mann lehnte sich zurück, um sein Gewicht vorne besser tragen zu können, und keuchte hörbar in der zunehmenden Hitze.

Blisters Schultz leckte sich die Lippen. Er kannte den dicken Mann vom Sehen, wusste, dass irgendwo an diesem fetten Körper genug Mammon versteckt sein musste, um ihn durch den Sommer zu bringen. Marius Tollman würde niemals mit leeren Taschen beim Derby erscheinen.

Zwei Gedanken ließen Blisters zögern, während er wie ein Aal im Kielwasser des dicken Mannes schwamm. Erstens war Tollman ein zu alter Hase, um sich ausrauben zu lassen. Zweitens wusste man, dass er wohlorganisierte Freunde hatte, und wenn Tollman Syndikatsgelder bei sich hatte, wollte Blisters sich nicht die Finger verbrennen, indem er sie stahl; einer solchen Aktion hatte er nämlich seinen Spitznamen Blisters – Brandblasen – zu verdanken.

Bedauernd löste Blisters sich von seiner Beute und kehrte zu der Menschenmenge in der tröstlichen Dunkelheit unter der Tribüne zurück.

Um zwölf Uhr siebzehn mischte er sich in eine Traube dicht an dicht stehender Leute, die auf einen Aufzug warteten.

Um zwölf Uhr achtzehn stahl er Fred Collyers Brieftasche.

Marius Tollman trug sein Geld in raffinierten Unterarmtaschen, die er sich in der Menschenmenge aus Angst vor Taschendieben an den Leib presste. Zur gegebenen Zeit suchte er dann so viele verschiedene Verkaufsschalter wie nur möglich auf, um den Einsatz unauffällig zu verteilen. Fast die Hälfte der Wettscheine würde er Piper Boles geben (zusammen mit dem zweiten Bündel benutzter Scheine), die andere Hälfte würde er für sich behalten.

Ein hübsches, sauberes, kleines Ding, dachte er selbstzufrieden. Und kein Grund, warum er etwas Derartiges nicht irgendwann wieder einfädeln sollte.

Er gönnte sich einen Julep und schenkte einem Mädchen, das mehr Busen als Scheu zeigte, ein freundliches Lächeln.

Die Sonne heizte den Tag auf. Die Vorrennen folgten eins auf das andere mit Wogen des Beifalls, obwohl jedes hart gerittene Finish lediglich eine Episode am Rande war, die dem großen Ereignis voranging, dem Derby, dem Höhepunkt, dem neunten Rennen, das man »The Roses« nannte wegen der Decke aus roten Blüten, die dem Siegerpferd im Triumph über den Widerrist gelegt werden würde.

Im Jockeyraum zog Piper Boles das Renndress für Crinkle Cut an und begann zu schwitzen. Je näher das Rennen kam, umso mehr wünschte er, es handle sich um einen gewöhnlichen Derbytag. Er beruhigte seine Nerven mit der Lektüre der *Financial Times*.

Fred Collyer bemerkte den Verlust seiner Brieftasche oben im Pressezimmer, als er ein Bier bezahlen wollte. Er fluchte, durchsuchte all seine Taschen, kehrte im Pressezimmer das Unterste zuoberst, ließ sich von Clay Petrovitch die Schlüssel für den Mietwagen geben und ging den ganzen Weg zurück zum Parkplatz ab. Nach einer fruchtlosen Suche marschierte er wütend zur Tribüne zurück und erwürgte im Geiste gnadenlos den lausigen, stinkenden Hurensohn, der ihm sein Geld gestohlen hatte. Er vermutete, dass es sich um einen erfahrenen Gauner handelte, wahrscheinlich sogar um einen alten Mann. Die jungen Schurken verließen sich mehr auf Muskeln denn auf Köpfchen.

Seine praktischen Probleme waren nicht allzu groß. Er brauchte wenig Bares. Clay Petrovitch würde ihn wieder mit in die Stadt nehmen, die Motelrechnung ging direkt an den *Manhattan Star*, und sein Flugzeugticket lag sicher verwahrt auf der Kommode in seinem Zimmer. Um das Nötigste bezahlen zu können, konnte er sich vielleicht zwanzig Mäuse von Clay oder anderen Leuten im Pressezimmer leihen.

Als er im Aufzug nach oben fuhr, dachte er, dass der Verlust seines Geldes wie ein himmlisches Zeichen war; kein Geld, kein Drink.

Blisters Schultz sorgte dafür, dass Fred Collyer den ganzen Nachmittag nüchtern blieb.

Pincer Movement, Salad Bowl und Crinkle Cut wurden aus ihren Ställen gebracht und durch die Unterführung unter den Autos und den Menschenmassen auf die Bahn vor der Tribüne geschleust. Sie gingen locker und unverkrampft, als wäre das alles nichts Besonderes; sie waren an das Rampenlicht gewöhnt, wussten aber aus Erfahrung, dass dies nur ein Vorgeschmack war. Der erste Anblick der Stars des Tages trieb die Menge wie einen Schwarm vielfarbiger Fische zum Totalisator.

Piper Boles ging mit den anderen Jockeys zu dem mit Maschendraht eingezäunten Führring, wo Pferde, Trainer und Besitzer aller Ställe in Grüppchen zusammenstanden. Er litt unter den ersten Auswirkungen eines Gefühls des Losgelöstseins und der Unwirklichkeit: Er konnte nicht glauben, dass er, ein im Grunde ehrlicher Jockey, drauf und dran war, das Kentucky Derby zu versauen.

George Highbury wiederholte ungefähr zum vierzigsten Mal die Taktik, auf die sie sich geeinigt hatten. Piper Boles nickte ernsthaft, als hätte er die Absicht, die Anweisungen zu befolgen. In Wahrheit hatte er kaum ein Wort davon mitbekommen; und er war ebenfalls taub für die lautstarken Bands und den Gesang, als die Derbystarter auf die Bahn geführt wurden. *My Old Kentucky Home* brachte die Gefühle der Menge in Wallung und ungezählte Taschentücher zum Vorschein, mit denen tränenfeuchte Augen abgetupft wurden, aber bei Piper Boles bewirkten die anrührenden Töne nicht mal einen Wimpernschlag. Während der Parade, dem Kanter zum Start, ja sogar auf dem Weg in die Startboxen hielt das Gefühl der Losgelöstheit an. Erst dann, als sich die Anspannung auf den Gesichtern der anderen Reiter deutlich zeigte, kehrte Piper Boles ruckartig in die Wirklichkeit zurück. Seine Herzfrequenz verdoppelte sich fast, und die Energie flutete in sein Gehirn zurück.

Jetzt, dachte er. Genau jetzt, in der nächsten halben Minute, werde ich mir zehntausend Dollar extra verdienen und danach den Rest.

Er zog seine Brille herunter und nahm Zügel und Peitsche in die Hand. Er hatte Pincer Movement zur Rechten und Salad Bowl zur Linken, und als die Boxen aufsprangen, schoss er mit ihnen hinaus, verlagerte sein Gewicht augenblicklich nach vorne über den Widerrist und stand in den Steigbügeln, den Kopf beinahe so weit vorn wie Crinkle Cut selbst.

Den ganzen Weg vorbei an der Tribüne konzentrierte er sich darauf, in der Mitte des Hauptfeldes zu bleiben, so unauffällig wie möglich, und als es dann in die Kurve ging, war er immer noch mittendrin, ohne viel zu tun. Aber auf der Gegengerade, als er ungefähr an zehnter Stelle in einem Feld von sechsundzwanzig Tieren lag, verdiente er sich sein kleines Vermögen.

Niemand außer Piper Boles wusste genau, was wirklich geschehen war; nur er wusste, dass er seinen linken Zügel mit einer scharfen Wendung des Handgelenks verkürzt und Crinkle Cut den rechten Fuß in die Rippen gepresst hatte. Das schnell galoppierende Pferd gehorchte diesen Anweisungen, schwenkte abrupt nach links und rammte das Pferd neben ihm.

Das Pferd neben ihm war immer noch Salad Bowl. Unter der Wucht des Aufpralls rammte Salad Bowl das Pferd zu seiner eigenen Linken, schwankte zurück, strauchelte, verlor komplett den Halt und stürzte. Die beiden Pferde direkt dahinter stürzten über ihn.

Piper Boles blickte nicht zurück. Das Ausschwenken und der Zusammenstoß hatten ihn um mehrere Plätze zurückgeworfen, die Crinkle Cut selbst im günstigsten Falle niemals würde aufholen können. Den Rest des Rennens ritt er streng seinen Anweisungen gemäß und ging an zwölfter Stelle durchs Ziel.

Von den einhundertvierzigtausend Zuschauern in Churchill Downs hatte nur eine Handvoll einen klaren Blick auf die Katastrophe auf der anderen Seite der Bahn. Die im Innenfeld gelegenen Bauten hatten den Zusammenstoß vor fast allen verborgen, die nicht erhöht standen, und vor den meisten auf der Tribüne. Nur die Presse von ihrem Ausguck hoch oben aus hatte etwas gesehen. Augenblicklich wurden einige Reporter ausgesandt, um die Tatsachen zu ermitteln, und im Pressezimmer summte es wie in einem aufgescheuchten Bienenstock.

Fred Collyer beobachtete vom Balkon aus, wie die Fotografen herbeiliefen, um Pincer Movements Ruhm festzuhalten, und überlegte mürrisch, dass nicht einer von ihnen Nahaufnahmen von dem zweiten Favoriten machte, von Salad Bowl, der da unten im Schmutz lag. Er sah zu, wie die Decke aus dunklen Rosen dem Gewinner übergelegt wurde, und beobachtete die triumphale Darbietung der Trophäen, dann ging er hinein, um sich die Wiederholung des Rennens im Fernsehen anzusehen. Der Zwischenfall mit Salad Bowl wurde von vorn, von hinten und von der Seite gezeigt und dann in eine Reihe von Standbildern zerlegt.

»Haben Sie das gesehen«, sagte Clay Petrovitch und zeigte über Fred Collyers Schulter auf den Bildschirm. »Crinkle Cut hat den Zusammenstoß verursacht. Man kann sehen, wie er Salad Bowl rammt… da!… Crinkle Cut, das ist der Joker.«

Fred Collyer schlenderte zu seinem Platz, setzte sich

und starrte seine Schreibmaschine an. Crinkle Cut. Er wusste etwas über Crinkle Cut. Er dachte fünf Minuten lang angestrengt nach, konnte sich aber nicht erinnern, was er wusste.

Einzelheiten und Zitate drangen ins Pressezimmer hinauf. Alle gestürzten Jockeys erschüttert, aber unverletzt. Alle Pferde dito; die Stewards, in heller Aufregung, stellten augenblickliche Nachforschungen an und ließen den Film der Überwachungskamera wieder und wieder ablaufen. Sperre für Piper Boles unwahrscheinlich, da man für gewöhnlich bei rauen Ritten im Derby ein Auge zudrückte. Piper Boles hatte dazu erklärt: »Crinkle Cut ist einfach plötzlich zur Seite ausgebrochen. Ich habe nicht damit gerechnet und konnte nicht verhindern, dass er Salad Bowl rammte.« Eine Vielzahl von Leuten glaubte ihm.

Fred Collyer überlegte, dass er ruhig erst mal ein paar Fakten zu Papier bringen konnte. Es würde den ersten Drink in greifbarere Nähe rücken – o Mann, wie er diesen Drink brauchte. Während er mit einem Ohr weiter auf neuere Informationen lauschte, tippte er einen mühsamen Ich-war-dabei-Bericht über einen Zwischenfall, den er kaum gesehen hatte. Als er ihn noch einmal durchlas, sah er, dass die ersten Worte, die er geschrieben hatte, wie folgt lauteten: »Das Ablenkungsmanöver auf Crinkle Cut stahl dem Sieger nach dem Rennen die wohlverdiente…«

Ablenkungsmanöver auf Crinkle Cut? Das hatte er gar nicht schreiben wollen… oder jedenfalls nicht direkt. Er runzelte die Stirn. Und da waren noch andere Worte in seinen Gedanken, die genauso töricht klangen. Er legte die Hände wieder auf die Tasten und tippte drauflos.

»Das wird Sie was kosten… zehntausend in gebrauchten Scheinen… die Hälfte im Voraus.«

Er starrte die Worte, die er geschrieben hatte, an. Die Fantasie ging offenbar mit ihm durch. Oder er hatte geträumt. Das eine oder das andere.

Ein Traum. Das war es. Jetzt erinnerte er sich wieder. Er hatte einen Traum von zwei Männern gehabt, die ein manipuliertes Rennen planten, und einer von ihnen war Marius Tollman gewesen, der schnaufend von einem Ablenkungsmanöver auf Crinkle Cut sprach.

Fred Collyer entspannte sich und lächelte bei dem Gedanken, und im nächsten Augenblick wusste er ganz plötzlich, dass es doch kein Traum gewesen war. Er hatte Marius Tollman und Piper Boles gehört, wie sie ein Ablenkungsmanöver auf Crinkle Cut planten, und er hatte es vergessen, weil er betrunken gewesen war. Na schön, beruhigte er sich mit einem gewissen Gefühl des Unbehagens, es war ja nichts passiert, es war ihm ja wieder eingefallen, nicht wahr?

Nicht ganz. Wenn Crinkle Cut eine Ablenkung war, wovon sollte er dann ablenken? Vielleicht würde er, wenn er ein wenig wartete, herausfinden, dass er auch das wusste.

Blisters Schultz gab Fred Collyers Geld für zwei Hotdogs, einen Julep und fünf erfolglose Wetten aus. Auf der Habenseite hatte er drei weitere Brieftaschen und eine Frauenhandtasche zu verbuchen: Nettogewinn einhundertvierundneunzig Dollar. Trübsinnig beschloss er, es für den Tag gut sein zu lassen und nächstes Jahr nicht wieder herzukommen.

Marius Tollman schleppte sich von einem Totoschalter zum anderen, und die Stewards baten die Jockeys, die in die Massenkarambolage um Salad Bowl verwickelt gewesen waren, zum Gespräch.

Die an den Rändern ausfransende Menschenmenge machte sich erhitzt und müde in dem vergilbenden Sonnenschein auf den Heimweg. Die Bands marschierten davon. In den Souvenirbuden packte man die Ware zusammen. Pincer Movement ließ sich zum tausendsten Mal fotografieren, und die Starter für das zehnte, letzte und uninteressanteste Rennen des Tages wurden von den Ställen hergeführt.

Piper Boles wartete darauf, dass er zu den Stewards hineingerufen wurde, während Marius Tollman, der über die höchstrangigsten Boten verfügte, ein Päckchen auf den Weg schickte, das ordnungsgemäß ausgeliefert wurde. Piper Boles nickte, ließ es in seine Tasche gleiten und lieferte den Stewards eine hollywoodreife Vorstellung.

Fred Collyer stützte den Kopf in die Hände und versuchte sich zu erinnern. Ein Drink, dachte er, würde vielleicht helfen. Ablenkung. Crinkle Cut. Amberezzio.

Er setzte sich ruckartig auf. Amberezzio. Und was zum Teufel sollte das nun wieder heißen? Es muss Amberezzio sein.

»Clay«, sagte er und beugte sich über die Lehne seines Stuhls nach hinten. »Kennst du ein Pferd namens Amberezzio?«

Clay Petrovitch schüttelte seinen kahlen Kopf. »Nie gehört.«

Fred Collyer fragte in dem allgemeinen Getöse noch

mehrere andere: »Kennt ihr ein Pferd namens Amberezzio?« Und schließlich bekam er eine Antwort. »Amberezzio ist kein Pferd, sondern ein Lehrling.«

»Es muss Amberezzio sein. Er ist sauber.«

Fred Collyer warf beim Aufstehen seinen Stuhl um. Man hatte bereits das letzte Rennen ausgerufen.

»Leih mir hundert Dollar, sei so lieb«, sagte er zu Clay.

Clay, der von der verlorenen Brieftasche wusste, fand sich mit einem liebenswürdigen Lächeln bereit und machte sich langsam daran, seine Geldbörse hervorzuholen.

»Mach um Himmels willen schnell«, sagte Fred Collyer drängend.

»Okay, okay.« Er reichte ihm die hundert Dollar und wandte sich wieder seiner Schreibmaschine zu.

Fred Collyer schnappte sich sein Rennprogramm und drängte sich durch das Post-Derby-Geschnatter zum Totalisator ein Stück weiter den Presseflur hinunter. Er blätterte die Seiten um... zehntes Rennen, Homeward Bound, Verkaufsrennen, acht Starter... Sein Blick überflog die Liste und fand schließlich, was er suchte.

Philip Amberezzio, der ein Pferd ritt, von dem Fred Collyer noch nie etwas gehört hatte.

»Zwanzig auf Sieg für Nummer sechs«, sagte er schnell und nahm seinen Schein in Empfang, kurz bevor der Schalter dichtmachte. Mit einem leichten Zittern drängte er sich abermals durch die Menge und auf den Balkon hinaus. Er war der einzige Pressemann, der das Rennen beobachtete.

Diese Jockeys machten das wirklich erstklassig, dachte er bewundernd. Sie umringten Amberezzio und führten ihn über die Bahn und wählten schließlich den perfekten

Augenblick, um ihm plötzlich eine klare Öffnung zu geben. Das war wahre Kunst. Man wäre nie drauf gekommen, wenn man es nicht gewusst hätte. Amberezzio gewann um eine halbe Länge, während alle anderen mit ihren Peitschen fuchtelten, als schlügen sie den letzten Zentimeter Boden aus ihren Reittieren heraus.

Fred Collyer lachte. Dieser arme kleine Niemand dachte wahrscheinlich, wunders was für ein Kerl er war, einen völligen Außenseiter als Sieger durchs Ziel zu bringen, während ihm all die großen Jungs dicht auf den Fersen folgten.

Fred Collyer ging wieder ins Pressezimmer, wo sich die allgemeine Aufmerksamkeit auf Harbourne Cressie richtete, der den Besitzer und den Jockey von Pincer Movement mitgebracht hatte. Fred Collyer machte sich pflichtschuldigst ein paar Notizen, um das Thema abzudecken, aber in Gedanken war er bei der anderen Story, der großen, dem Geschenk des Himmels.

Man musste die Sache vorsichtig angehen, dachte er. Er würde sein Bestes geben und gleichzeitig vorsichtig sein müssen, keine direkten Anschuldigungen zu erheben, während er jedoch unmissverständlich klarmachte, dass die Sache eine Untersuchung erforderte. Ein Teil seiner alten Instinkte erwachte wieder zum Leben. Er war sogar aufgeregt. Er würde seinen Artikel in der Stille und Abgeschiedenheit seines Motelzimmers schreiben. Hier auf der Rennbahn ging das nicht, wo jeder Rennjournalist ihm über die Schulter blickte.

Unten im Umkleideraum der Jockeys verteilte Piper Boles gelassen die Wettscheine, die Marius Tollman ihm hatte überbringen lassen: Sie hatten jeweils einen Wert von dreitausend Dollar für jeden der sieben »erfolglosen« Reiter im zehnten Rennen; seiner war zehntausend Dollar wert. Jeder Jockey bat anschließend eine Ehefrau oder Freundin, die Gewinne abzuholen, und eine jede dieser Frauen hätte für Blisters Schultz, wäre der nicht bereits nach Hause gefahren, eine leichte Beute abgegeben.

Marius Tollmans Geld hatte die Quoten für Amberezzio verkürzt, aber er kassierte trotzdem noch mit zwölf zu eins ab. Marius Tollman schnaufte und keuchte von einem Schalter zum nächsten und sammelte seine Gewinne Stück um Stück ein. Er hatte in seinen Unterarmtaschen nicht genug Platz für das ganze Bargeld und verstaute einen Teil davon schließlich oberflächlich an leichter zugänglichen Stellen. Wirklich Pech für Blisters Schultz.

Fred Collyer holte sich eine gute Handvoll Geld am Auszahlschalter ab und zahlte Clay Petrovitch seine hundert Dollar zurück.

»Wenn du einen heißen Tipp hattest, hättest du ihn ruhig weitergeben können«, brummte Petrovitch, der an all die Spesen dachte, die der alte Fred zweifellos für seine kostenlosen Fahrten zur Rennbahn in Rechnung stellen würde.

»Es war kein Tipp, nur so eine Ahnung.« Er konnte Clay nicht sagen, worin die Ahnung bestanden hatte, da er für eine rivalisierende Zeitung schrieb. »Ich spendiere dir auf dem Heimweg einen Drink.«

»Das will ich dir aber auch geraten haben.«

Augenblicklich bereute Fred Collyer sein Angebot, das er aus einem Instinkt heraus gemacht hatte. Er erinnerte sich, dass er erst nach dem Schreiben wieder etwas hatte trinken wollen. Nun ja, vielleicht einen… und er brauchte wirklich dringend einen Drink. Seit dem letzten am Mittwochabend schien ein Jahrhundert vergangen zu sein.

Sie brachen gemeinsam auf, zusammen mit den letzten Überbleibseln der Menschenmenge. Die Rennbahn sah am Ende des Tages zerschunden und mitgenommen aus, und die scharlachroten Blätter der Tulpen lagen auf dem Boden verstreut, sodass die Narben verloren in die Luft ragten, und die leuchtenden Grasteppiche waren von staubigem Grau und bedeckt mit Abfall. Fred Collyer dachte nur an den Zaster in seiner Tasche und die Geschichte in seinem Kopf, und beide erfüllten ihn mit einem angenehm warmen Leuchten.

Ein Drink zur Feier des Tages, dachte er. Einen Dankeschöndrink für Clay und vielleicht noch einen einzigen darüber hinaus zur Feier des Tages. Es kam schließlich nicht oft vor, dass die Dinge sich auf so wunderbare Weise von selbst regelten.

Sie machten auf einen Drink halt. Der erste doppelte schoss wie Feuer in einem verdorrten Wald durch Fred Collyers Adern. Beim zweiten fühlte er sich großartig.

»Zeit zu gehen«, sagte er zu Clay. »Ich muss meinen Artikel schreiben.«

»Nur noch einen«, sagte Clay. »Der geht auf meine Kappe.«

»Besser nicht.« Er kam sich sehr tugendhaft vor.

»Na, komm schon«, sagte Clay und bestellte. Mit einem Hauch von Unbehagen kippte Fred Collyer seinen dritten: Aber konnte er nicht immer noch jeden Rennjournalisten im Geschäft an die Wand schreiben? Natürlich konnte er das.

Nach dem dritten brachen sie auf. Fred Collyer kaufte sich noch eine Literflasche für später, wenn er mit seiner Geschichte zu Ende war. In seinem Motelzimmer nahm er nur einen ganz winzigen Schluck davon, bevor er sich zum Schreiben hinsetzte.

Die Worte wollten einfach nicht kommen. Er knüllte nacheinander sechs Versuche zusammen und goss sich etwas Bourbon in ein Zahnputzglas.

Marius Tollman, Crinkle Cut, Piper Boles, Amberezzio… so einfach war das gar nicht.

Er nahm einen Drink. Er schien nicht dagegen anzukommen.

Der Sportchef würde ihm für eine solche Story eine Gehaltserhöhung geben, oder zumindest würde niemand mehr über irgendwelche Spesen meckern.

Er nahm einen Drink.

Piper Boles hatte sich zehntausend Dollar dafür verdient, dass er Salad Bowl gerammt hatte. Nur, wie zum Teufel schrieb man das auf, ohne sich eine Verleumdungsklage einzuhandeln?

Er nahm einen Drink.

Die Jockeys im zehnten Rennen hatten sich zusammengetan, um den einzig ehrlichen unter ihnen gewinnen zu lassen. Wie zum Teufel konnte man das formulieren.

Er nahm einen Drink.

Die Stewards und die Presse hatten ihre gesamte Aufmerksamkeit auf den Zusammenstoß im Derby gerichtet und das zehnte Rennen buchstäblich ignoriert. Das zehnte Rennen war manipuliert worden. Von den Stewards hatte er keinen Dank zu erwarten, wenn er sie darauf hinwies.

Er nahm noch einen Drink. Und noch einen. Und so weiter.

Sein Termin für die telefonische Durchgabe seiner Story an das Büro lief um zehn Uhr am folgenden Morgen ab. Als diese Stunde schlug, lag er schlafend, schnarchend und voll bekleidet auf seinem Bett. Die leere Bourbonflasche lag auf dem Boden neben ihm, und seine Gewinne, die er zu zählen versucht hatte, waren über seine Brust verstreut.

ANKE STELLING

Weihnachten per SMS

Ich bin wie meine Mutter.

Ich sitze hier und heule, weil ich meine Freundin nicht retten kann.

Isa wird zugrunde gehen, sie wird in der Klapsmühle enden, die Kinder tot oder ebenfalls in der Klapsmühle oder knapp entkommen, aber nur fürs Erste, nur so lange, bis sie selbst Familie gründen, dann geht's noch mal von vorne los.

»My Mother/My Self« – in schöner Regelmäßigkeit wiederholt sich alles, und für mich ist, genau wie für meine Mutter, die Rolle der Freundin vorgesehen, der stets vergeblich warnenden Freundin, der am Ende nichts anderes übrig bleibt, als fortzugehen, um zumindest nicht mitschuldig zu werden.

Man soll das so machen, man soll kranke Systeme nicht stützen.

»Wissen Sie«, hat die Angehörigenberaterin der Drogenhilfe zu mir gesagt – vor fünfzehn Jahren, als mein damaliger Freund auf Heroin war und ich mein Geld vor ihm verstecken musste –, »wissen Sie, es ist hart mitanzusehen, wie ein geliebter Mensch sich kaputt macht, aber indem Sie bleiben, verhindern Sie jede Veränderung zum Guten, damit beweisen Sie nur, dass es ja doch noch irgendwie geht.«

Taten sagen mehr als Worte, das hab' ich mir damals gemerkt.

Vorher hat es allerdings immer anders geheißen.

Im Kinderladen und in der Schule sollte man reden: reden, um einander zu verstehen, reden, um Konflikte zu lösen. Als mir Eva Engelmann im Kinderladen ein Büschel Haare ausgerissen hat, hat Elvira, die Erzieherin, uns beiseite genommen; sie hat sich mit uns in die Garderobe gesetzt – jede von uns auf einem ihrer Knie – und gewartet, bis ich aufgehört habe zu weinen und ausführlich berichten konnte, wie sehr mir das wehgetan hat. Dann hat sie gewartet, bis wiederum Eva aufgehört hat zu weinen und so weit war zu behaupten, dass sie es schließlich nicht mit Absicht getan habe und außerdem ich diejenige gewesen sei, die angefangen hätte –

Dieses Vorgehen hat sich mir eingeprägt, nach diesem Vorbild bin ich dann auch mit meinem Ex-Freund verfahren. Ich sagte beispielsweise, dass es mir wehtue, wenn er mir mein Bafög stehle, und er sagte, sicher, doch dass das im Grunde keine Absicht gewesen sei, sondern nur die Sucht. »Du musst das lassen«, sagte ich, und er: »Ja, verdammt noch mal, das will ich doch auch.« Woraufhin ich wartete, bis es das nächste Mal geschah.

Das hat sich erst geändert durch den Termin bei der Drogenberaterin, durch das neue Motto »Taten statt Worte«. Aber wenn ich es mir recht überlege, bestätigt dieses Beispiel doch wiederum die Wirksamkeit des Redens, schließlich war das Gespräch mit der Beraterin auch nichts anderes als Gerede, und das neue Motto bestand ebenfalls nur aus Worten.

Allerdings denen einer professionellen Beraterin.

Ich hingegen bin nur die Freundin. Wenn ich rede, hilft das nichts.

Ich muss die, die ich liebe, verlassen und darauf warten, dass sie sich zugrunde richten oder sich selbst helfen, dass sie freiwillig etwas ändern oder sterben.

Ich will nicht, dass Isa stirbt. Ich will sie um Himmels willen da rauskriegen.

Ich habe sie in der Uni kennengelernt. Ich weiß noch, wie ich meiner Schwester erzählte, dass da eine Frau sei, mit der ich gern befreundet wäre, zwei Semester über mir und wahnsinnig cool, dass ich aber nicht so recht wisse, wie ich es anstellen solle, weil doch so viele in den Seminaren säßen und in der Mensa erst recht. Meine Schwester riet mir, einfach abzuwarten, nach ein paar Monaten würden sich die, die zusammenpassen, schon finden; meine Schwester ist älter als ich und hatte Erfahrung mit dem Studieren.

Im Jahr darauf waren Isa und ich dann befreundet, ich hatte mich gar nicht anstrengen müssen, und es war eine tolle Zeit. Isa war Feministin und hat wunderbare Texte geschrieben, und dann hat sie Tom kennengelernt und mit ihm zwei Kinder gekriegt, obwohl Tom das eigentlich nicht wollte, weil er schon zwei Kinder hatte und eine psychotische Ex. Aber Isa dachte, na ja, wenn die Kinder erst mal da sind, wird sich das schon regeln, und außerdem kümmerte sie sich ja auch um die früheren Kinder von Tom, und wirklich geweigert hat Tom sich schließlich nicht, sondern die neuen Kinder auf natürlichem Wege gezeugt.

Überhaupt konnte Isa sich das, was dann kam, wohl

nicht so richtig vorstellen – ich verstehe das, das kann sich keiner vorstellen: Wie Tom es seitdem schafft, derart ernst zu machen mit dem Nichtwollen und Trotzdemhaben. Und zwar nicht nur in Bezug auf die Kinder, sondern auch in Bezug auf Isa selbst.

Tom macht es so, dass er Isa nicht hilft. Niemals. Bei nichts.

»*Du* wolltest die Kinder«, sagt er, wenn Isa ihn bittet, nur ganz kurz nach dem Baby zu sehen, während sie in der Dusche ist; »Das ist dein Problem«, wenn Isa ihn bittet, ausnahmsweise mal den Zweijährigen in die Betreuung zu bringen – am Tag nach der Geburt des zweiten Kindes – und: »Ich kann nicht, das weißt du«, wenn sie fragt, ob sie ihm dann wenigstens das Baby kurz mal dalassen könne. Und also nimmt Isa das frisch abgenabelte Kind auf den Arm und das ältere an die Hand und schleppt sich mit Wochenfluss und Milcheinschuss in die Kita.

Tom macht es so, dass er sein natürliches menschliches Mitgefühl einfach abstellt – falls er überhaupt ein solches besitzt – und in seinem Zimmer verschwindet und die Tür zumacht. Fertig. Schließlich hat er es ihr von Anfang an gesagt.

Isa teilt sich ein Zimmer mit ihren Jungs, während Tom in dem anderen wohnt und seine früheren Kinder, wenn sie da sind, in dem dritten. Tom kennt seine Grenzen, er braucht Ruhe.

Tom kassiert das Kindergeld, schließlich bezahlt er die Miete. Überhaupt findet Tom, dass Isa Schulden bei ihm habe, denn als sie nach der Geburt des zweiten Kindes drei Monate nicht arbeiten konnte, hat er für Isa auch das Essen bezahlt und die Windeln für das erste und das neue Kind. Dieses Geld muss Isa ihm irgendwann zurückgeben, Tom hat alles säuberlich notiert, aber er ist großzügig und belässt es erst mal dabei.

Isa kann keine Sozialleistungen beantragen, weil sie eine Bedarfsgemeinschaft bildet mit Tom, und Tom mit seiner Ex-Frau aber noch eine Eigentumswohnung besitzt, die wegen der Bedarfsgemeinschaft auch auf Isas Einkommen angerechnet wird.

Isa bezahlt die Nebenkosten für die gesamte Wohnung – immerhin wohne sie mietfrei und irgendwas müsse sie schließlich auch zum Haushalt beitragen, findet Tom.

Isa mag sich nicht um Geld streiten.

Isa mag sich überhaupt nicht gern streiten.

Tom habe es auch nicht leicht, findet sie, er mache sich Sorgen um seine früheren Kinder, die er den Strapazen einer Trennung ausgesetzt habe, weshalb seine ganze Fürsorge nun eben ihnen gelte, und das habe sie schließlich gewusst, sagt Isa, das habe er ihr gesagt, dass er keine Kapazitäten mehr frei hätte.

Sie selbst, sagt Isa, sei äußerst egoistisch gewesen mit ihrem Kinderwunsch, insofern müsse sie jetzt eben dafür bezahlen, und immerhin sei er da, und ihre gemeinsamen Kinder seien also keine Scheidungskinder und gegenüber den anderen Kindern im Vorteil.

An Weihnachten hat Tom allerdings aus seinem Zimmer eine SMS geschickt, dass er doch nicht zur Bescherung in die Küche kommen könne – die eigentlichen, alten Kinder waren für die Feiertage ohnehin bei der Ex –, und also hat Isa mit den neuen Kindern alleine gefeiert. Die waren ein bisschen enttäuscht, weil die Absage ja auch ziemlich kurzfristig kam, aber Isa hat das ausgeglichen, hat mit den Kindern in ihrem Zimmer gefeiert und sie mit Singen und Spielen abgelenkt, damit sie nicht doch noch bei Tom an die Tür klopfen.

Isa ist inzwischen äußerst geübt im Ausgleichen. Sie sagt auch mir gegenüber immer wieder, dass Tom nicht ganz verkehrt sei, nur eben sehr empfindsam, wenig belastbar und mit einer ganz eigenen Auslegung von Wahrheit und Gerechtigkeit begabt.

Was ist schon wahr und gerecht?

Isa und Tom sind gebildet. Nette Leute. Unser Milieu, meine Generation.

Isa schreibt wunderbare Texte, allerdings kommt sie kaum noch dazu, weil sie mit Deutschkursen Geld verdienen und die Kinder versorgen muss, und wenn sie Max und Felix ins Bett gebracht hat, kann Isa auch kein Licht mehr machen, schließlich wohnen sie bei ihr mit im Zimmer, und in der Küche ist auch nicht so viel Platz, weil die Spülmaschine kaputt ist und Tom findet, es sei nicht wirklich mehr Aufwand, das Geschirr von Hand zu spülen – allerdings muss er mit seinen großen Kindern nach dem Essen noch Schulaufgaben machen, und dann wollen sie ausruhen, dann wollen sie's zur Abwechslung mal schön haben zu dritt, wo sie doch ohnehin nur so selten zusammen sind und die Kinder bei ihrer Mutter schon genug im Haushalt helfen. Wenn Isa will, darf sie ein Stündchen mit dazukommen, aber bitte nicht mit einem solchen Gesicht.

Ich weiß nicht, ob mir das irgendjemand glaubt. Es klingt zugespitzt und übertrieben, witzig fast. Ich kann es selbst kaum glauben.

Ich kann es so wenig glauben, dass wir sogar schon zusammen im Urlaub waren, Tom und Isa, Hendrik und ich und alle unsere Kinder, und ich dann Baby Felix genommen und auf Max aufgepasst habe, damit Isa duschen gehen konnte, während Tom mit der Zeitung am Strand lag. Ich habe Max' Eis bezahlt, weil Tom nur seinen früheren Kindern eines spendierte, und ich habe Isa Geld zugesteckt, heimlich, damit Tom es nicht sah und von dem, was Isa bisher im Urlaub alles bezahlt hatte, wieder abzog. Und am Abend, wenn die Kinder schliefen, saßen wir schön zu viert beisammen, Isa kontrollierte ihr Gesicht und wir tranken Rotwein und redeten nicht darüber.

Wie auch?

Darüber kann man nicht reden, das ist einfach nur absurd.

Also redeten wir über andere Dinge.

Isa und Tom sind klug und unterhaltsam. Weder Hendrik noch ich können glauben, dass so kluge Menschen so seltsame Dinge tun beziehungsweise sich gefallen lassen.

Also ließ ich mir am nächsten Tag beim Abwasch von Isa immer neue und noch haarsträubendere Episoden erzählen, und ich wusste, sie hat sich das nicht ausgedacht, ich habe es ja selbst gesehen.

Nachts im Dunkeln sagte ich zu Hendrik, dass ich fände, es könne so nicht weitergehen. Aber am nächsten Tag fuhren wir nach Hause, und im Grunde ging es uns ja auch nichts an. Wenn ich zu Tom gesagt hätte: »Hör mal, was soll das denn?«, hätte er mit unbewegter Miene geantwortet: »Das haben wir unter uns geklärt.«

Es war nicht meine Sache, war nicht einmal gesetzeswidrig. Isa ließ sich freiwillig quälen und bestehlen, und das Jugendamt hatte wohl auch schon schlimmere Fälle gesehen. Nichtbeachtung von Kindern ist durchaus verbreitet, immerhin schlug und missbrauchte Tom sie nicht.

Alles, was passierte, war offiziell in Ordnung.

Ich konnte nur versuchen, es zu vergessen, und das klappte auch ganz gut: Je länger es her war, desto weniger konnte ich glauben, dass es wirklich passiert war, und außerdem wohnen sie in Frankfurt und Hendrik und ich in Berlin, und also sahen wir uns eine ganze Zeit lang nicht mehr.

Ab und zu fiel mir die Geschichte mit der SMS wieder ein, immer dann, wenn eine meiner Freundinnen sich beschwerte, dass ihr Ex sich nicht an die vereinbarten Termine und Besuchsabsprachen für die gemeinsamen Kinder hielte. Dann sagte ich: »Sei froh, dass ihr wenigstens nicht mehr zusammen wohnt und er an Heiligabend per SMS aus dem Zimmer nebenan die Weihnachtsbescherung absagt«, und das war jedes Mal ziemlich lustig und ein schöner Trost für die alleinerziehende Freundin.

Dass so etwas wirklich passiert, kann ja keiner glauben.

Ich auch nicht.

Die ganze Sache ist mit der Zeit von der Wahrheit zu einer wahren Begebenheit, sprich: zur Anekdote geronnen; das kann nicht die Wirklichkeit sein, wir sind Figuren in einer Geschichte über die Ausbeutung und das Sichausbeutenlassen von Frauen, über kranke, sadistische Männer und hilflose, eingesperrte Mütter, über Freunde, die jahrelang dabei zusehen, ohne sich offen zu äußern.

Nur so kann ich mir auch erklären, dass ich, als Isa letzte Woche anrief, um zu fragen, ob sie bei uns wohnen könnten, wenn sie gemeinsam nach Berlin kämen, gesagt habe: »Ja, sicher, selbstverständlich, ihr könnt gerne bei uns wohnen, klar!«

Wir wohnen in einem generationenübergreifenden Hausprojekt – Hendrik, ich und unsere zwei Kinder – und haben da eine gemeinschaftlich nutzbare Gästewohnung.

Heide, die Hausälteste, verwaltet diese Gästewohnung, und als ich den Schlüssel bei ihr geholt habe, hat sie mich angelächelt und gesagt: »Wie schön, eine Familie mit vier Kindern, da ist ja wieder ordentlich was los!«

»Ja«, habe ich geantwortet, voller Stolz, dass ich so lustige Leute kenne.

Es ist nämlich so, dass wir im Wohnprojekt darum konkurrieren, wer die lustigsten Bekannten, die besten Argumente, die begabtesten Kinder und die schönste Balkonbegrünung hat – ganz normal vielleicht, wenn man sich so nahe kommt, aber es trägt wie jede Konkurrenz dazu bei, bestimmte Seitenaspekte auszublenden. Zum Beispiel den, dass Isa, Tom und die vier Kinder zwar eine große, aber ganz gewiss keine lustige Familie sind.

Als sie kamen, umarmte ich also Tom und sagte: »Herzlich willkommen, fühlt euch wie zu Hause!«, obwohl ich doch eigentlich nie mehr mit ihm reden, geschweige denn ihn umarmen wollte.

Und wieder ging alles von vorne los: Ich redete mit Tom über Politik und Kunst und die Energiebilanz unseres Hauses; ich ließ mir von Isa beim Abwasch erzählen, dass sie immer noch mit den Jungs in einem Zimmer wohne und nicht wisse, woher in den Schulferien, wenn sie keine Kurse geben könne, das Geld kommen solle, dass aber Tom seine halbe Eigentumswohnung immer noch nicht verkauft habe, weil die psychotische Ex so sehr an dieser Wohnung hänge und sie ja auch in gewisser Weise die eigentliche Heimat seiner eigentlichen Kinder sei; ich sah zu, wie Max und Felix verzweifelt versuchten, mit immer gewagteren BMX-Stunts im Garten Toms Aufmerksamkeit zu erregen, während Tom damit beschäftigt war, seine eigentlichen Kinder unseren Nachbarn vorzustellen, die ihn alle wahnsinnig nett und klug und interessant fanden.

Und wenn ich hingegangen wäre und zu ihm gesagt hätte: »Hör mal, du Drecksack, was bildest du dir eigentlich ein? Glaubst du im Ernst, ich lasse einen wie dich bei mir wohnen?«, dann hätte das ja auch nichts genutzt und wäre am Ende nur auf Isa zurückgefallen.

Ich bin gut darin geworden, zu sehen ohne zu sprechen.

Ich lebe in einem alternativen Wohnprojekt, da beobachtet man einander ständig und lächelt allenfalls dazu.

Seit drei Jahren wohnen wir jetzt hier.

Von außen sieht das Haus aus wie ein ganz normaler Neubau, Berliner Traufhöhe, Lückenschließung, sechs Stockwerke, dreizehn Parteien, unterschiedliche Wohnungsgrößen von fünfzig bis hundertfünfzig Quadratmetern, je nachdem, mit wie vielen Personen man darin wohnt. Ein Gemeinschaftsraum unterm Dach für alle und die Gästewohnung im Erdgeschoss.

Wir haben versucht darauf zu achten, dass unsere Gruppe nicht zu homogen ist, dass auch Ältere, Kinderlose, Schlechtverdienende und Nichtakademiker dabei sind und wir trotzdem alle Entscheidungen im Konsens treffen, trotz der unterschiedlichen Interessen.

Wir haben das Grundstück einer Stiftung überschrieben, um es ein für alle Mal dem Markt zu entziehen; wir sind gegen die Bildung von Wohneigentum und wollen stattdessen genossenschaftlich wirtschaften – weil die Gemeinschaft das wahre Kapital darstellt in dieser von Profitgier und Entsolidarisierung geprägten Gesellschaft.

Isa hat gesagt, dass sie mich beneide. Um den Garten und die netten Nachbarn, darum, dass man sich gegenseitig helfe und die Welt der Kinder nicht an der Wohnungstür ende, sondern sie verschiedene Lebensentwürfe kennenlernen würden.

»Du hast es richtig gemacht«, hat Isa gesagt.

Ich weine.

Ich bin die Freundin, die alles richtig macht, und sicher: Im Vergleich zu Isa darf ich mich auf keinen Fall beschweren. Im Vergleich zu Isa geht es mir prima, im Vergleich zu ihren Kindern haben meine hier den Himmel auf Erden, im Vergleich zu den Kindersoldaten im Kongo geht es allerdings auch Isas Kindern relativ gut.

Hendrik kommt rein und sieht besorgt aus.

»Was ist los mit dir?«, fragt er, und ich schniefe und sage, dass es anstrengend gewesen sei mit Isa und Tom, mit all den Lügen und hilflosen Gesprächsversuchen, dass das doch nichts bringe und ich Angst hätte, dass Isas Söhne sterben würden.

»Wieso sollten sie sterben?«

Ich antworte nicht.

Hendrik ist ein großer Verfechter der »Jeder muss sich selbst helfen«-Theorie. Er findet es befremdlich, wie viele Gedanken ich mir um meine Freundinnen und die Bekannten und die Nachbarinnen und die Kitamütter und die Kaiser's-Kassiererinnen mache.

Also sage ich nichts und setze einen Hefeteig an.

Bo fragt, ob er mir helfen dürfe, aber ich lasse mir nicht gern von Dreijährigen helfen. Ich will meinen Hefeteig alleine machen, nur dann bin ich sicher, dass er auch gelingt. Und er muss gelingen, ich muss Zimtwecken backen für Tinkas Geburtstag. Morgen hat Tinka Geburtstag, und dazu bringe ich traditionsgemäß Zimtwecken mit.

Wenn ich weinend Hausarbeit verrichte, bin ich auch wie meine Mutter – Verstärkung von Selbstmitleid durch demonstratives Tätigsein für andere.

»Guck doch mal nach, ob jemand im Garten ist«, sagt Hendrik zu Bo, damit er mich in Ruhe lässt, aber Bo sagt: »Nein«, und Hendrik seufzt und sagt: »Dann kommst du eben mit mir einkaufen.«

Ich bringe Heide den Schlüssel zurück.

»Hat's deinen Gästen gefallen?«, fragt sie.

Ich nicke.

Heide lächelt zufrieden.

»Ja, wir haben's schon schön hier«, sagt sie. »Reizende Kinder waren das, die Kinder von deinen Freunden, ich hab' sie im Garten beobachtet.«

Wir haben Balkons nach hinten raus und überall riesige Fenster.

Heide ist pensioniert und deshalb viel zu Hause.

Heide weiß genau, welches Kind sich auf welcher Entwicklungsstufe befindet und wie ausgeprägt oder verkümmert sein Sozialverhalten ist; Heide hängt anthroposophischen Ideen an und hat mir gratuliert, als sie mitbekam, dass ich Bo als Säugling kein Vitamin K und Vitamin D verabreicht habe; Heide hat allen jungen Müttern im Haus ein Video zukommen lassen mit dem Titel »Kinder sind Hüllenwesen«, in dem dazu geraten wird, sie zu berühren, bevor man sie anspricht.

»Stimmt«, sage ich. »Die Kinder sind wirklich sehr nett.«

Soll ich ihr die wahre Geschichte von Isa und Tom erzählen? Soll ich ihr sagen, dass ich denke, ich hätte mich mitschuldig gemacht, indem ich sie hier wohnen gelassen und Tom damit die Gelegenheit geboten hätte, sich als aufgeklärter Vierfachvater zu präsentieren? Vor ihr, Heide, zum Beispiel?

Doch was bringt das, so etwas erst zuzulassen und danach zu entlarven, nichts bringt es, ich muss aussteigen, handeln oder schweigen, ich bin still.

Ich rede gerne mit Heide.

Andere im Haus verstehen das nicht, weil sie doch so herrisch und besserwisserisch, so humorlos und furchtbar schnell beleidigt sei. Kann schon sein. Aber die anderen haben leicht reden, die haben alle noch ihre eigenen Mütter, ich selbst habe keine mehr und bin deshalb dankbar für jeden Ersatz.

Ich lasse mich gerne loben für meine Entscheidungen,

für meine wohlgeratenen Kinder, meinen unerhörten Fleiß. Ich lasse mich anstandslos belehren und einspannen für allerhand Anliegen. Ich verstehe, dass Heide manches anders sieht als ich, und habe Achtung vor ihrer Lebensleistung. Ich entschuldige ihre Charakterschwächen als Folge ungerechter Verhältnisse. Fast alle Frauen Ende sechzig haben einen Putzfimmel und sind Meisterinnen darin, ihre Mitmenschen mit Gefühlen zu manipulieren –

Ich bin gerne bei Heide und ihrem Mann Dieter in der Wohnung. Da gibt es selbst gemachten Holunderblütensirup und sauber geputzte Oberflächen; Heide zeigt mir ihre Handarbeiten; ich betrachte die Fotos, auf denen Heide und Dieter noch jung sind, Dieter im Parka, Heide im bodenlangen Rock, die Kinder mit Topffrisuren und Nickipullovern. Eine Familie genau wie die, aus der ich stamme, auf den ersten Blick zumindest, auf diesen Fotos, die überall im Flur hängen.

Ich stelle mir vor, dass meine Mutter statt Heide die Kinder im Garten beobachtet.

Ich kann froh sein, dass es Heide gibt.

»Wenn du so gut bist, und die Stühle, die sie benutzt haben, wieder hoch in den Gemeinschaftsraum stellst?«, sagt sie.

Ich nicke.

»Sauber gemacht habt ihr.«

Ich nicke erneut.

»Und dann sieh doch mal zu, dass irgendjemand sich dort um die Dusche kümmert. Da läuft ständig Wasser neben dem Duschkopf raus, das geht jetzt schon recht lange.«

Ich nicke. Sie gießt mir noch mehr Holundersirup ein.

»Sag mal, Sandra, was hältst du eigentlich davon, dass die Kinder mit dem Gartenschlauch im Sandkasten spielen?«

»Die wollen da drin eine Matschepampe haben.«

»Ja, schon, aber Wasser ist ein Rohstoff. Ein wertvolles Gut, für das andere Kinder in anderen Regionen dieser Erde stundenlang anstehen müssen oder sogar tagelang zu Fuß gehen.«

Ich nicke.

Abends sitze ich mit Hendrik in der Wohnküche, Lina und Bo schlafen, wir gucken beide in unsere Rechner, der Hefeteig geht unter seinem Geschirrtuch, und ich versuche, eine Mail an Isa zu schreiben, aber was soll ich ihr sagen? Ich habe schon alles gesagt. In einer Mail, die ich ihr vor fünf Jahren geschickt habe, finde ich exakt die Formulierungen, die auch jetzt wieder passend wären. Ich muss aussteigen, das System nicht weiter stützen, Reden hilft nichts und E-Mails-Schreiben erst recht nicht.

»Sie könnten vielleicht bei uns einziehen.«

Hendrik schaut mich an und sagt: »Nein, auf keinen Fall.«

»Aber wir müssen ihr doch irgendwie helfen!«

»Es liegt nicht daran, dass sie keine Wohnung hat. Sie kann eine haben, wenn sie sich von Tom und der ganzen Scheiße trennt. Außerdem haben wir selbst nur drei Zimmer.«

»In anderen Ländern wohnen noch viel mehr Menschen auf noch viel engerem Raum!«

»Warst du zu lange bei Heide?« Hendrik schaut wieder in seinen Rechner.

»Aber sie braucht Freunde und Solidarität!«

Hendrik antwortet: »Hat sie.«

Ich fange schon wieder an zu weinen.

»He«, sagt Hendrik.

»Ich weiß«, sage ich. »Es fühlt sich nur so fürchterlich an.«

ANTON ČECHOV

Die Simulanten

Die Generalin Marfa Petrovna Pečonkina oder, wie die Bauern sie nennen, die Pečončicha, die sich schon zehn Jahre lang auf dem Gebiet der Homöopathie betätigt, empfängt an einem Dienstag des Monats Mai in ihrem Arbeitszimmer die Kranken. Vor ihr auf dem Tisch steht eine homöopathische Hausapotheke, daneben liegen ein Arzneibuch und Rechnungen der homöopathischen Apotheke. An der Wand hängen unter Glas und in goldenen Rahmen Briefe eines Petersburger Homöopathen, der nach Marfa Petrovnas Meinung sehr berühmt, ja sogar ein großer Meister ist, sowie ein Porträt des Vaters Aristarch, dem die Generalin ihre Rettung verdankt: die Abkehr von der schändlichen Allopathie und die Erkenntnis der Wahrheit.

Im Vorzimmer sitzen die Patienten, meist Bauern, und warten. Alle, außer zweien oder dreien, sind barfuß, weil die Generalin befohlen hat, die übel riechenden Stiefel auf dem Hof zu lassen.

Marfa Petrovna hat bereits zehn empfangen und ruft den elften auf: »Gavrila Gruzd!«

Die Tür öffnet sich, doch statt des Gavrila Gruzd betritt Zamuchrišin das Arbeitszimmer, der Nachbar der Generalin, ein verarmter Gutsbesitzer, ein kleiner Greis mit verzagten Äuglein und einer Adelsmütze unter dem Arm. Er stellt seinen Stock in die Ecke, nähert sich der Generalin und läßt sich vor ihr schweigend auf ein Knie nieder.

»Was tun Sie! Was tun Sie, Kuzma Kuzmič!«, ruft die Generalin, die ganz rot geworden ist, entsetzt. »Um Gottes willen!«

»Solange ich lebe, stehe ich nicht auf«, sagt Zamuchrišin und schmiegt sich an ihre Hand. »Mag das ganze Volk meinen Kniefall sehen, Sie, unser Engel, unsere Beschützerin, Sie Wohltäterin des Menschengeschlechts! Soll es nur! Ich bin bereit, vor der wohltätigen Fee, die mir das Leben schenkte, mir den rechten Weg wies und meine skeptische Besserwisserei erleuchtete, nicht nur auf den Knien zu liegen, sondern für sie auch durchs Feuer zu gehen, für unsere wunderbare, uns alle heilende Mutter der Verwaisten und Verwitweten. Ich bin geheilt! Ich bin auferstanden, o Zauberin!«

»Ich … bin sehr froh …«, flüstert die Generalin und errötet vor Genugtuung. »Das ist so angenehm zu hören … Setzen Sie sich bitte! Und Sie waren an jenem Dienstag so schwer krank!«

»Und wie krank ich war! Schon die Erinnerung daran ist furchtbar«, erzählt Zamuchrišin, während er sich setzt. »In allen Körperteilen und Organen steckte der Rheumatismus. Acht Jahre lang habe ich mich gequält, habe keine Ruhe gekannt … Weder bei Tage noch bei Nacht, meine Wohltäterin! Ich habe mich von Ärzten behandeln lassen, bin zu Professoren nach Kazan gefahren, mit allerlei Heilschlamm wurde ich kuriert, Mineralquellen habe ich getrunken, und was habe ich nicht noch alles ausprobiert! Mein ganzes Vermögen habe ich für die Kuren ausgegeben, schönstes Mütterchen. Diese Ärzte haben mir nichts als Schaden zugefügt. Sie haben meine Krankheit nach innen getrieben. Richtig hineingetrieben haben sie sie mir, aber sie wieder auszutreiben, darauf ist ihre Wissenschaft nicht gekommen ... Sie nehmen nur alle gern Geld, die Räuber, aber was den Nutzen für die Menschheit betrifft, das kümmert sie wenig. Er verschreibt irgendwelche Chiromantie, und du trink. Mit einem Wort: sie sind Mörder. Wenn Sie nicht wären, unser Engel, ich läge schon längst im Grabe. Wie ich an jenem Dienstag von Ihnen nach Hause komme, da schaue ich mir die Körnchen an, die Sie mir damals gegeben haben, und denke: Nun, was für einen Sinn sollen sie haben? Können denn die Sandkörnchen, die kaum zu sehen sind, meine riesengroße verschleppte Krankheit heilen? So denke ich Kleingläubiger und lächle, aber wie ich ein Körnchen eingenommen habe – im selben Moment ist mir, als ob ich nicht mehr krank bin, einfach wie weggeblasen. Meine Frau macht große Augen und glaubt mir nicht: ›Bist du das, Kolja?‹ – ›Ja‹, sage ich. Und wir fielen beide vor dem Heiligenbild auf die Knie und beteten für unseren Engel. ›Schicke, o Herr, ihr alles, was wir für sie empfinden!‹«

Zamuchrišin wischt sich mit dem Ärmel die Augen, erhebt sich vom Stuhl und läßt die Absicht erkennen, sich wieder auf ein Knie niederzulassen, aber die Generalin hält ihn zurück und heißt ihn sich setzen.

»Nicht mir haben Sie das zu danken«, sagt sie rot vor Aufregung und schaut verzückt auf das Porträt des Vaters Aristarch. »Nicht mir! Ich bin hier nur ein gehorsames Werkzeug ... Es ist tatsächlich ein Wunder! Ein verschleppter, achtjähriger Rheumatismus von einem einzigen Körnchen Skrofulosum!«

»Sie haben mir, mit Verlaub, drei Körnchen gegeben. Das eine davon habe ich zum Mittag eingenommen, und momentan! Das andere am Abend und das dritte am nächsten Tag – und von jener Zeit an habe ich nichts mehr! Wenn es auch nur irgendwo gepiekt hätte! Und ich habe schon sterben wollen, habe meinem Sohn nach Moskau geschrieben, er möchte kommen! Gott hat Ihnen Weisheit geschenkt. Sie, unsere Heilkundige! Jetzt laufe ich herum und fühle mich wie im Paradies ... An jenem Dienstag, als ich bei Ihnen war, war ich lahm, und jetzt könnte ich sogar hinter einem Hasen herlaufen ... Meinetwegen könnte ich noch hundert Jahre leben. Eines nur ist schlimm – unsere Not. Ich bin gesund, aber wozu ist die Gesundheit, wenn man nichts zum Leben hat? Die Not hat uns schlimmer als die Krankheit übermannt. Nehmen wir zum Beispiel so eine Sache ... Jetzt ist die Zeit, Hafer zu säen, aber wie soll man säen, wenn man keinen Samen hat? Man müßte welchen kaufen, aber das Geld ... es ist bekannt, was wir an Geld haben.«

»Ich gebe Ihnen Hafer, Kuzma Kuzmič. Bleiben Sie sitzen, bleiben Sie sitzen. Sie haben mir so eine Freude gemacht, so ein Vergnügen bereitet, daß nicht Sie bei mir, sondern ich mich bei Ihnen bedanken muß!«

»Sie, unsere Freude! Daß der Herrgott solch eine Herzensgüte geschaffen hat! Freuen Sie sich, Mütterchen, wenn Sie auf Ihre guten Taten sehen! Aber wir Sünder können uns an nichts erfreuen ... Wir sind kleine Leute, kleinmütig, nutzlos, Kroppzeug ... Nur dem Namen nach sind wir

Adlige, im materiellen Sinne aber geht es uns nicht besser als den Bauern, sogar noch schlimmer … Wir leben zwar in steinernen Häusern, aber das täuscht nur, denn es regnet durchs Dach … Man hat nichts, um Bretter zu kaufen.«

»Ich gebe Ihnen Bretter, Kuzma Kuzmič.«

Zamuchrišin erbittet sich noch eine Kuh, ein Empfehlungsschreiben für seine Tochter, die er in ein Institut bringen will, und … von den Wohltaten der Generalin ergriffen, schluchzt er unter dem Ansturm der Gefühle auf, verzieht den Mund und greift in die Taschen nach seinem Schnupftuch … Die Generalin sieht, wie zusammen mit dem Tuch ein Stück rotes Papier aus seiner Tasche fällt und geräuschlos zu Boden schwebt.

»Bis in alle Ewigkeit werde ich das nicht vergessen …«, murmelt er. »Den Kindern und den Enkeln werde ich befehlen, daran zu denken … von Geschlecht zu Geschlecht … Kinder, da ist sie, die mich vom Tode errettet hat, diejenige, welche …«

Nachdem die Generalin ihren Patienten hinausgeleitet hat, schaut sie einige Augenblicke mit tränenfeuchten Augen auf den Vater Aristarch, dann überfliegt sie mit einem zärtlichen, verehrungsvollen Blick die Hausapotheke, die Arzneibücher, die Rechnungen und den Sessel, auf dem noch soeben der von ihr vom Tode errettete Mann gesessen hat. Schließlich fällt ihr Blick auf das Stück Papier, das der Patient verloren hat. Die Generalin hebt das Papier auf und erblickt darin drei Körnchen, dieselben Körnchen, die sie Zamuchrišin am vorigen Dienstag gegeben hat.

»Das sind dieselben …«, sagt sie erstaunt. »Sogar das Papier ist dasselbe … Er hat sie nicht einmal ausgewickelt!

Was hat er denn in diesem Fall eingenommen? Eigenartig … Er wird mich doch nicht betrügen!«

Und zum erstenmal in den ganzen Jahren ihrer Praxis schleicht sich ein Zweifel in die Seele der Generalin … Sie ruft die nächsten Kranken auf, und während sie mit ihnen über ihre Krankheiten spricht, bemerkt sie etwas, was früher auf unmerkliche Weise ihren Ohren entgangen ist.

Die Kranken, alle, bis auf den letzten, lobpreisen sie zuerst wie verabredet für ihre wunderbare Heilung, sind von ihrer medizinischen Weisheit entzückt, schimpfen auf die Allopathen, dann aber, wenn sie vor Aufregung rot wird, schildern sie ihre Nöte. Der eine bittet um ein Stück Acker, der zweite um Brennholz, der dritte um die Erlaubnis, in ihren Wäldern zu jagen, und so weiter … Sie schaut auf das breite, gutmütige Gesicht des Vaters Aristarch, der ihr die Wahrheit enthüllt hat, und eine neue Wahrheit beginnt ihr Herz zu beunruhigen. Eine unschöne, eine bittere Wahrheit …

Arglistig ist der Mensch!

MARTIN SUTER

Alle Jahre wieder – das Kundengeschenk

JANUAR

Sehr geehrter Herr Dr. Keller; gerne erwidere ich Ihre guten Wünsche und bedanke mich herzlich für den schönen Wandkalender ›Das Toggenburg im Zauber der Jahreszeiten‹, der uns wie immer große Freude bereitet hat. Mit freundlichen Grüßen, gezeichnet P. Probst.«

Keller stutzt. »Das Toggenburg im Zauber der Jahreszeiten«? Dieses Jahr war doch »Eisenbahnbrücken der Schweiz«? Oder war das letztes Jahr? Nein, letztes Jahr war »Passstraßen aus der Vogelperspektive«, an den »Eisenbahnbrücken der Schweiz« thematisch ja anknüpft. Er ruft Frau Trösch an. »›Das Toggenburg im Zauber der Jahreszeiten‹, sagt Ihnen das etwas?«

»Ich war als Kind oft im Toggenburg«, antwortet Frau Trösch etwas ratlos.

»Einen Wandkalender dieses Namens haben wir dieses Jahr nicht verschenkt?«

»Nein, der hieß ›Eisenbahnbrücken der Schweiz‹.«

»Ich weiß, ich weiß«, brummt Dr. Keller und legt auf. Dann muss es sich um eine Verwechslung handeln, denn sarkastisch ist Probst nicht. Es ist immerhin möglich, dass er noch einen Wandkalender geschenkt bekommen hat.

Keller hat nie behauptet, dass die Idee des Wandkalenders besonders originell ist. Es ist eher die Wahl der Sujets und deren thematische Geschlossenheit, auf die er sich bisher etwas eingebildet hatte. »Das Toggenburg im Zauber der Jahreszeiten« scheint ihm doch ziemlich beliebig. Allerdings, dass jemand an sich Präziser wie Peter Probst den Kalender mit »Eisenbahnbrücken der Schweiz« verwechseln konnte … Vielleicht sollte er das Kundengeschenkkonzept gelegentlich überdenken. Sakrosankt ist es ja nicht.

FEBRUAR

Im Laufe des vergangenen Jahres hat Dr. Keller viele Entscheidungen getroffen, die ihn jetzt, im Bilanzmonat, auf Trab halten. Aber diejenige zugunsten von »Eisenbahnbrücken der Schweiz« gehört nicht dazu. Nur einmal, als er bei einer Bilanzbesprechung auf das Konto »Kundengeschenke« stößt, hat er dieses kurze Stocken, mit dem sein Unterbewusstsein auf vage Unerledigtes reagiert.

Und später noch einmal, in der Rhätischen Bahn auf einer Brücke, unterwegs in die Skiferien. Eisenbahnbrücken? Da war doch was.

MÄRZ

Dr. Keller ist gebräunt aus den Skiferien zurückgekehrt. Das verleiht seinem Aussehen, wie er findet, eine gewisse Dynamik, die ausgelebt sein will. Auf der Suche nach

Problemen, denen man mit Dynamik statt mit Besonnenheit beikommen kann, stößt er auf den ganzen Kundengeschenkkomplex. Natürlich würde es ihm als künstliche Betriebsamkeit ausgelegt, wenn er das Problem schon jetzt, im März, lösen würde. Aber aufwerfen könnte er es allemal.

Dr. Keller schafft also fürs Erste das »Kalenderkonzept« ab. Damit niemand denkt, hat der wirklich keine anderen Sorgen?, tut er das mit großer Beiläufigkeit in einem Memo, das unter dem Titel »Alte Zöpfe« dazu aufruft, sich von allem Festgefahrenen zu lösen und den Mut zu haben, das vermeintlich Bewährte infrage zu stellen. Das »Kalenderkonzept« kommt darin nur als eines von mehreren Beispielen neben u.a. »Überstundenkompensation«, »Betriebsausflug« und »Teuerungsausgleich« vor.

APRIL

Die Gebirgsbräune ist verblasst, und mit der Käsigkeit des Teints ist auch die Fadheit des Daily Business wieder eingezogen. Dr. Keller lebt führungsmäßig wieder von der Hand in den Mund. Was über den Tag hinausgeht, hat keine Priorität. Und Langzeitprojekte wie das Weihnachtskundengeschenk sind der reine Luxus. Etwas, das sich ein Mann mit Vorbildfunktion wie Dr. Keller heutzutage am allerwenigsten leisten darf.

Nur Stefan Buser, der einen Verlag für (unter anderem) Kalender vertritt, ruft sich Frau Trösch mit einem hübschen Büchlein mit 25 Erdbeerrezepten in Erinnerung.

MAI

Während Dr. Keller am Empfang kostbare Minuten lang auf sein Taxi wartet, fällt sein Blick auf das neue Motiv des Wandkalenders »Eisenbahnbrücken der Schweiz«, der hinter Frau Bucher im Empfang an der Wand hängt. Es zeigt ein elegantes Viadukt in der Schinschlucht. Eine Pionierleistung. Das Leitmotiv, das sich durch alle Kalender zieht, die die Firma jeweils am Jahresende an ihre Kunden (auch die potenziellen) verschickt. In diesem Sinn war auch »Passstraßen aus der Vogelperspektive« zu verstehen und »Wasserkraft«, eine Sammlung von zwölf spektakulären Stauwehraufnahmen, immer im passenden saisonalen Kontext. So gesehen ist Dr. Kellers Kundengeschenkkonzept eben doch originell, denn es besteht ja nicht einfach darin, Wandkalender zu verschenken, sondern immer wieder andere Interpretationen des Pioniergedankens, dem sich das Unternehmen von jeher verpflichtet fühlt. »Eisenbahnbrücken der Schweiz« stimmt mit der Unternehmensphilosophie überein, ist programmatisch, ohne das Ästhetische zu vernachlässigen. Die Latte ist hoch gelegt, denkt Dr. Keller. Leicht wird es nicht sein, etwas Ebenbürtiges zu finden. Im Taxi macht er sich eine Notiz. »Kundengeschenk?«

JUNI

Imboden ist zurück aus den Ferien in Schottland. An der Direktionssitzung überfährt er die Runde mit dem Vorschlag »Smoked Salmon«. Ein stimmiges Weihnachtsgeschenk direkt aus der schottischen Lachsräucherei. Imboden macht eine kleine Degustation, erläutert die Offerte (Verpackung und Versand ab Räucherei, Gewichtsabstufung nach geschäftlichem Gewicht des Kunden, personalisierter Festtagsgruß).

Die Idee wäre nicht schlecht. Wenn sie nicht von Imboden stammte. Aber so fallen die Kommentare vernichtend aus: »Ist es nicht etwas früh für Lachs?« (Rüetschi). »Und etwas früh für Weihnachten?« (Hess). »War da nicht etwas mit Würmern bei Lachs? Oder Antibiotika oder so?« (Baumann). »Die Lachse sind bekanntlich die Schweine der Meere« (Gruber).

Dr. Keller, der Innovationen, auch solche auf Kundengeschenkebene, nicht Imboden überlassen will, weist auf konzeptionelle Schwächen hin: »Es ist nicht zwingend, das stört mich.«

»Der Pioniergedanke ist voll enthalten«, wehrt sich Imboden. »Das Elementare (Wind, Wasser, Fischfang), das Innovative (Direktversand aus dem Fanggebiet) und das Bilaterale (Schweiz – Schottland).«

»Nichts gegen Schottland, aber was mich an Dr. Kellers Kalenderidee immer so fasziniert hat, ist der schweizerische Bezug zum Pioniergedanken«, wirft Rüetschi ein.

Diese Bemerkung ruft, aus karrieretaktischen Gründen, Baumann aufs Parkett. »Andererseits könnte es nichts schaden, auch kundengeschenkpolitisch eine gewisse Öffnung zu signalisieren.«

Nach kurzer Diskussion einigt man sich gegen »Smoked Salmon«, aber ohne Präjudiz in Bezug auf eine mögliche internationale Lösung. Dr. Keller nimmt sich vor, sich in der Kundengeschenkfrage nicht noch einmal das Heft aus der Hand nehmen zu lassen. Kundengeschenke sind Chefsache.

JULI

Rüetschi lernt in den Ferien in der Provence bei einem Ehepaar aus Uster, das seit Jahren das Haus schräg unter ihnen mietet, einen Lausanner Künstler kennen, spezialisiert auf provenzalische Landschaften, auf denen man noch sieht, was drauf ist. Die Begegnung hat keine unmittelbaren Folgen, sollte aber im Hinblick auf die Entwicklungen Oktober / November im Auge behalten werden.

Baumann, der mit seiner Familie auf der Fahrt nach Rimini in einem toskanischen Gut, das er aus einem Führungsseminar in guter Erinnerung behalten hat, einen Zwischenhalt einlegt, stößt auf die Idee »Vino da tavola« mit individuell gestaltetem Etikett, eine Dienstleistung, die der Schweizer Gutsbesitzer (Pioniergedanke, internationale Öffnung plus Schweiz!) anbietet. Gediegen gestaltete Etiketten, erstaunlich preisgünstig und ebenfalls Direktversand ab Weingut. Auf der Weiterfahrt überlegt er sich verschiedene Namen und freundet sich schließlich mit »Buon anno!« an. Der Doppelsinn gefällt ihm (Prosit Neujahr bzw. guter Jahrgang). Manchmal muss man eben alles hinter sich lassen, um kreativ zu werden.

Eine Gruppe fröhlicher Menschen in etwas aus der Mode gekommenen Badeanzügen winken vom Ufer der Saane dem Schnellzug zu, der hoch über ihnen über die schwindelerregende Brücke pfeilt. Ein schönes Bild, denkt Dr. Keller, als er am ersten Tag nach seinen Sommerferien Frau Bucher im Empfang begrüßt. Neben dem Pioniergedanken auch noch die ganze Sprachgrenzensymbolik. Die für einmal völlig unproblematische Überwindung des Röstigrabens.

In den Ferien hat er mehrmals über das Projekt Weihnachtskundengeschenk nachgedacht. Und das mit konkretem Resultat: Er hat beschlossen, eine Arbeitsgruppe einzusetzen. Damit bleibt die Initiative bei ihm, während die Arbeit delegiert ist. Auch über die personelle Zusammensetzung hat er sich Gedanken gemacht: Imboden, weil er die Sache ja schon im Juni an sich reißen wollte; Rüetschi, weil er mit einem Kommentar bei der letzten Diskussion über das Thema den Eindruck erweckte, dass er Dr. Keller, zumindest was diese Frage betrifft, konzeptionell begriffen hat; und Baumann, aus wettbewerbsstrategischen Erwägungen.

Am Schluss der ersten Direktionssitzung nach den Ferien, unter »Diverses«, praktisch schon im Stehen, konstituiert er die Arbeitsgruppe und setzt ihr einen Termin: Mitte Oktober.

Als er wenig später an Rüetschis Tür vorbeigeht, hört

er ihn laut und deutlich zweimal »Scheißgeschenk« sagen. Dr. Keller lächelt zwar, aber er merkt es sich.

SEPTEMBER

Baumann ist natürlich im Vorteil mit seinem »Buon anno!«. Er kann ganz entspannt eintrudeln zur ersten Sitzung und zuhören, was die andern so haben. »Buon anno!« behält er bis zum taktisch richtigen Moment im Ärmel.

Imbodens Ausgangslage ist auch nicht schlecht.

Er hat eine Schweizer Variante von »Smoked Salmon« in petto: »Graved Lachs« vom Schweizer Bauernhof. Pioniergeist, Innovation, Internationalität und trotzdem nationaler Bezug. Sein einziges Handicap ist der Preis. Er liegt erheblich über seiner ursprünglichen schottischen Variante. Aber was soll man machen, bei der Standortvorgabe Schweiz?

Nur Rüetschi hängt völlig in der Luft und ist gezwungen, in der Nacht vor der Sitzung mit seiner Frau Rücksprache zu nehmen. Etwas, das er in geschäftlichen Fragen nur in Notfällen tut, weil er das Gefühl hat, es untergrabe seine Autorität auch auf diesem Gebiet. Aber diesmal ist er froh, dass er sie mit einbezogen hat, denn sie bringt rasch, überraschend rasch, den Namen Pierre ins Spiel.

»Pierre?«, fragt Rüetschi.

»Pierre Dubuis, der Künstler. Der bei Bischoffs in der Provence. Der Lustige. Der mit den Landschaften.«

»Der so soff?« Rüetschi erinnert sich an den Künstler aus Lausanne mit den provenzalischen Landschaften. Vielleicht malt er auf Auftrag auch Pioniergedanken.

Die erste Sitzung der Kundengeschenkkommission wird auf Ende September einberufen und auf Anfang Oktober vertagt.

OKTOBER

Als Rüetschi das Sitzungszimmer betritt und es leer vorfindet, geht er wieder. Er will aus sitzungstaktischen Gründen nicht der Erste sein. Mit kalkulierter Verspätung taucht Imboden im Sitzungszimmer auf, schaut verärgert auf die Uhr, als er es leer vorfindet, und geht wieder. Auf dem Gang trifft er Rüetschi. »Auch unterwegs zur Sitzung?«, fragt dieser.

»Welche Sitzung?«, fragt Imboden zurück.

Das Sitzungszimmer ist leer, als sie es schließlich gemeinsam betreten. Kaum haben sie sich gesetzt, ruft die Zentrale an. Herr Baumann habe aus dem Auto angerufen. Er sei unterwegs.

Bis zu Baumanns Eintreffen meiden sie das Thema »Kundengeschenk« sorgfältig. Keinem käme es in den Sinn, sich vom andern in die Karten schauen zu lassen. Aber während sie so dasitzen und auf ihn warten, wächst in jedem von ihnen die Entschlossenheit, aus allen Rohren auf Baumanns Vorschlag zu schießen, wie genial er auch immer ist.

Das tun sie denn auch. Mit Erfolg, aber unter großen Opfern. Am Schluss der ersten Kundengeschenksitzung ist von Baumanns »Buon anno!« kein Fetzchen übrig. Aber auch »Graved Lachs« vom Schweizer Bauernhof ist aufgerieben. Und »Tradition / Vision«, ein limitierter und signierter Zwölffarbendruck von Pierre Dubuis, atmet nur noch schwach. Sie vergleichen ihre Agenden, setzen einen neuen Sitzungstermin fest und ziehen sich geordnet zurück.

Stefan Buser, der Verlagsvertreter, ist auf dem Weg zu Frau Trösch, um ihr ganz unverbindlich den Kalender »Zwischen Himmel und Erde«, Luftseilbahnen der Schweiz, zu zeigen, eine Thematik, die sich seiner Meinung nach sehr schön in das Pionierkonzept des Kunden fügt. Als er auf dem Gang der Direktionsetage an einer halb offenen Tür vorbeigeht, hört er jemanden laut und deutlich dreimal »Scheißweihnachtskundengeschenk« sagen.

NOVEMBER

»Wo stehen wir eigentlich in der Kundengeschenksache?«, fragt Dr. Keller an einer ohnehin schon etwas giftigen Direktionssitzung. Imboden, Baumann und Rüetschi wechseln vorwurfsvolle Blicke.

»Das läuft«, sagt Rüetschi.

»Ist geplant, mich einzuweihen?«, fragt Dr. Keller spitz.

Rüetschi packt seine Chance. »Wir sind an einer hochinteressanten Sache. Pierre Dubuis. ›Tradition / Vision‹. Limitiert und signiert. Kunst. Einmal etwas anderes.«

Imboden verliert die Nerven. »Ich dachte, das sei vom Tisch. Wie ›Buon anno!‹«

»Oder ›Graved Lachs‹ vom Schweizer Bauernhof«, ergänzt Baumann.

»Wir haben November, meine Herren. November!«, ruft Dr. Keller dazwischen. In die Stille, die darauf folgt, lässt Baumann einen Satz fallen, der beweist, dass er eben doch der bessere Taktiker ist. Und der wahre Anwärter auf Dr. Kellers Nachfolge: »Warum unterwerfen wir uns eigentlich jedes Jahr diesem Geschenkterror?«

»Was schlagen Sie vor?«, schnappt Dr. Keller.

Baumann lehnt sich zurück. »Wir nehmen das Geld, das uns das Geschenk kosten würde, überweisen es an eine wohltätige Organisation und schreiben einen Brief an unsere Kunden, in dem steht, dass wir das in der heutigen Zeit für das sinnvollere Vorgehen halten. Tue Gutes und rede davon.«

»Auch nicht gerade originell«, bemerkt Rüetschi, und sein Blick ruht hoffnungsvoll auf Dr. Keller.

Aber der überlegt, eine gefährliche Reaktion. Wenn Dr. Keller bei einer Idee, die nicht von ihm stammt, länger überlegt, dann nur, um ihr etwas beizufügen, das sie erst zur brauchbaren und damit zu seiner eigenen macht. »Wie viel wollten wir ausgeben?«, fragt er schließlich.

»Dreißigtausend«, antwortet Imboden.

»Dann überweisen wir fünfzehntausend ans Rote Kreuz. Der Betrag muss ja nicht im Brief stehen.«

Rüetschi unternimmt einen letzten, verzweifelten Versuch, etwas Boden gutzumachen. »Nichts gegen soziales Engagement, aber unterschätzen wir hier nicht den Kernnutzen von Dr. Kellers Kalenderidee? Unsere zwölfmonatige, unübersehbare Präsenz beim Kunden?«

Baumann merkt sofort, wie gefährlich der Einwand ist, und reagiert mit bemerkenswerter Eleganz: »Wir können ja einen Kalender dazulegen. Er muss ja nicht so luxuriös sein wie früher. Im Gegenteil, es passt ganz gut zum Spendegedanken, wenn er etwas preisgünstiger wirkt.«

Dr. Keller überlegt. »Fünfzehntausend Franken, Kalender und Versand inbegriffen. Wenn wir einen günstigen finden, bleibt immer noch genug übrig für das Rote Kreuz. Notfalls verzichten wir eben auf den Pioniergedanken. Baumann, Sie kümmern sich darum.«

Baumann bewahrt während des Rests der Sitzung die Würde des guten Siegers. Gleich anschließend geht er zu Frau Trösch, die ihn mit einem gewissen Stefan Buser, einem zuverlässigen Kalenderlieferanten, in Kontakt bringt.

Als Buser merkt, dass mit »Zwischen Himmel und Erde«, Luftseilbahnen der Schweiz, bei diesem Kunden aus konzeptionellen Gründen nichts zu machen ist, verkauft er Baumann einen Kalender, bei dem er ihm preislich sehr entgegenkommen kann, weil er sich jetzt schon die dritte Saison sehr gut verkauft.

DEZEMBER

In der letzten Woche vor Weihnachten erhalten die Kunden (auch die potenziellen) einen von Dr. Keller originalsignierten Brief, der besagt, dass anstelle eines aufwendigen Weihnachtsgeschenkes das Rote Kreuz mit einem namhaften Betrag bedacht worden sei.

Dem Kuvert liegt ein Wandkalender bei: »Das Toggenburg im Zauber der Jahreszeiten«.

KRISTINA SCHILKE

Der große Wunsch

1.

»Selbst wenn es jetzt stirbt, bleibt es trotzdem hier. Für immer bei uns.«

Gudruns Augenbrauen ziehen sich zusammen. Bei einigen könnte das Zorn bedeuten. Völlig verständlich, auf jemanden wütend zu sein, der so etwas auf einer Geburtsstation sagt. Andere würden damit Traurigkeit ausdrücken, weil wieder einmal klar geworden ist, dass jeder Mensch allein in seinem Fass vor sich hin treibt und niemand dieses Fass aufkriegen kann, egal, welches Brecheisen man dafür benutzt. Bei Gudrun kann das Zusammenziehen der Augenbrauen beides bedeuten. Denn ihre Haut ist zu jung, zu makellos, um sich in glaubhafte, ausdrucksstarke Falten legen zu können.

»Ein Freund hat mir mal erzählt, wie er sich das Jenseits vorstellt. Er hat eine ziemlich genaue Vorstellung davon, als ob er da jeden Tag ein und aus geht. Er meinte, man macht einfach in derselben Welt weiter, nur sehen einen die Lebenden nicht mehr. Demnach wären wir die ganze Zeit umgeben von Toten, die um uns herum ihre Ewigkeit absolvieren. Deshalb ist das Baby nicht weg, wenn es jetzt sterben sollte.«

Gudrun fühlt mit Zeigefinger und Daumen der einen Hand jede Fingerspitze der anderen Hand nach. Im hell erleuchteten Zimmer blitzt das Gold ihres Eherings auf. Ihre Hände liegen so großartig auf den Krankenhauslaken, dass ich einen Moment lang überlege, sie zu nehmen, um sie zu halten und zu küssen.

»Aber ich will, dass es hierbleibt, es soll nirgendwo herumschweben. Es soll zu einem echten Baby heranwachsen, ich will es in meinen Armen halten.«

»Was soll das schon bedeuten: ein echtes Baby. Wenn bei mir auf dem Hof ein Zicklein geboren wird, dann ist es von einer Sekunde auf die andere da, feucht und bläkend, und ich verstehe gar nix mehr.«

»Was gibt es da nicht zu verstehen? Es ist das, was schon immer überall auf der Welt passiert.«

»Ja, aber woher kommen diese neuen Wesen? Das ergibt keinen Sinn. Deshalb darfst du keine Angst haben.«

»Ach Hoit, du bist immer so nett zu mir gewesen, von Anfang an. Aber du verstehst leider gar nichts. Scheiße, dass Tankred nicht da ist.«

Damit sitzen wir wieder da, und ich merke, wie ich mich entspanne. Ich sinke gegen die harte Stuhllehne zurück und denke an den einen entscheidenden Unterschied: Ich bin ja gar nicht der Mann, ich bin nur der Bruder des Mannes. Und selbst wenn das Baby stirbt, wird es mich nie so betreffen wie Tankred.

Ich stehe auf und drücke an einigen Stellen vorsichtig den Beutel im Tropf ein. Dann verfolge ich die Kanüle bis zu Gudruns Handrücken. Es ist eigenartig, denke ich, dass sie ihr jetzt dieses Medikament einflößen. Es ist eigenartig, dass sie so kämpfen. Dabei ist das, wofür sie kämpfen, erst vor vier Monaten in einer Eizelle entstanden und hat vielleicht einfach keine Lust mehr.

11.

Jetzt ist allerhöchste Schonung angesagt, sagen die Ärzte.

Das Kind überlegt sich gerade, ob es gehen oder bleiben will. Man muss es nun in die richtige Richtung schubsen und dem Kind zeigen, dass diese Welt ein wundervoller Ort ist, an den die anderen Kinder, die nicht geboren werden, gerne kommen würden, nur dürfen sie nicht, zu dieser Party ist nicht jeder eingeladen. Einige werden sogar wieder ausgeladen.

Gudrun ist seit der Entlassung aus dem Krankenhaus bei mir. Seit zwei Wochen wohnt sie im Gästezimmer. Ich habe den Fernseher reingetragen und ihr einen Liebesroman geschenkt, in dem die Frau später Alzheimer bekommt und sich nicht erklären kann, was der alte Mann im Heim von ihr will.

Langsam verklumpen die Tage zu einer einzigen Masse. Und auch heute ist wieder so ein Tag: Ich bin um sechs Uhr aufgestanden und zu den Ziegen gegangen. Die Sonne ging langsam auf. Rötliche Schatten hielten sich an den Hügeln auf, die weich gepolstert sind vom Wald, an einigen Stellen jedoch kahl, durch den verhassten Borkenkäfer.

Katja, meine Lieblingsziege, hat wieder versucht, am Saum meiner Jacke zu kauen, darauf sah ich sie böse an, und wie immer ließ sie es dann bleiben und stolperte verunsichert zurück. Danach ging ich ins Haus, um Frühstück zu machen, Haferbrei mit Rosinen und braunem Zucker. Ich stellte zwei Schalen davon auf ein Tablett und ging zu Gudrun hoch. Sie war wundersamerweise schon wach und las in der Alzheimer-Romanze.

»Mein Gott, was ist, wenn man vergisst, wen man liebt?«

Ihre Anwesenheit in meinem Haus war schon so vertraut geworden, dass wir uns morgens nicht mehr grüßten, wenn ich ihr Zimmer betrat.

»Hoit, was ist, habe ich gefragt, wenn man vergisst, wen man liebt?«

»Ich kann mir dieses großflächige Vergessen sowieso nicht ausmalen.«

Ich stellte das Tablett auf dem Bett ab und dachte, dass ich die Wahrheit gesagt hatte. Dann, und auch das passierte jeden Tag, nahm ich mir einen Stuhl und setzte mich zu Gudrun ans Bett. Es war wieder wie im Krankenhaus.

Ich stellte meine Schale Haferbrei auf den Nachttisch und wartete, bis Gudrun aus dem Buch aufgetaucht war. Sie las konzentriert die letzten Kapitelsätze zu Ende.

»Manchmal hat sie so Durchblicke. Dann erinnert sie sich wieder, dass der fremde Typ ihr Mann ist, dass sie glücklich waren und drei Kinder haben.«

»Weißt du, der Arzt, der Alzheimer entdeckt hat, hat die erste Patientin für dümmlich gehalten. Genau so stand das in seinen Notizen über sie: dümmlich.«

»Du redest immer nur über irgendwelche Sachen, was der gesagt hat, was der gemacht hat, man kann mit dir nicht einfach so sprechen, einfach so von Seele zu Seele.«

»Du hast doch selbst mit dem Buch angefangen.«

Die Gereiztheit war in den letzten Tagen aufgekommen, ein gerade erst gepflanztes Bäumchen, das leicht wieder aus der Erde zu reißen wäre. Jederzeit könnten wir uns wieder in Schwager und Schwägerin verwandeln, die sich so unglaublich gut verstehen. Aber wie sollte man das anstellen, wenn man verschmilzt und zu etwas anderem wird und nicht mehr weiß, wo die Verwandtschaft anfängt und die Pflicht aufhört?

Nach dem Frühstück arbeite ich meistens entweder weiter bei den Ziegen oder gehe in den Keller und spiele die neuen Lieder auf dem Akkordeon oder ich fahre weg, und wir proben. Als Nächstes kommt meist das Mittagessen, heute gab es Bratkartoffeln, und wir aßen sie mit Senf. Nach dem Mittagessen schläft Gudrun. Sie schläft! Ein wenig bewundere ich das, aber größtenteils will ich sie dafür in der Luft zerfetzen.

Wir sehen uns dann wieder zum Abendessen, ich bringe Brot mit etwas Salat hinauf, und wir essen vor dem eingeschalteten Fernseher. Dann kommen die Nachrichten, und wir wundern uns über die Berge von Toten in fremden Ländern, die uns unerklärlich bleiben und nie in ihrer ganzen Schrecklichkeit bis zu uns dringen, weil wir sie nicht lassen. Weil wir das nicht zulassen können. Grundsätzlich kommentiert keiner von uns das Geschehen in der Welt. Denn dann müssten wir an Tankred denken, wo er jetzt schon wieder ist, und an Tankred zu denken zerreißt einem das Herz.

Nach den Nachrichten sehen wir weiter fern. Dafür leihe ich meistens Filme aus der letzten Videothek der Gegend, in Tittling. Nach zwei Wochen summiert sich das, wir haben schon alles Mögliche gesehen: den alten Film, bei dem ein Gangster kleinen Kindern gestrecktes Penicillin verkauft und sie damit verkrüppelt. Keins der Kinder kriegt man je zu Gesicht. Den Film, bei dem ein Franzose so tut, als wäre er mit einer langweiligen Gärtnerin verheiratet, nur damit er in Amerika bleiben kann. Und die Komödie, bei der ein riesiger, sabbernder Hund einen ordnungsliebenden Polizisten durch die Stadt schleppt, um mit ihm Verbrechen zu lösen.

In dem Film von heute Abend, einem Streifen aus den Vierzigern, ging es um Gangster. Wir machten es uns wie üblich gemütlich, Gudrun mit einer Tasse heißer Zickenmilch, die ich ihr mit etwas Zucker warm gemacht hatte, ich mit einem Bier. So sahen wir uns an, wie ein Gangster eine neue Identität annehmen musste, weil er von einem größeren und mächtigeren Gangster gejagt wurde. Aus einem unerhörten Zufall heraus findet der Gangster auf seiner Flucht einen Psychoanalytiker, der genau so aussieht wie er. Also schüttelt der Psychoanalytiker Freud im Himmel bald persönlich die Hand, und der Gangster eignet sich die Identität des Analytikers an. Als es so weit gekommen war, im Grunde am Wendepunkt der Geschichte, nahm ich Gudrun die leere Tasse aus den Händen, denn sie war eingeschlafen. Ich vermute, sie ist müde vom Müdesein.

Ich stelle ihre Tasse auf den Nachtschrank, trinke mein Bier und sehe mir den Film weiter an, ich muss nicht einmal leiser stellen, sie wacht ohnehin nicht auf. Der Gangster lebt nun den Alltag des Analytikers. Er kommt in die Praxis, hängt den Hut an den Hutständer, begrüßt die Sekretärin und sagt zu den Patienten knappe, aber schlaue

Sachen, wenn sie fertig geredet haben, denn er hat recherchiert, wie er sich benehmen soll, wann er nicken, wann er nachfragen soll. Den ganzen Tag über hört er sich die Geschichten seiner Patienten an. Sie führen ein unglückliches Leben, oder eine dröge Ehe zerrt an ihren Nerven, oder sie haben unzählige Ängste, und diese Ängste beherrschen sie, sie monologisieren und erzählen ihm all ihre Probleme, auch die kleinsten. Und er langweilt sich dabei erbärmlich! Er wünscht sich geradezu, dieser andere Gangster möge ihn endlich finden, damit er diesen Leuten nicht mehr zuhören muss.

An der Stelle schalte ich den Film aus. Er hat mich bereits auf etwas gebracht. Gudrun ist mittlerweile fest eingeschlafen, sie schläft im Sitzen. Wie im Mittelalter. Wie in diesen kurzen kleinen Betten, die wirken, als wären sie für unheimliche Zwerge gemacht, die zwar klein sind, aber nicht klein genug. Ich berühre ganz leicht ihren Arm, aber sie bewegt sich nicht. Dann schiebe ich sie an beiden Schultern nach unten, und so liegt sie endlich ausgestreckt im Bett.

III.

Beim Frühstück bin ich zwar nervös, lasse mir aber nichts anmerken. Nur einmal fällt mir der Löffel runter, aber ich hebe ihn auf und esse einfach weiter. Nach dem Abwasch gehe ich ins Gästezimmer und stelle mich bedrohlich in der Tür auf. Gudrun liest in der Alzheimer-Romanze.

»Sie kann sich wieder kurz erinnern. Deswegen ist grad

alles so romantisch, sie tanzen miteinander und reden über die Kinder. Aber gleich weiß sie nix mehr.«

»Gudrun, du musst dich anziehen, wir fahren jetzt weg. Abends sind wir wieder zurück.«

»Das ist ja nett, Hoit, dass du an so was denkst …«

»Das ist kein Vorschlag, sondern wird jetzt gemacht.«

Gudrun schließt das Buch und legt ihren Zeigefinger an die Stelle, an der sie stehen geblieben ist. Der Buchrücken ist mir zugedreht, über Titel und Autorennamen haben sich Streifen gebildet.

»Du weißt doch, ich soll nichts Anstrengendes machen.«

»Wir fahren einfach nur weg, sehen uns etwas an und kommen zurück.«

»Weißt du, Hoit, du kannst mich nicht zwingen.«

»Ich mache jetzt die Tür zu und warte. Wenn ich die Tür wieder aufmache, bist du angezogen.«

»Tankred kommandiert von Beruf aus, nicht du.«

»Wenn ich die Tür wieder aufmache, bist du angezogen.«

So, wie Gudrun die Treppe runtersteigt, durch das Wohnzimmer geht, aus dem Haus und auf das Auto zu, könnte man meinen, sie sei krank. Zwanghaft stützt sie sich überall ab. Ich muss an die christlichen Märtyrer denken, deren Geschichten mir Kaplan Mandl immer wieder erzählt hat. Ich halte diese Märtyrer für Fanatiker, die sich zu schade dafür waren, die angenehme Dekadenz ihrer Landesherren zu akzeptieren und den eigenen Gott im Heimlichen anzubeten. Ist Gudrun auch eitel in ihrem Eifer? Mag sie es, sich aufzuopfern?

Als sie im Auto neben mir sitzt, bemerke ich, dass an ihrer schmalen Figur, an diesem Körper, den Tankred stets beherzt umfasst, wenn wir ihn von einem Einsatz abholen, etwas Neues aufgetaucht ist. Man muss nur wissen, wo. Es ist die leichte, wohlgeformte Wölbung an Gudruns Bauch. Einem Fremden würde es nicht auffallen.

»Wie soll es heißen?«

»Wenn es ein Mädchen wird, Marlen.«

»Und wenn es ein Junge wird?«

»Das sollte sich Tankred überlegen, das war die Abmachung.«

»Glaubst du, er hat Zeit, darüber nachzudenken, dort, wo er jetzt ist?«

»Er muss einfach. Er muss auch manchmal an sein Leben hier denken.«

Wir fahren am Asylheim Waldesreuths vorbei, einem ehemaligen Bundesgrenzschutzbau, in dem die Betten noch immer zweistöckig und aus dunkelgrün lackiertem Metall sind, bei dem die Toiletten draußen sind, weil etliches wieder einmal renoviert wird, und in dem die Kinder auf alten ausrangierten Skateboards den Hügel von ihrem Spielplatz zum Heim herunterrasen; wir fahren an den Familienhäusern entlang, die an den dicht aufeinanderfolgenden Hügeln gebaut sind. Wir fahren durch gewundene Straßen, aber auch über enge Wege, in denen sich der Wald zu einem runterbeugt und fragt, was man hier zu suchen hat. Wir fahren an Hirschgehegen vorbei und an Kuhställen. Wir sehen Fleischkühe und Milchkühe. Fleischkühe kommen mir wie freche Mädchen vor, die im Internat heimlich Zigaretten in den Pausen paffen, ohne je erwischt zu werden. Die Fleischkühe entwickeln keine Euter, sie sind dünn und flink, grasen in kleinen Gruppen und werden im Teenageralter geschlachtet. Die Milchkühe dagegen sind alte, abgekämpfte Mütter, die weder aufhören können noch dürfen.

Wir fahren an Kirchen vorbei, sogar an einer evangelischen. Wir lassen die Grundschule hinter uns, in die ich früher gegangen bin. Wenn ich an diese Zeit denke, erinnere ich mich vor allem an den phlegmatischen Chow-Chow, der in den Pausen wie aus dem Nichts auf dem Schulhof auftauchte und von allen gestreichelt wurde. Aber er schien es nicht zu merken, er wirkte, als würde er meditieren.

Dann sind wir endlich da. Gudrun sieht mich skeptisch an, ich antworte mit einem Lächeln, einem bröckelnden, unsicheren Siegerlächeln.

IV.

»Willst du mich jetzt katholisch machen, oder was?«

»Wart halt mal ab.«

Wir stehen vor der schweren Tür und haben schon mehrmals geklingelt. Jetzt müsste sie geöffnet werden. So, wie man manchmal auf der Straße ein Kind beobachtet und sich sagt, sein Eis wird gleich auf dem Boden landen, und dann tut es das tatsächlich, so geht auch die Tür auf, und Kaplan Mandl steht vor uns, glatzköpfig, dünn und älter, jedes Mal älter, wenn ich ihn sehe.

»Da sind wir also, zwei Musiker beisammen. Und Sie müssen die Gudrun sein.«

»Grüß Gott, Herr Kaplan.«

»Jetzt werden Sie mich doch nicht die ganze Zeit Herr Kaplan nennen?«

»Nur, wenn Sie wollen.«

»So, wie ich es verstanden habe, ist das hier eine Überraschung. Sollen wir gleich anfangen oder erst nach dem Kaffee?«

In der Küche steht ein Tisch mit zwei Sitzbänken zu beiden Seiten, nirgendwo hängt ein Kreuz. Wir essen gelben Zitronenkuchen aus der Packung. Wir reden über meine Musik. Niemand streift das Thema *Tankred und seine Einsätze* oder die Sache mit dem unentschlossenen Kind. Auch sage ich nichts über die Tauben. Dann erzählt Kaplan Mandl einen Witz.

»Treffen sich ein Rockmusiker, ein Jazzmusiker und ein Kirchenmusiker. Sagt der Rockmusiker, ich hatte neulich ein Konzert, und von der Gage hab ich mir einen Porsche gekauft. Meinen die anderen: Und was hast du mit dem Rest gemacht? Er: Da war ich drei Wochen im Urlaub. Dann sagt der Jazzmusiker, dass er sich von seiner letzten Gage eine teure Uhr gekauft hat. Die anderen: Und was ist mit dem Rest? Vom Rest ist der Jazzmusiker noch eine Woche in den Urlaub gefahren. Dann kommt der Kirchenmusiker und sagt, ich hatte auch ein Konzert, und von der Gage hab ich mir diesen Pullover hier gekauft. Die anderen: Und was ist mit dem Rest? Den Rest?, meint der Kirchenmusiker, den hat Mutter dazugegeben.«

Ich lache, obwohl ich den Witz zum zweiten Mal höre, Kaplan Mandl lacht, weil es sein unübertroffener Lieblingswitz ist, und Gudrun fächert ein sattes Grinsen auf, ohne dass sich der Ausdruck ihrer Augen ändert, sie grinst, weil sie jemand ist, der gelernt hat, wie man sich zu benehmen hat, wenn man zu Gast ist.

Der Himmel draußen ist von einer kalten Herrlichkeit. Er ist blau und fast wolkenfrei, in ihm steckt noch der Rest des Winters. Auf der Terrasse nehmen wir auf weißen Gartenstühlen Platz, Kaplan Mandl stellt zwei Flaschen auf den Tisch, Mineralwasser und Apfelsaft, es bleibt jedem selbst überlassen, sich sein Getränk im eigenen Verhältnis zu mischen. Die Gläser haben einen vergoldeten Rand und sind von einer weichen runden Form, die gut in der Hand liegt.

Der Zeitpunkt scheint richtig, als Kaplan Mandl beginnt. Er erzählt, dass die Technik eine vergessene Tradition aus dem Mittelalter und von noch viel früher ist, er erzählt, dass die Technik *eine genuin katholische Sache* sei, *genuin katholisch,* er betont das, weil er stolz darauf ist, dass Luther sich in seiner Zeit lustig gemacht hat über die Katholiken, die in ihren Kirchen Tauben auffliegen ließen zur Lobpreisung Gottes. Auch Kaplan Mandl sieht Gudrun ihre große Verwirrung an, deshalb erzählt er nicht alles. Erzählt nicht, was er mir so oft erzählt hat, wie der Maoismus den chinesischen Pfeifenflug ausgerottet hat, er nun aber zurückgekehrt sei als wiedererstarktes Brauchtum und als Möglichkeit, sich über Dutzende von Kilometern zu verständigen. Kaplan Mandl erzählt auch nicht, dass es in Ägypten noch Taubentürme gibt, dass die Tauben mit ihren Chalchal-Schellen als Leuchtturm in der umstürmten matten Wüste dienten, wenn man nichts mehr erkennen konnte vor lauter Sand. Kaplan Mandl erzählt Gudrun nur das Nötigste, um das Folgende zu verstehen, er erzählt meine Lieblingsgeschichte nicht, und ich werde einen Teufel tun und Gudrun die Geschichte erzählen, bevor das Baby nicht auf der Welt oder aus der Welt ist: Die Geschichte, wie der heilige Benedikt beim Tode seiner Schwester Scholastika, einer Nonne, über ihrem Kloster, in dem Moment ihres Todes, eine weiße Taube gen Himmel auffliegen sah.

Schließlich bedeutet uns Kaplan Mandl, ihm aufs Feld hinaus zu folgen, zu den hölzernen Käfigen mit den fast zwei Dutzend leise gurrenden, braven Tauben, die dort auf uns warten. Ich stapele die Plastikstühle aufeinander und nehme sie mit. Vor uns liegt in Sichtweite der Wald. Bei dessen Anblick erinnere ich mich daran, wie ich hier draußen manchmal gesessen und vor den Bäumen wilde Kaninchen gesehen habe. Wie ihre graue Gestalt durch das Gras schoss.

»Sind es irgendwelche besonderen Tauben?«, fragt mich Gudrun.

»Altorientalische Tummler. Versuch mal, diese Rasse irgendwo zu kriegen, es wird dir nicht gelingen. Sie sind ruhig genug für die Glocken, nicht so dreist oder flatterig wie die Brieftauben.«

»Die finden aber immer nach Hause zurück.«

Es dauert seine Zeit, bis die Türen der hölzernen Käfigkisten geöffnet werden, von oben kann man schließlich die Tauben entnehmen, sie sind zahm, als hätte man sie samt und sonders per Hand aufgezogen, dabei ist die eine Taube, die Kaplan Mandl als Kind tatsächlich selbst aufgezogen hat, schon längst gestorben, weil von einem hungrigen Falken zerfleischt worden.

Ihre ausgefressene Hülle, hatte mir Kaplan Mandl einmal erzählt, sei bis heute eines der schrecklichsten Dinge gewesen, die er je gesehen habe.

Gudruns Blick verrät überhaupt nichts, ab und an versuche ich zu erraten, was sie sich von der Taubenvorstellung erwartet, aber immer wieder denke ich, dass sie sich vermutlich nur fragt, wann sie wieder ins Bett kann.

»Siehst du das blaue Ding dort draußen im Feld?«

Gudrun sieht angestrengt nach draußen und erkennt es schließlich.

»Ein Englischer Fangkasten. Die Tauben fliegen da jetzt hin.«

»Geh, Hoit, verrat gleich alles.«

Ich verneige mich vor Kaplan Mandl mit einem entschuldigenden Lächeln, und er geht weiter die Käfige ab, alle sechs, macht sie nacheinander auf, bis ihm die Tauben beide Arme bis zu den Schultern bedecken.

»Wie klingt es?«, fragt Gudrun noch schnell.

»Wie nichts, was du kennst«, sagt Kaplan Mandl, dann mit feierlicher Stimme: »Bereit?«

Und mit einer plötzlichen Kraftanstrengung wirft er beide Arme in die Höhe, bis alle Tauben auffliegen, weit auffliegen, er sie noch anfeuert, bis sie etwa zwanzig Meter hoch auffliegen, flatternd in der Luft stehen bleiben und die Chalchal-Schellen an ihren Schwanzfedern diesen Klang von sich geben, einen wilden, entfernten, aber doch bekannten Glockenklang, der sich zärtlich über den Wind legt, unterlegt vom ständigen Flügelschlagen der Tiere, die womöglich gar nicht wissen, was sie gerade für uns tun.

Da, auf einmal, steht Gudrun auf. Sie springt von ihrem Stuhl auf, wie ich es bei ihr noch nie erlebt habe, einige Schritte von uns entfernt stellt sie sich hin. Vor mir weht ihr blondes Haar, das genau genommen nicht blond, sondern wie Sirup aussieht, glänzend und weich. Sie bleibt lange stehen und sieht den Tauben zu, bis sie sich eine nach der anderen auf den Englischen Fangkasten setzen, sich dort versammeln, auch dann noch sieht sie ihnen zu.

Da weiß ich, wenn sich das Kind in Gudrun nicht einmal jetzt dafür entscheiden kann, hierzubleiben, dann gibt es nichts, womit wir ihm noch helfen können. Denn mehr als das haben wir auch nicht zu bieten.

KLAUS CÄSAR ZEHRER

Die 14 unbeliebtesten Geschenke zum 14. Geburtstag

(Jungen)

14. Ein Doppelzentner gemischter Hausmüll zum Selbertrennen
13. Gutschein für eine Darmspiegelung
12. Barbie Glamour Traumvilla »Malibu«, 4 Etagen, 16 Zimmer, möbliert, mit gr. Kleiderschrank, Pool, Hubschrauberlandeplatz u. Pferdestall m. Panoramafenster, vielfältige Geräuscheffekte, inkl. 120+ Zubehörteile für unbegrenzt optimalen Spielspaß
11. Fitness-Set, dreiteilig, bestehend aus Gartenrechen, Straßenbesen und Schneeschippe
10. Einmal zusammen mit Mutti einen ganzen Nachmittag lang im Kaufhaus die Rolltreppen rauf- und runterfahren (»Davon hast du früher gar nicht genug kriegen können, weißt du noch?«)
9. »Vexati Eritis! – 120 Klassenarbeiten, Extemporalen, Leistungsprüfungen, Testaufgaben und Übungsblätter für den Lateinunterricht der gymnasialen Mittelstufe«, Band 1 (Band 2 gibt's dann zu Weihnachten, versprochen)

8. Eine riesige Kiste, randvoll mit der Lieblingseiscremesorte (im Hochsommer, ohne Kühlbox in der Nähe)
7. Ein halb Pfund Hutzeln, ein Handvoll Prutzeln, der Runzen vier, der Pletzen zwier, dazu das Fell vom Zobeltier (was soll der Mist, auf dem Wunschzettel stand doch ausdrücklich: *zwei* Runzen, *vier* Pletzen)
6. Ein Ring von unschätzbarem Wert, der die geheime Kraft hat, vor Gott und Menschen angenehm zu machen, wer in dieser Zuversicht ihn trägt (was soll der Mist, auf dem Wunschzettel stand doch ausdrücklich: eine PlayStation)
5. TS-FX Virtual Reality Formel 1 Cockpit High Level Performance Racing Simulator mit RFG Alpha SR9 Driving Force Racing Wheel Plus und integriertem Dual-Vibrationsmotor für hyperrealistische Multi-Dimension-Rennerlebnisse (nur Verpackung, ohne Inhalt)
4. Ein Kubikmeter Rindenmulch (nur Inhalt, ohne Verpackung)
3. Anti-Masturbations-Kralle »Castimonia«, mit gezackter Gusseisenzwinge, originalgetreues Replikat des Modells von 1883
2. Ein heller, kleinkarierter Anzug mit Einstecktuch und schmaler Lederkrawatte, in dem man aussieht wie ein Knilch, der auf dem Schulhof um Dresche bettelt
1. Jugendgesetz der Deutschen Demokratischen Republik

Jugend-
gesetz
der
Deutschen
Demokratischen
Republik

(Mädchen)

14. Aktiv-Schuppen-Shampoo »Frau Holles Schneegestöber extrastark«, Vorratspackung
13. Wilhelmine von Fraunberg: »Das Dienstmädchen. Ein Leitfaden für junge Mädchen zu ihrem Verhalten im Dienste wie zu den täglichen Arbeiten«, Verlag Josef Habbel, Regensburg 1930
12. »Siehst du diesen Stern da droben? Bis jetzt hieß er HD 82 328, aber ab sofort trägt er bis in alle Ewigkeit den Namen Anja-Luise Ruckenbrod, und alle, die ihn sehen, werden nur an dich denken. Das ist mein ganz persönliches Geschenk für dich« (sagt leider nicht der süße Julian aus der 8c, sondern Onkel Gebhard, der unverbesserliche Geizknochen, der vor genau einem Jahr schon mal genau dasselbe gebracht hat, nur mit HR 8571)
11. Rudolf Scharping: »Was unser Land jetzt braucht. Gesammelte Bundestagsreden 1994–2005«, 6 Bd., 2488 S., Halbleinen im Schuber, preisreduziertes Mängelexemplar
10. Kopie der Beuys'schen Fettecke im Jugendzimmer (»Das darfst du nie mehr wegmachen, das wird mal sehr wertvoll. An den Geruch musst du dich gewöhnen.«)
9. Autogrammpostkarte von Rudi Schuricke, unsigniert (von Onkel Gebhard zufällig beim Ausmisten des Speichers gefunden)

8. Ein Schmusebärchi (nicht irgendein x-beliebiges Schmusebärchi, sondern genau dasselbe Schmusebärchi, das einen Tag zuvor unter Herzrasen in der Schultasche vom süßen Julian aus der 8c versteckt wurde und das sich jetzt, geköpft und gevierteilt, in der eigenen Schultasche wiederfindet)
7. Ein unförmiger, mit Filzstiften bemalter Klumpen Bauschaum (Ralfi, der achtjährige Bruder, behauptet zwar, es handle sich um ein Modell des Freiburger Münsters im Maßstab 1:500, aber hey, Ralfi, sei mir bitte nicht böse, ich weiß, du hast eine halbe Stunde damit zugebracht, aber schau doch mal selber, es ist wirklich bloß ein unförmiger, mit Filzstiften bemalter Klumpen Bauschaum)
6. Spinnen des Todes (keine echten Spinnen des Todes, sondern eine DVD mit dem US-amerikanischen Trash-Horrorfilm aus dem Jahr 2001)
5. Spinnen des Todes (keine DVD mit dem US-amerikanischen Trash-Horrorfilm aus dem Jahr 2001, sondern echte Spinnen des Todes)
4. Eine riesige Kiste, randvoll mit unverkäuflichen Restbeständen der Ritter Sport Sonderedition »Nasch & Wasch«, bestehend aus den vier Sorten:
   - Ritter Sport Pistazie-Pril
   - Ritter Sport Hagebutte-Weißer Riese-Thymian
   - Ritter Sport Knusperfrosch-Drei Wetter Taft
   - Ritter Sport WC Frisch-Limette

   (Die Kooperation zwischen der Alfred Ritter GmbH & Co. KG und der Henkel AG & Co. KGaA wurde nach dem gefloppten Experiment beendet.)

3. Rockefeller, der heiß geliebte Familienhund, der vor zwei Wochen noch putzmunter herumgesprungen und dann über Nacht urplötzlich verschwunden ist, steht ebenso urplötzlich wieder im Wohnzimmer – als Plastinat
2. Ein von Onkel Gebhard unter großem Brimborium überreichtes weißes Mäppchen mit 20 Euro drin, gegeben als zinsfreies Darlehen, rückzahlbar in zehn Monatsraten
1. Künstlerisch gestaltetes Wandrelief, bestehend aus Gipsabgüssen in Form von Partien der eigenen Gesichtshaut in 2250-facher Vergrößerung

GUY DE MAUPASSANT

Pariser Abenteuer

Gibt es ein brennenderes Gefühl für eine Frau als die Neugier? Was gäbe sie darum, das, wovon sie geträumt, kennen zu lernen und zu erleben! Wenn die ungeduldige Neugierde einer Frau einmal geweckt ist, ist sie aller Dummheiten, jeder Verrücktheit fähig. Sie wird alles wagen, vor nichts mehr zurückschrecken. Ich rede von den Frauen, die wirklich Frau sind, von jenem dreifachen Geiste beseelt, der äußerlich kalt und vernünftig erscheint, in Wirklichkeit jedoch versteckt drei Eigenschaften birgt: den immer unsteten Weibessinn, List im Schäferkleid der Unschuld – jener spitzfindige gefährliche Kunstgriff der Scheinheiligen, – endlich reizende Gemeinheit, köstliche Niedertracht wundervolle Treulosigkeit, kurz alle jenen gottlosen Eigenschaften, die den einen Liebhaber, wenn er leichtgläubig und dumm ist, zum Selbstmord treiben, während sie den anderen bezaubern.

Die Frau, deren Geschichte ich erzählen will, war eine kleine, bis dahin in ihrer Naivität anständige Provinzialin. Ihr Leben lief, äußerlich unbewegt in ihren vier Wänden dahin, zwischen einem vielbeschäftigten Manne und zwei Kindern, die sie tadellos erzog. Aber ihr Herz bebte vor ungestillter, quälender Sehnsucht nach irgend etwas, das sie selbst nicht kannte. Immer dachte sie an Paris. Sie verschlang die Zeitungen und was darin stand von Festen, Toiletten, Vergnügungen, weckte in ihr stürmische Wünsche. Am wundersamsten erregten sie die kleinen Notizen voller Andeutungen, die geschickt halbverschleierten Sätze, die etwas ahnen ließen von sündhaft ausschweifenden Freuden.

Von weitem schien ihr Paris wie ein Traum von wunderbarer, verderbter Üppigkeit.

Und in den langen Nächten, wo ihr das regelmäßige Schnarchen ihres Gatten ein Wiegenlied sang, ihres Gatten, der mit der Schlafmütze auf dem Schädel an ihrer Seite auf dem Rücken lag, da dachte sie an jene berühmten Männer, deren Namen auf der ersten Seite der Zeitungen oft genannt wurden, gleich leuchtenden Sternen am dunklen Himmel. Sie stellte sich das geniale Leben dieser Leute vor, voller Schwelgereien, voll antiker Orgien von furchtbarer Sinnlichkeit, voll heimlicher Ausschweifungen der Sinne – nicht auszudenken.

Die Boulevards erschienen ihr wie der Abgrund menschlicher Leidenschaften, ihre Häuser bargen Rätsel seltsamer Liebe.

Sie aber fühlte, dass sie alt wurde, alt ohne anderes vom Leben gehabt zu haben als immer die langweilige gleichmäßige Tretmühle derselben häuslichen Pflichten, »Glück des Daheims« geheißen. Sie war noch hübsch – das stille Dasein hatte sie erhalten, wie eine Winterfrucht im verschlossenen Schranke – nur verzehrt war sie, zerquält, aus dem Gleichgewicht gebracht durch heimliche Wünsche. Und sie fragte sich, ob sie denn in die Grube fahren sollte, ohne diese verbotenen Früchte nur ein einziges Mal gekostet zu haben, ohne sich auch nur einmal in den Strudel der Lüste von Paris zu stürzen!

Da bereitete sie mit langer Ausdauer eine Reise nach Paris vor. Sie fand einen Vorwand, ließ sich durch Verwandte einladen und reiste, da sie ihr Mann nicht begleiten konnte, allein ab.

Als sie angekommen war, dachte sie sich einen Grund aus, gegebenenfalls zwei Tage, oder vielmehr zwei Nächte fortbleiben zu können: sie behauptete, Freunde wiedergetroffen zu haben, die draußen in einem der Vororte wohnten.

Dann ging sie auf Entdeckungen. Sie durchstreifte die Boulevards. Aber sie sah nichts als das gewerbsmäßige Laster der Straße. Sie beobachtete die großen Cafés, und studierte aufmerksam die »Kleine Korrespondenz« im *Figaro*, die ihr jeden Morgen wie ein lockendes Licht zur Liebe erschien.

Doch nichts brachte sie auf die Spur der wilden Feste von Künstler und Künstlerin, nichts verriet ihr den Tempel der Ausschweifungen, den sie verschlossen wähnte durch ein Zauberwort, wie in den Märchen von tausend und einer Nacht, wie die Katakomben Roms, wo der verfolgte Glaube heimlich seine Wunderfeiern hielt.

Durch ihre Verwandten – kleine Bürgersleute – konnte sie mit keiner jener Berühmtheiten bekannt werden, deren Namen in ihrem Kopfe schwirrten. Schon gab sie alle Hoffnung auf, als ihr der Zufall zu Hilfe kam.

Als sie eine Tages die rue de la Chaussée-d'Antin ging, blieb sie vor einem Laden stehen, wo jene japanischen, kleinen Sächelchen auslagen, die in ihrer Buntheit das Auge erfreuen. Während sie die spaßhaften, winzigen Elfenbeinarbeiten, die farbenleuchtend eingelegten Vasen, die seltsamen Bronzen betrachtete, hörte sie im Inneren des Ladens die Stimme des Besitzers. Er zeigte unter vielen Bücklingen einem kahlköpfigen, wohlgenährten, kleinen Herrn mit grauem Bart eine riesige, dickbäuchige Pagode. Es sei ein Unikum, meinte er.

Und in jedem Satz posaunte er wie mit Trompetenstoß einmal den Namen des Kunstfreundes aus, einen berühmten Namen. Die übrigen Käufer, junge Frauen, elegante Herren, warfen verstohlen einen schnellen Blick ehrerbietiger Würdigung zu dem bekannten Schriftsteller, der seinerseits nur sehnsüchtig die Pagode beachtete. Sie gaben sich an Hässlichkeit nichts nach, wie Kinder eines Schoßes.

Der Kaufmann sagte: »Herr Jean Varin, Ihnen würde ich das Ding für tausend Franken lassen. Das kostet es mich selbst: Von anderen verlange ich fünfzehnhundert Franken, aber mir liegt an der Kundschaft der Herren Künstler, darum mache ich ihnen Vorzugspreise. Sie beehren mich alle, Herr Jean Varin. Gestern noch kaufte Herr Busnach eine große, antike Schale. Neulich erst habe ich an Herrn Alexandre Dumas zwei solche Leuchter verkauft. Sie sind schön, was? Sehen Sie mal, wenn Herr Zola das Ding da sähe, das Sie in der Hand haben – wär's schon weg, Herr Varin!«

Der Schriftsteller schwankte unschlüssig. Der Gegenstand reizte ihn, doch er dachte an den Preis. Dabei kümmerte er sich so wenig um die neugierigen Blicke, als ob er in der Wüste allein gewesen wäre.

Sie war zitternd eingetreten, beinahe frech, das Auge auf ihn gerichtet. Nichts fragte sie darnach, ob er schön sei, elegant, jung. Es war ja Jean Varin in eigner Person! Jean Varin!

Nach langem Kampf und schmerzlichem Zögern stellte er die Figur auf den Tisch mit den Worten: »Nein, das ist zu teuer!«

Der Kaufmann verdoppelte seine Beredsamkeit: »Aber Herr Jean Varin, zu teuer? Das ist seine zweitausend Franken unter Brüdern wert!«

Der Schriftsteller gab traurig zurück, indem er die Pagode mit den Emailaugen betrachtete: »Das glaube ich schon! Aber es ist mir zu teuer.«

Da packte sie närrische Keckheit. Sie trat vor und sagte: »Für wieviel geben Sie mir das Ding da?«

Der Kaufmann entgegnete erstaunt:

»Fünfzehnhundert Franken, meine Dame.«

»Ich nehme es.«

Bis dahin hatte sie der Schriftsteller nicht einmal bemerkt. Nun drehte er sich hastig um und musterte sie beobachtend, blinzelnd von Kopf zu Fuß. Dann blickte er sie schärfer an mit Kenneraugen.

Sie sah reizend aus. Das Feuer, das bis dahin in ihr geschlummert, hatte sie heute belebt und lieh ihr seinen Glanz. Und dann konnte eine Frau, die für fünfzehnhundert Franken eine Nippessache kauft, nicht gerade die erste beste sein.

Da wandte sie sich zu ihm in einer Regung reizenden Zartgefühles und sagte mit bebender Stimme: »Entschuldigen Sie, ich bin wohl voreilig gewesen, vielleicht waren Sie noch nicht schlüssig?«

Er verbeugte sich: »Ich war schlüssig, gnädige Frau.«

Ganz bewegt antwortete sie: »Jedenfalls, wenn Sie Ihre Ansicht ändern ... sollten, so werde ich Ihnen das Stück jederzeit überlassen. Ich habe es nur gekauft, weil es Ihnen gefiel.«

Er lächelte, sichtlich geschmeichelt: »Woher wissen Sie denn, wer ich bin?«

Da erzählte sie ihm von ihrer Bewunderung, sprach von seinen Werken und redete wie ein Wasserfall.

Bei der Unterhaltung hatte er sich auf ein Möbel gestützt und richtete auf sie seine durchdringenden Augen, im Bemühen sie zu erraten.

Ab und zu, wenn neue Käufer eingetreten waren, rief der Kaufmann, der glücklich war, diese lebendige Reklame zu haben, vom anderen Ende des Ladens herüber: »Bitte schön, Herr Jean Varin, sehen Sie mal das an, gefällt es Ihnen?«

Dann wandten sich alle Köpfe herum, und es überlief sie kalt vor Wonne, so im intimen Gespräch mit einem berühmten Manne gesehen zu werden.

Das machte sie förmlich trunken und sie wagte ein Äußerstes, wie ein Feldherr, der den Sturm befiehlt: »Herr Varin, wollen Sie mir eine Freude machen, eine sehr große Freude. Erlauben Sie mir, Ihnen diese Pagode als Andenken anzubieten an eine Frau, die Sie leidenschaftlich bewundert, und die Sie nach diesen zehn Minuten nicht wiedersehen!«

Er lehnte ab. Sie bestand darauf. Er widerstrebte höchlichst belustigt unter herzlichem Lachen.

Da sagte sie eigensinnig: »Gut, dann bringe ich sie Ihnen sofort selbst! Wo wohnen Sie?«

Er wollte seine Adresse nicht preisgeben, aber sie fragte den Händler darum, erfuhr sie, bezahlte ihren Kauf und lief zu einem Wagen. Der Schriftsteller hinterdrein, sie einzuholen, denn er wollte sich dem nicht aussetzen, ein Geschenk von jemandem zu erhalten, den er nicht kannte. Er erreichte sie, als sie gerade in den Wagen sprang, stürzte nach und fiel beim plötzlichen Anziehen des Pferdes beinahe auf sie drauf. Dann setzte er sich verdrießlich an ihre Seite.

Er hatte schön bitten, drängte sie, sie blieb unbeugsam. Als sie an seine Tür kamen, stellte sie folgende Bedingungen: »Ich erlasse es Ihnen, das da anzunehmen, wenn Sie versprechen, heute alles zu tun, was ich will.«

Das schien ihm so komisch, dass er sich einverstanden erklärte. Nun fragte sie: »Was machen Sie gewöhnlich um diese Zeit?«

Er zögerte ein wenig, ehe er antwortete: »Ich gehe spazieren!«

Da befahl sie mit fester Stimme: »Also in den Bois de Boulogne!«

Sie gingen.

Er musste ihr alle bekannten Damen zeigen, vor allem die der Halbwelt, mit allen Einzelheiten über ihr Leben, ihre Gewohnheiten, ihr Haus, ihre Laster.

Es begann Abend zu werden.

»Was machen Sie sonst um diese Zeit?« fragte sie.

Er antwortete lachend: »Ich trinke meinen Absinth.«

Da entgegnete sie ernsthaft: »Herr Varin, so trinken wir unseren Absinth.«

Sie traten in ein großes Boulevardcafé, wo er Kollegen zu treffen pflegte. Er stellte ihr alle vor. Sie war verrückt vor Freude und immerfort summte ihr das Wort im Hirn: Endlich! Endlich!

Die Zeit verstrich. Sie fragte: »Ist's jetzt etwa Ihre gewohnte Essenszeit?«

»Jawohl, gnädige Frau.«

»Schön, Herr Varin; dann wollen wir zu Tisch gehen!«

Als sie das Café Bignon verließen, meinte sie: »Was machen Sie abends?«

Er blickte sie starr an: »Das kommt darauf an. Manchmal gehe ich ins Theater.«

»Gut, Herr Varin, so gehen wir ins Theater.«

Sie besuchten das Vaudeville, durch seine Vermittlung umsonst, und zu ihrem höchsten Stolze ward sie auf dem Balkonfauteuil vom ganzen Hause an seiner Seite gesehen.

Nach der Vorstellung küsste er ihr galant die Hand.

»Gnädige Frau, ich muss mich noch für diesen reizenden Tag bedanken …«

Sie unterbrach ihn: »Was pflegen Sie sonst nachts um diese Zeit zu thun?«

»Nun … nun … ich gehe nach Haus …«

Sie fing an zu lachen mit einem Zittern im Ton: »Schön, Herr Varin … wir wollen also zu Ihnen gehen.«

Sie redete nicht mehr. Ab und zu schauerte sie zusammen von Kopf zu Fuß, indem sie abwechselnd der Wunsch überkam zu fliehen oder zu bleiben. Im Grunde ihres Herzens war sie aber doch entschlossen, alles auszukosten.

Auf der Treppe klammerte sie sich ans Geländer vor innerer Erregung. Er stieg atemlos voran einen Fünfminutenbrenner in der Hand.

Sobald sie im Zimmer war, zog sie sich schnell aus und schlüpfte ins Bett, ohne ein Wort zu sprechen. Dort wartete sie an die Wand gedrückt.

Aber sie war unerfahren, eben wie die Ehefrau eines Provinznotars. Er aber anspruchsvoller als ein Pascha. Sie verstanden sich nicht. Nicht im Geringsten.

Da schlief er ein. Die Nacht strich hin, nur vom Tick-Tack der Wanduhr unterbrochen. Sie lag unbeweglich und dachte an die Nächte daheim, und beim gelben Licht einer chinesischen Laterne betrachtete sie, unsägliche Traurigkeit im Herzen, neben sich diesen kleinen rundlichen Mann, der auf dem Rücken lag und dessen kugelförmiger Leib die Bettdecke hob gleich einem gefüllten Luftballon. Er schnarchte, dass es klang wie Orgelgebraus, wie langdauerndes Schnauben, wie die komischsten Erstickungsanfälle. Seine paar Haare machten sich die Ruhe zu nutze und sträubten sich auf die abenteuerlichste Art, als hätten sie die ewig gleiche Lage auf diesem nackten Schädel satt bekommen, dessen Verheerungen im Haarwuchs sie verstecken sollten. Und aus dem Winkel seines halboffenen Mundes zogen Speichelfäden.

Da sich endlich das Frührot ins Zimmer stahl, stand sie auf, kleidete sich lautlos an, und hatte schon halb die Tür geöffnet, als das Schloss kreischte und er erwachte.

Er rieb sich die Augen. Als er seine Schlaftrunkenheit überwunden und ihm die Erinnerung des ganzen Erlebnisses wiedergekommen, fragte er: »Nun? Sie gehen?«

Sie blieb stehen und stotterte verlegen: »Es ist ja Morgen!«

Er richtete sich auf: »Hören Sie mal, nun muss ich Sie aber etwas fragen.«

Sie antwortete nicht und er fuhr fort: »Sie haben mich höllisch in Erstaunen gesetzt seit gestern. Seien Sie mal aufrichtig und gestehen Sie mir, wozu Sie das alles gemacht haben! Denn ich kapiere die ganze Geschichte nicht.«

Sie trat leise näher und jungfräuliches Rot stieg ihr in die Wangen: »Ich wollte das … das Laster … kennen lernen … nun … nun … schön ist es nicht.«

Und sie entfloh, eilte die Treppe hinab und stürzte auf die Straße.

Ganze Reihen von Straßenkehrern kehrten. Sie kehrten die Bürgersteige und den Fahrdamm, indem sie den Kehricht in die Gosse fegten. Immer mit dem gleichen regelmäßigen Schwung, wie Schnitter auf der Wiese, trieben sie den Schmutz im Halbkreis vor sich her. Von Straße zu Straße fand sie sie wieder, gleich ausgezogenen Hampelmännern automatisch schreitend.

Und ihr schien, als wäre auch aus ihr etwas hinausgekehrt worden, als wären ihre überhitzten Träume in den Rinnstein, in die Gosse gefegt.

Atemlos, erstarrt kam sie zu Hause an, im Hirne nur die Erinnerung jenes Besenschwungs, der Paris reinfegte am Morgen.

Und als sie in ihrem Zimmer war, weinte sie bitterlich.

JÖRG FAUSER

Alter Mann mit Sandwich

Terry weckte mich gegen halb sechs
ich stand auf und fluchte auf die Kälte
kaute einen Rest mürben Apfelkuchen und
schluckte ihn runter mit einer halben Tasse Tee
Mann sagte Terry ich schaffs heute nicht
ich komm einfach nicht hoch die Zigaretten sind
auf der Kommode aber wozu willst du überhaupt
   raus
ich kann später was auftreiben
schon gut Terry sagte ich
schlaf dich aus irgendwas muss man ja tun
um zu wissen dass es zu nichts gut ist
ich nahm die Zigaretten und ging
und kam mir richtig abgebrüht vor

London November 65 seifiger Nebel 3 Shilling
   in der Tasche
auf dem Weg zum Arbeitsamt für Penner Fixer
   und Verlierer
vier fünf U-Bahn-Stationen
all die Woolworth-Mädchen mit Lippenstift
und Beatles im Ohr und die Männchen mit
ihren Trauerhüten und Regenschirmen und

so viel Charme im Gesicht wie 'ne
Scheibe Ersatzschinken
also auch alles Verlierer ihr Einsatz
so klein dass es keiner merkte

ich kam natürlich wieder zu spät
sah schon von weitem im Halbdunkel diese
Schlange von Typen in irgendeinem Vorhof
der Hölle und dachte warum spiel ich
jetzt nicht Flipper oder lieg bei Stella
im Bett und frühstücke Bouillon
was soll ich hier Mann
oder in Frankfurt noch 'ne Mütze Schlaf
und dann ins Café Weiß und ein cooler Joint
in der Anlage am Stadtbad

stattdessen dieser abgewrackte Rest Menschheit
wenn du da erst mal dazugehörst
kannst du dich auf nichts mehr rausreden
Zeitungen unter der Jacke gegen die
Kälte der Parkbänke und Tiefgaragen und
Neubauten
aber welche Zeitung hilft schon
gegen die andere Kälte die
andere Menschheit
ich stellte mich in meinem Tran dazu
für den 15-Shilling-Tellerwäscherjob
'ne Kanne Ovomaltine 'n Hamburger
vielleicht 'ne Prise Opium
Träume

und vor mir
drehte sich ein Weißhaariger
mit Säufernase um und sagte
du musst doch Hunger haben Junge
und gab mir ein feuchtes Sandwich
mit einer Tomatenscheibe und Chesterkäse
er roch nach Methylalkohol und Zement und Tremens
und lächelte ein zahnloses fast außerirdisches Lächeln
ich gab ihm eine Zigarette und die Anarchistenzeitung
von letzter Woche er nickte ernsthaft und las
die Schlagzeile »Sozialismus ohne Freiheit
ist Tyrannei«
nickte und schob die Zeitung
unter sein Hemd »Danke Junge
kann man immer gebrauchen«
dann schrie einer von den Bonzen drinnen
»Für heute geschlossen, haut ab!«
und wir schlurften wortlos weiter
ich Richtung Trafalgar Square
mit dem halben Sandwich in der Hand
die Bullen schoben Streife
wie immer
ich verfütterte den Rest Sandwich
an ein paar Tauben
und driftete weiter
wie immer

Nachweis

Andersen, Hans Christian (1805, Odense – 1875, Kopenhagen)
Der Tannenbaum. Aus: *Die schönsten Märchen von Hans Christian Andersen.* Ausgewählt von Daniel Keel und Silvia Zanovello. Erschienen 2005 in der Diogenes Verlag AG Zürich.

Benjamin, Walter (1892, Berlin – 1940, Portbou)
Was schenke ich einem Snob? Aus: ders., *Gesammelte Schriften. Band III: Kritiken und Rezensionen.* Copyright © 1991 Suhrkamp Verlag, Frankfurt am Main.

Bradbury, Ray (1920, Waukegan, Ill. – 2012, Los Angeles)
Der Bettler auf der O'Connell-Brücke. Aus: ders., *Die Mechanismen der Freude.* Copyright © 1961 by the Curtis Publishing Company, renewed 1989 by Ray Bradbury. Copyright der deutschsprachigen Übersetzung © 1985, Diogenes Verlag AG Zürich. Aus dem Englischen von Peter Naujack.

Čechov, Anton (1860, Taganrog – 1904, Badenweiler)
Die Simulanten. Aus: ders., *Ein unbedeutender Mensch. Erzählungen 1883–1885.* Erschienen 1976 in der Diogenes Verlag AG Zürich. Copyright der deutschsprachigen Übersetzung © 1964, 2008, Aufbau Verlage GmbH & Co. KG, Berlin. Aus dem Russischen von Ada Knipper und Gerhard Dick.

Dobelli, Rolf (* 1966, Luzern)
Geschenke. Aus: ders., *Wer bin ich? Indiskrete Fragen.* Copyright © 2007, 2015, Diogenes Verlag AG Zürich.

Fauser, Jörg (1944, Bad Schwalbach – 1987, München)
Alter Mann mit Sandwich. Aus: ders., *Ich habe große Städte gesehen. Die Gedichte.* Copyright © 2019, Diogenes Verlag AG Zürich.

Francis, Dick (1920, Lawrenny – 2010, Grand Cayman)
Ein Geschenk des Himmels. Aus: ders., *Winkelzüge. Dreizehn Geschichten.* Copyright © 1998 by Dick Francis. Copyright der deutschsprachigen Übersetzung © 2000, Diogenes Verlag AG Zürich. Aus dem Englischen von Michaela Link.

Funk, Viktor (* 1978, Kasachstan)
Perfekte Zeit. (Titel vom Herausgeber). Aus: ders., *Bienenstich.* Copyright © 2023, Verbrecher Verlag, Berlin.

Brüder Grimm: Jacob Grimm (1785, Hanau – 1863, Berlin) und Wilhelm Grimm (1786, Hanau – 1859, Berlin)
Die Sterntaler. Aus: *Die schönsten Märchen der Brüder Grimm.* Ausgewählt von Daniel Keel und Gesine Treptow. Erschienen 2005 in der Diogenes Verlag AG Zürich.

Kränzler, Lisa (* 1983, Ravensburg)
Cool Grey No. 10 (Titel von der Autorin). Aus: dies., *Coming of Karlo.* Copyright © 2019, Verbrecher Verlag, Berlin.

Laubmeier, Johannes (* 1987, Regensburg)
Wandern. Aus: ders., *Das Marterl.* Copyright © 2022, Tropen – J. G. Cotta'sche Buchhandlung Nachfolger GmbH, Stuttgart.

Mansfield, Katherine (1888, Wellington – 1923, Fontainebleau)
Der Mann ohne Temperament. Aus: dies., *Sämtliche Erzählungen, Band 1.* Erschienen 2012 in der Diogenes Verlag AG, Zürich. Copyright der deutschsprachigen Übersetzung © 1980 Büchergilde Gutenberg, Frankfurt am Main, Wien und Zürich. Aus dem Englischen von Elisabeth Schnack.

Maupassant, Guy de (1850, Tourville-sur-Arques – 1893, Passy)
Pariser Abenteuer. Aus: ders., *Gesammelte Werke, Band 1.* Erschienen 1924 in der DVA. Aus dem Französischen von Georg Freiherr von Ompteda.

Ohler, Norman (* 1970, Zweibrücken)
Der Ring. Exklusivbeitrag für diese Anthologie. Copyright © 2025, Norman Ohler.

Ringelnatz, Joachim (1883, Wurzen – 1934, Berlin)
Schenken. Aus.: ders., *Das Ringelnatz Lesebuch.* Erschienen 1994 in der Diogenes Verlag AG Zürich.

Roth, Joseph (* 1894, Brody – 1939, Paris)
Geschenk an meinen Onkel. Aus: ders., *Werke. Band II: Das journalistische Werk 1924–1928.* Erschienen 1989 im Verlag Kiepenheuer & Witsch, Köln.

Schilke, Kristina (* 1986 in Tscheljabinsk)
Der große Wunsch. Aus: dies., *Elefanten treffen.* Copyright © 2016, Piper Verlag GmbH, München.

Stelling, Anke (* 1971, Ulm)
Weihnachten per SMS (Titel vom Herausgeber). Aus: dies., *Bodentiefe Fenster.* Copyright © 2016, Verbrecher Verlag, Berlin.

Suter, Martin (* 1948, Zürich)
Alle Jahre wieder – das Kundengeschenk. Erstmals erschienen im *NZZ Folio* Heft 12/1995 »Die Gabe« / Dezember 1995. Abdruck mit freundlicher Genehmigung des Autors. Copyright © 2015 by Martin Suter.

Tucholsky, Kurt (1890, Berlin – 1935, Göteborg)
Pariser Weihnachten. In: *Prager Tageblatt*, 25.12.1927, Nr. 305, S. 4.

Wilde, Oscar (1854, Dublin – 1900, Paris)
Der ergebene Freund. Aus: ders., *Märchen und Erzählungen.* Erschienen 2013 im Insel Verlag, Berlin. Aus dem Englischen von Franz Blei.

Zehrer, Klaus Cäsar (* 1969, Schwabach)

Die 14 unbeliebtesten Geschenke zum 14. Geburtstag. Aus: ders., *Das schreckliche Zebra.* Copyright © 2021, Diogenes Verlag AG Zürich.

Gedichte
Mit einem Vorwort von Björn Kuhligk
352 Seiten
Auch erhältlich als eBook

»Uns ist vorgehalten worden, wir hätten das Gedicht aus hehren Gefilden auf die Müllkippe gezerrt. Nach diesem Weltbild besteht unser Publikum aus Rüpeln ohne Bildung, Haschern, Huren, Junkies … In Wirklichkeit setzte sich unser Publikum natürlich – wie das unserer Kritiker – aus kontaktscheuen Stenotypistinnen, aus Deutschlehrerinnen mit Siamkatzen, aus ebenso vielen Pfarramtskandidaten wie Zollinspektoren zusammen. Und hier und da ein Schwerverbrecher; das kommt davon, wenn man die Leute lesen lernen lässt.« (Jörg Fauser im ›tip‹ 22/1980)